克蘇魯事件簿 2

福爾摩斯與米斯卡托尼克怪物

THE CTHULHU CASEBOOKS 2

SHERLOCK HOLMES AND THE MISKATONIC MONSTROSITIES

James Lovegrove
詹姆斯·洛夫葛羅夫 著
李函 譯

目錄

第二部

導讀

當邏輯理性遇上無可名狀的恐怖

——譚光磊（奇幻文學評論者）

二十多年來，「克蘇魯神話」對台灣讀者而言始終是個「只聞樓梯響」的概念：明明受其影響的動漫、遊戲和影視作品很多，洛夫克拉夫特的原著卻付之闕如。唯一的譯本錯誤百出且早已絕版，更為這套作品增添一種神祕（幾乎是禁忌）的色彩，彷彿那些故事無可名狀、太過恐怖，以致於「不可翻譯」。

直到二〇二一年，群星終於運行到正確位置，我們終於迎來了「克蘇魯元年」，市場上不僅出現好幾個譯本，還有田邊剛改編的漫畫版，就連對洛氏影響深遠的《黃衣國王》也有了中文版。

然而洛氏的原作詰屈聱牙、甚少對話，也不以情節取勝，而是用大量文字堆砌出真假難辨的知識體系，並營造出一種逐漸走向瘋狂的恐怖氣氛，若是毫無心理準備，讀者有很高機率會覺得不耐煩，或者不得其門而入。

所以每當有人問我該從何入門，我總是絞盡腦汁也想不出答案。直到我讀了英國作家詹姆斯・洛夫葛羅夫的《克蘇魯事件簿》三部曲。

這套作品巧妙結合了「福爾摩斯探案」和「克蘇魯神話」兩大故事體系，以偵探小說為外殼、宇宙恐怖（cosmic horror）為內裡；初入門者能看得津津有味，內行讀者也會發現各種彩蛋，不僅適合克蘇魯入門，當成福爾摩斯入門也沒問題。

小說一開頭，作者就說明他某日收到一位美國律師來信，代表剛去世的亨利．洛夫克拉夫特先生，處理其價值五萬英鎊的遺產。作家看了大喜，覺得天降橫財，不料再往下看，律師說「現金遺產通通留給一位遠房的姪孫女」！

那麼找作家幹嘛呢？原來死者還有幾份手稿，姪孫女沒興趣接收，律師花了一番功夫，發現洛夫葛羅夫先生乃死者遠親，故希望致贈。對呀，他姓「洛夫葛羅夫」（Lovegrove），跟「洛夫克拉夫特」（Lovecraft）有點關係，好像也很合理嘛！

作家收到稿子打開一看，竟是約翰．華生的三份未公開手稿，完整交代了他和福爾摩斯「真正」的冒險故事。由於內容太過駭人，不宜公諸於世，因此寫好以後便束之高閣，也就是我們現在手中的《克蘇魯事件簿》。

這種「我寫的才是真正的福爾摩斯故事」手法並不新奇，把福爾摩斯和克蘇魯神話結合也不是第一次（例如尼爾．蓋曼的經典短篇〈綠字的研究〉），但如此野心勃勃，將兩個故事體系穿鑿附會融為一體，而且還寫得這麼維妙維肖，堪稱史無前例。

先說「維妙維肖」，早在《克蘇魯事件簿》之前，洛夫葛羅夫就寫過五本福爾摩斯仿作，被公認是捕捉柯南道爾「原著文風」的高手。某天編輯打電話給他，問他有無人選能寫「福爾摩斯X克蘇魯」的故事，兩人聊得欲罷不能，洛夫葛羅夫才恍然大悟：編輯想找的人根本就是他！

洛夫葛羅夫大膽接下重任，從「裡．福爾摩斯」的角度切入，分別將三部曲設定於一八八〇年福華初遇、一八九五年福爾摩斯「重出江湖」、以及一九一〇年神探退休後「終極一案」三個時間點，用克蘇魯元素重新梳理名偵探的一生。原著的要角如莫里亞蒂教授、葛雷格森警探和邁克羅夫特一個沒少，而洛氏筆下的無可名狀恐怖也紛紛登場：印斯茅斯的魚人、幻夢境、奈亞拉索特普、克蘇魯，甚至還有作者自創的全新外神。

首部曲《沙德維爾暗影》描寫東倫敦貧困的沙德維爾區接二連三發生命案，死者都是社會邊緣人，華生發現自己昔日醫學院的同學似乎與命案有關，一路追查到祕密經營鴉片館的華人仕紳公孫壽，但公孫其實也只是受人指使，幕後還有更可怕的藏鏡人和神祕邪教。

第二集《米斯卡托尼克怪物》設定在一八九五年，福華兩人歷經十多年與古神勢力的鬥爭，都傷痕累累、身心俱疲。某天他們聽說一間瘋人院裡出現無名患者，口中喃喃自語，說的正是恐怖的拉萊耶語（**R'lyeh**）。原來該人原是（洛氏筆下虛構的）米斯卡托尼克大學的科學家，因為一場失控的自然考察行動，墜入瘋狂與黑暗的深淵。米斯卡托尼克明明在美國，福華二人要如何查案？別忘了《血字的研究》有一大半劇情都發生在「那個遙遠蠻荒的美國」，把猶他州的摩門教軼事寫得無比獵奇，本書運用了同樣手法，再合理不過。

到了完結篇《蘇塞克斯海怪》，已是一九一〇年，世界大戰即將爆發，歐陸局勢風雲詭譎；福爾摩斯歸隱田園，在蘇塞克斯醉心養蜂。某日第歐根尼俱樂部驚傳血案，多名重要成員在同一天暴斃，而他們都隸屬於一個更神祕的「達貢會」（The Dagon Club），亦即知曉古神威脅，多年來暗中相助福華二人的各界有力人士。是誰有能力一舉殲滅「達貢會」成員？線索指向德國大使，以及一個遠在南太平洋小島的陰謀……。

除了「主線」寫得好，洛夫葛羅夫更為柯南道爾的原著提出諸多「克蘇魯式」的解釋，讓人恍然大悟「哦原來背後是這樣啊」（當然一切都跟超自然因素有關）。當莫里亞蒂那本《小行星動力學》出現在故事裡，你一定會和我一樣會心一笑：講什麼小行星又很高深沒人看得懂，理所當然是在講「外神」（Outer Gods），對吧？

＊＊＊

「洛氏後人」詹姆斯．洛夫葛羅夫可說是英國幻想文壇的一個異數。他早早立志寫作，牛津大學英文系畢業後給自己設定目標：兩年內要賣出第一本小說，結果兩個月就圓夢，然後把為數不多的稿費拿去環遊世界，又成為後來創作的養分。

出道三十年來，洛夫葛羅夫已經發表五十多部作品，橫跨科幻、奇幻、推理、恐怖各類型，多次入圍大獎。他最膾炙人口的作品是《諸神世紀》（*Pantheon*），一套以各國神話譜系為想像基礎，結合科幻、架空歷史、軍事諜報和社會批判的大系，每集故事獨立，卻又彼此關連，目前已經出版十多本。

除了原創作品，洛夫葛羅夫也寫各種衍生小說（tie-in），包括福爾摩斯仿作和電視劇《螢火蟲》的故事。《克蘇魯事件簿》是他衍生與仿作書寫的一次重大突破，佈局縝密、結構完整，把兩大故事體系融合得天衣無縫。按理說福爾摩斯講究理性，而克蘇魯神話無可名狀，正好位於理性的光譜兩極，如何能共冶一爐？但別忘了洛氏筆下的主角很多是學者或科學家，本著追根究底的科學精神，探尋未知事物，才會知道了「不該知道（也無法理解）的事」。主角越理性，這個反差就越大，最終的崩潰也更駭人。

福爾摩斯會否步上洛氏主角後塵，陷入瘋狂與譫妄呢？而洛夫葛羅夫這位當代作者膽敢挑戰這個禁忌的題材，他又會有什麼下場？

這一切就要等你來親自發掘了，如果你敢的話。

序

詹姆斯・洛夫葛羅夫著

這是我最近透過某種迂迴的方式，從一位遠房親戚手上繼承的三份書稿中的第二冊，對方是羅德島普羅維登斯已故的亨利・普羅賽羅・洛夫克拉夫特，他居住於羅德島的普羅維登斯。如同第一冊，本書由約翰・華生醫生所著，全球數百萬人都知道他記錄了他好朋友的冒險，也就是傑出的維多利亞時代偵探：夏洛克・福爾摩斯。和名為《福爾摩斯與沙德維爾暗影》的前作相同之處在於，世上首位諮詢偵探在本書中的冒險，和目前為止出版的四本小說與五十六個短篇故事的風格與內容，擁有極大的差異。

如同華生自己在《沙德維爾暗影》的前言中所說，該書和續集「揭開他真正的作為，以及他這一生真正達到的成就。無論是好是壞，這些書將構成他職業生涯另一段截然不同的歷史，其中涵蓋了無懈可擊的真相。」

有些人可能會質疑最後一句話。畢竟，這些書的主題大幅偏離了日常現實，也違背了福爾摩斯慣用於調查的理性思維與經驗主義。他總是對超自然嗤之以鼻。比方說，在《吸血鬼探案》（*The*

Adventure of the Sussex Vampire）中，他拒絕考慮某位母親以自己嬰孩血液維生的可能性。吸血鬼存在的可能性，只引來他的批判：「鬼話連篇呀，華生，鬼話連篇！我們為何要在乎用木樁插入心臟才能殺死的活屍？這太瘋狂了。」

但《沙德維爾暗影》描繪他開始相信超自然現象，並與之對抗，而那正是他在上述引言中冷嘲熱諷的東西。同樣的，本書《米斯卡托尼克怪物》和三部曲最終作《蘇塞克斯海怪》，描繪出福爾摩斯與華生得知藏匿於我們世界邊陲的古老神靈，祂們擁有神力與惡意，兩人努力減輕這些神靈對人類生活造成的傷害與浩劫。

這套三部曲跨入知名怪誕文學大師霍華德・菲利浦斯・洛夫克拉夫特筆下的領域，遲暮之年的華生曾與他大量通信。洛夫克拉夫特和許多同輩作家，特別是克拉克・阿什頓・史密斯[1]、羅伯特・霍華德[2]、奧古斯特・德雷斯[3]、羅伯特・布洛克[4]、法蘭克・貝爾納普・隆[5]、亨利・庫特納[6]與弗里茨・萊伯[7]，編撰了這些當今被稱為「克蘇魯神話」的傳說與知識。華生承認自己曾於一九二〇年代的《詭麗幻譚》（*Weird Tales*）等美國通俗雜誌上，讀過他們的部分作品，並偶然發現了這些作家著迷的共同領域，也發現這令他感到有趣又熟悉。

這是由於當時，夏洛克・福爾摩斯已耗費終生祕密對抗舊日支配者（Great Old Ones）與外神（Outer Gods），忠心的華生則始終伴隨在他身邊。這三本總稱為《克蘇魯事件簿》的書籍，便是在講述這段故事。

有些人可能會認為，證據指出相反結果。這些人主張華生受到「克蘇魯熱潮」的影響，且由於某些原因，決定重新詮釋福爾摩斯的職業生涯，並在其中加入洛夫克拉夫特式的宇宙恐怖元素。由於他在晚年才寫下這三本書，有人覺得他是受制於老年的幻覺與困惑，才寫下這些作品，他們聲稱，華生的心靈跟身體同樣逐漸老朽。老年失智症使他受幻想宰制，而年輕氣盛的他，則能輕易杜絕這種影響。

我駁斥這種說法，因為這套三部曲中的文筆和他往常一樣鞭辟入裡，也同樣誠實又充滿熱情。小說內容中，完全看不出華生已失去理智。

我也要反駁線上論壇中許多人對《沙德維爾暗影》的指控，他們主張《克蘇魯事件簿》的作者並非華生，而是我。我對這些人提出的證據，就是這本書。比方說，它的結構仔細模擬了兩本夏洛克·福爾摩斯經典小說，《血字的研究》與《恐怖谷》（*The Valley of Terror*）。本書分為兩部分，第一部分與福爾摩斯直接相關；第二部分的主要敘事結構則包含了一段子結構，詳細描寫了他調查的案件。純粹從鑑識科學的觀點看來，這肯定能突顯出真實性，這種格式和指紋一樣獨一無二。

1　譯注：Clark Ashton Smith，二十世紀美國作家，曾撰寫過多部克蘇魯神話作品，其中不少邪神皆出自他的筆下。

2　譯注：Robert E. Howard，知名作品為《蠻王柯南》（*Conan the Barbarian*）。

3　譯注：August Derleth，洛夫克拉夫特的作家好友，在洛夫克拉夫特死後接續建構克蘇魯神話的設定。

4　譯注：Robert Bloch，二十世紀美國小說家，著有《驚魂記》（*Psycho*）。

5　譯注：Frank Belknap Long，著有《廷達洛斯獵犬》（*The Hounds of Tindalos*）。

6　譯注：Henry Kuttner，著有《食魂者》（*The Eater of Souls*）。

7　譯注：Fritz Leiber，與羅伯特·霍華德同為「劍與魔法」（Sword and Sorcery）奇幻文學類型的創造人之一。

戲中戲加上誇張的報導式文筆，使得內文與洛夫克拉夫特的筆法十分相似。如果這本書是我的作品，那我就不只仿效了一名作家，而是兩位，只有非常大膽或非常莽撞的人才敢這樣做，任何認識我的人都會告訴你，我兩者都稱不上。

在《沙德維爾暗影》的序文中，我曾暫時認為亨利．普羅賽羅．洛夫克拉夫特是這套三部曲真正的作者，因此他算是騙局的發起人。不過，在審慎考量後，我認為這些書確實是華生的親筆著作，此時的華生比讀者印象中更年邁睿智，也更嚴肅。他經歷了各種恐怖情境，也望入深淵底部，但他依然是我們從正典中認識的那名可敬又誠懇的人物。這位跟班忍受福爾摩斯多次調侃，因為他曉得：身為那人唯一真正的朋友，是份莫大的殊榮。

詹姆斯．馬修．亨利．洛夫葛羅夫寫於義本（Esbourne）

二〇一七年十一月

前言

約翰‧華生醫生著

「我從沒看過我朋友的身心狀態，比一八九五年時還來得更好。」

我在名為《黑彼得探案》（*The Adventure of Black Peter*）的故事開頭寫下這句話，但這是句謊言，實情恰好相反，我從未看過他的狀態比那年更差。

故事中的他，處於諮詢偵探事業的高峰，知名客戶經常敲響貝克街二二一號B的房門，急切地尋求他的協助。我在開場段落審慎地提到了一些人物姓名，有時是貴族，有時則是主教。描述他一八九五年其餘的冒險故事時，我讓福爾摩斯揭穿了躲在倫敦的中美洲暴君身分[8]，使某個企圖取得機密潛水艇藍圖的外國間諜遭到逮捕[9]，並找出一位蓄鬍單車騎士的身分，伐歐蕾‧史密斯小姐（Violet Smith）每週六早上從奇爾特恩莊園（Chiltern Grange）前往法納姆（Farnham）火車站時，單車騎士

8 譯注：出自《紫藤居探案》（*The Adventure of Wisteria Lodge*）。

9 譯注：出自《布魯斯—派丁頓計畫探案》（*The Adventure of the Bruce-Partington Plans*）。

總會跟蹤她[10]。

這一切打造出福爾摩斯的事業蒸蒸日上的形象，他的健康狀況很好，銀行存款豐厚，名聲如日中天，對生活的熱情也從未止息。

真希望事實如此。

實際上，福爾摩斯的狀況非常差。自從他和我無意間踏入新世界後，已經過了十五年，那個世界充滿不淨的宇宙神靈、神祕種族、黑魔法和古老邪魔。這個世界缺乏理性、法律和基督教的舒適感。從此，當黑暗勢力現身時，我們便全心對抗它們，儘量擊敗對方；無法擊退它們時，便進行防堵。我們幫助身陷神祕奇案的人們，沒有任何警察能解決這些怪誕案件，連神職人員也派不上用場。我們驅逐了恐怖妖物，消滅過怪物，也拯救一個以上的受害者脫離瘋狂困境。

這些事件大多恐怖地令人毛骨悚然，我現在也不敢回想。而且，我也無法將它們製作為公開記錄，否則就會揭穿潛伏在我們口中那「文明」這平靜表面下的陰森現實。但我也不能不以某種方式寫下這些事，哪怕是這只能稍微減緩它們對我造成的負擔。於是從一八八六年開始，我便寫下福爾摩斯和我參與的冒險，但我重新詮釋了它們，使讀者覺得這些事件完全合理，完全沒有一絲超自然跡象。

我起初的作品《血字的研究》和《四簽名》（*The Sign of Four*）得到不錯的評價，不過出版商沃德．洛克公司（Ward Lock & Co.）並沒有好好對待這兩本書，也沒付我多少錢。第一本書採用了自傳性元素：包括我在阿富汗的從軍時期，以及與夏洛克．福爾摩斯首度見面的狀況，但我改寫了這些情境，讓它們變得比原本俗氣許多，那本書大多數內容都是我杜撰的。

第二本小說同樣包含了我個人歷史中的不同層面，主要講述了我和瑪麗．摩斯坦（Mary Morstan）

見面的愉快命運交會點，後來她則成為我摯愛的妻子，但時間太過短暫。故事中的諸多劇情接近現實狀況，但我淡化了較不宜人的橋段，比方說，獨腿人強納森·史莫（Jonathan Small）並不只是心懷舊恨的退伍老兵，他在印度從軍時成了祕術研究者，在大師與苦行僧門下研習。同樣的，他的共犯並不是名叫東嘉（Tonga）的矮小安達曼（Andaman）島民，而是史莫關在靈罐中的醜惡人造小人[11]，史莫有需要時，就會將小人實體化。休爾多少校（Sholto）罹患的重病並非瘧疾，而是史莫施加在他身上的詛咒，所引發類似痲瘋病的效果。至於阿格拉（Agra）的寶藏，每當我想起那只裝有佛陀造型鎖扣的鐵箱中的東西時，都不禁發起抖來，真希望它和珠寶一樣美麗又了無生氣。

隨著歲月流逝，我繼續將福爾摩斯和我的冒險寫成虛構故事。我撰寫的大多是短篇故事，但後來還寫了兩本小說：《巴斯克維爾的獵犬》（*The Hound of the Baskervilles*）和《恐怖谷》。喬治·紐恩斯（George Newnes）好心地在他的《岸濱月刊》（*The Strand*）上，透過連載方式刊出這些小說，並支付我寬裕的款項，不像沃德·洛克公司。這些故事取得了莫大成功，也使我在醫生的薪水外，得到大量額外收入，這點非常重要，因為福爾摩斯從工作上賺的錢非常少，我則資助了他整個職業生涯。

這些受到大眾歡迎與熟知的故事，幾乎全是用於掩飾常人難以接受的事實，所做出的宜人謊言。我想知道，如果我的讀者們得知那位老姑娘蘇珊·庫辛小姐（Susan Cushing）帶給我們的硬紙盒中真

10　譯注：出自《獨行女騎者探案》（*The Adventure of the Solitary Cyclist*）。

11　譯注：homunculus，傳說中透過中世紀煉金術製造出的瓶中小人。

正存放的物品時，會有什麼反應[12]？他們會相信，葛蘭特．孟羅（Grant Munro）眼中那張從樓上窗戶往外窺探、毫無表情的怪異黃色臉孔，並不是年輕的混血黑人女孩配戴的面具，而是某種更邪惡的面具嗎？那張毫無血色和表情的面具，隱藏了某個生物使人膽戰心驚的臉孔；孟羅的太太與某種凡世外的存在發生不當關係後，便生下了那個東西[13]。他們會想知道，在紅樺莊（Copper Beeches）上巡邏的野獸並不是英國獒犬，而躲在那棟鄉間別墅上鎖大門後的東西，也並非愛麗絲．魯卡索（Alice Rucastle）嗎[14]？

我想，自己能用愛倫．坡（Edgar Allan Poe）的手法，將這些事件以不加修飾的方式呈現給世人，彰顯出它們變化多端的魅力，並將它們列為怪誕小說，不過，那有損於這些故事和福爾摩斯。我覺得，他的分析能力應該以最純粹的狀態取得尊重，最好的做法，便是消除任何可能偏離這點的橋段，只有在以現實主義建構的內容中，才能完整呈現他的天才頭腦。比起用炫目華麗的名聲宣傳他，如果我用樸素的外表包裝他，詮釋起來反而更有說服力。

這是種美感上的考量，但對商業性與福爾摩斯的名聲都有好處。從很多方面來看，我都是塑造出他的人，我戮力創造出夏洛克．福爾摩斯的形象，這種形象吸引了大眾關注，也一直持續至今。

但約莫三十三年前，情況截然不同。在一個晴朗的夏日午後，福爾摩斯和我接到葛雷格森探長的邀請，讓我們再度踏入自己不得不習慣的陰寒世界……

約翰．H．華生寫於派丁頓

一九二八年

12 譯注：影射《硬紙盒探案》（*The Adventure of the Cardboard Box*）。

13 譯注：影射《黃色臉孔》（*The Adventure of the Yellow Face*）與羅伯特・錢伯斯（Robert Chambers）的《黃衣之王》（*The King in Yellow*）。

14 譯注：影射《紅樺莊探案》（*The Adventure of the Copper Beeches*）。

第一部

第一章　活生生的目標

Living Targets

一八九五年春天一大清早，夏洛克·福爾摩斯和我正一如往常地逃命。

我應該說清楚，儘管我說「一如往常」，但這並非每天都會發生的事，不過以同樣的標準看來，這也十分常見。我也不想表現得像自己已經習慣了這種事，或覺得司空見慣，我絕對不會感到習慣。不過，我們攻擊超自然妖魔時，卻經常得逃跑，就這次的情況，急迫性或許也前所未見地高。

我們全速逃亡的路徑，是位於阿爾德門車站西邊的一座地鐵隧道，追兵則是三隻類人生物，牠們用遠勝過袋鼠雙腿力量的結實後腿強而有力地跳躍，緊追在我們身後。福爾摩斯和我全力衝刺，但生物們似乎輕而易舉地追上我們的腳步，我可以聽到牠們在我們身後發出的聲響，牠們落在地上時，會發出喀噠蹄聲，並再度往前一躍，我能聽見牠們的喘息，吸吐間距比我急促且呼嚕作響的喘氣聲更長，也更規律。我察覺到牠們越來越近，也清楚如果牠們趕上，我們就無法逃出生天了，牠們會把我們大卸八塊，並享用仍有餘溫的屍體。

明白無法逃離野獸魔爪的下場就已經夠糟了，更要命的是，我們不斷激牠們追上來，因為我和福爾摩斯的外套口袋都放了一張紙片，上頭畫了個召喚符。這個東西如同燈塔般吸引著怪物，如果我把自己的紙片丟掉，牠們很可能會放我一馬，福爾摩斯也是。這些召喚符使我們成為活生生的目標，在身上攜帶這些令怪物無法抗拒的誘餌，簡直是自殺行為。

我們往前跑，提燈的光線在我們面前狂亂地搖晃，不時照亮了鐵軌、枕木與隧道牆面上潮濕粗糙的磚塊。我逐漸耗盡了體力，不確定自己還能高速奔跑多久。我的心臟劇烈跳動，肺臟也感到灼燒般的痛楚，覺得自己頂多再跑一分鐘，就會疲憊地停下腳步。

「還……還有多遠？」我喘息道。

「快到了。」福爾摩斯回答，他聽起來只稍微不比我喘。「下一個彎道，我們就可以——到了！」前方的隧道出現開口，我也微微看到阿爾德門站其中一座月台的邊緣。那是我們最終的目的地，一旦我們抵達車站，就有可能生還。

我回頭快速瞄了一眼，只看到身後出現一張沒有鼻子的臉孔，和一雙深邃又蒼白的雙眼。這些令人厭惡的景象離我只有一臂之遙，長有利爪的獸掌一揮，牠就能打倒我，讓我倒在軌道上，再也無法起身。

我用上前所未見的體力，加速奔跑，這個速度連一英哩賽跑冠軍弗萊德·培根（Fred Bacon）都會感到佩服。

我在幾秒內抵達車站，福爾摩斯則緊追在後。

「就是這樣，華生！」我的同伴喊道。「就跟我們排練的一樣，記好！」

車站陰暗空蕩，當時還不到早上五點，大都會線（Metropolitan Line）列車還得等一個小時才會發車。福爾摩斯和我爬上雙軌兩側的月台，追逐我們的三隻生物同時在隧道口出現，停下腳步。牠們由於某種原因停下腳步，或許是某種直覺告訴牠們，繼續前進並不明智。

我抓住從屋頂垂下的一條繩索，福爾摩斯跟我做出相同舉動。

「聽我指示。」他說。「等一下，再等一下。」

其中一隻生物跳出隧道，只往前跨了一步。和兩名兄弟一樣，牠的體型與小馬相仿，全身皮膚佈滿厚重皺紋，看起來和犀牛皮非常相似，好奇的雙眼沒有虹膜，在凸出的前額下看起來宛如月亮。牠將空洞的的目光轉向我，接著望向福爾摩斯，顯然拿不定主意。

「來吧。」福爾摩斯催促道。「來吧，你這醜美人。你和同伴們得一路走進空曠處，不然我們的努力就白費了。」他從口袋中抓出召喚符，搖晃著它。「這就是讓你們入迷的魔符，快來拿！」

怪物緊盯擁有怪異花紋的符號，上頭以墨水勾勒出的紋路，有部分摻有人類血液，更明確地說，是福爾摩斯的血。儘管明顯缺乏鼻孔，怪物卻似乎在嗅聞空氣，像是狩獵中的小獵犬。牠立刻從軌道跳到月台上，動作像隻蚱蜢般輕盈，另外兩隻生物也立刻跟上。

「華生！」

我不需要聽兩次指示，這就是我們費心策畫的重要時刻。我們花了整晚安置陷阱，現在我們要觸發它了。

福爾摩斯和我拉扯繩索，將我們先前安裝在車站天窗上的大量沉重黑布放下來，下墜的黑布把相連的布往下帶，接二連三地落下。這些黑布的質料，與製作舞台背景的沉重棉布相同，它們掉到地面上，黎明的光芒則透過天窗玻璃傾瀉而下。

陽光往下照時，灰色的光芒便籠罩著三隻生物，牠們一同抬頭，並張嘴尖叫。

那股哀嚎完全不像人類會發出的聲響，尖銳又悲哀，像是嘶啞高頻的苦難輓歌，我也難以忍受這種聲音。三隻生物在嶄新的日光下畏縮起來，陽光將無助又痛苦的牠們鎮在原地，牠們則不斷嚎叫。我看著牠們一個接一個倒下，就這樣望著牠們的身軀扭曲變形，發出致命的痙攣。

整整花了五分鐘，怪物們才全數死去。牠們的死法並不安祥，但這些怪物也沒對自己的受害者們展現慈悲，當下發生的，是原始的報應。

* * *

這三隻妖鬼[15]就此死亡。好幾個月來，牠們都躲藏在倫敦地下鐵路網的深層區域，由於某位名叫卡多根・衛斯特（Cadogan West）的男子死亡，使牠們的存在吸引了福爾摩斯和我的注意。衛斯特是伍利奇兵工廠（Woolwich Arsenal）的職員[16]，他的未婚妻伐歐蕾・衛斯特布理小姐（Violet Westbury）前來我們位於貝克街二二一號B的住處，懇求福爾摩斯調查此事。警方認為衛斯特一定是在通過不同車廂時，從大都會線列車上跌落，車輪則將他捲到底下。衛斯特布理小姐有理由懷疑，實情並非如此。

在停屍間檢查屍體時，福爾摩斯在衛斯特口袋中發現撕裂的魔符碎片，對妖鬼而言，那種古老圖騰會產生貓薄荷般的效果。他也透過頭骨的凹陷處推測，妖鬼抓到衛斯特前，對方就因頭部遭到重擊而死。兇手隨後將他的屍體從某座房子的窗口扔出，那棟房子俯視著靠近格洛斯特路站（Gloucester Road Station）周邊的一連串鐵路，該處的軌道暫時延伸到地面。屍體落在一台經過的列車屋頂上，之後則往下滑落，等到列車經過阿爾德門外的路口時，屍體就掉到了地面。

15　譯注：ghast，居住於幻夢境（Dreamlands）中辛（Zin）之古墓的兇殘怪物，參見《夢尋祕境卡達斯》（*The Dream-Quest of Unknown Kadath*）。

16　譯注：影射《布魯斯—派丁頓計畫探案》。

在福爾摩斯的教唆下，葛雷格森探長逮捕了嫌犯。他的名字是瓦倫坦・華特船長（Captain Valentine Walter），是衛斯特的兵工廠上司詹姆斯・華特爵士（Sir James Walter）的兄弟。瓦倫坦・華特是個粗鄙的老惡棍，慣於誘拐他有興趣的年輕女子，他經常透過神祕學手法使她們聽命，讓她們喝下含有春藥的葡萄酒，在記錄古老禁忌知識的殘餘文本中，能找到這種春藥的配方，這是人稱《納克特斷章》（*Pnakotic Fragments*）的文本，更常見的名稱則是《納克特抄本》[17]。接著他會在自己位於肯辛頓（Kensington）考爾菲爾德花園（Caulfield Gardens）的住家，對不幸的女子下毒手，他住處後方的高台俯瞰著鐵路。事後受害者只會對自身遭受的暴行，產生模糊又困惑的回憶，也誤信自己曾自願參與其中。

華特對衛斯特布理小姐產生興趣，但他越熱情地追求對方，對方就越強硬地拒絕，於是他開始對她和卡多根・衛斯特發出曖昧的威脅，暗示如果她不願意順從自己，兩人可能會遭受到嚴重後果，這令衛斯特布理小姐感到受不了了。她太過害怕，不敢把這件事告訴自己的未婚夫，因為她怕衛斯特會去找華特麻煩，一旦他和主管的兄弟發生口角，可能會危及他的事業前景。

頹喪的瓦倫坦・華特，打算移除自認唯一令衛斯特布理小姐不願屈服的障礙，也就是卡多根・衛斯特。他清楚妖鬼們住在地鐵中，這幾週發生的數件大都會線鐵路員工神祕失蹤事件，就是這些生物搞的鬼，華特認為，透過魔符將牠們召喚到丟出窗外的衛斯特屍體位置後，就能解決證據，不過，他高估了牠們的數目或食慾，或同時高估了這兩種狀況。三隻妖鬼填飽了肚子，但麻煩的是，人們從牠們留下的殘餘屍體，辨識出死者的身分。

福爾摩斯想出了消滅妖鬼的計畫，陽光對牠們而言，就和氰化氣體一樣致命。他和我得自行擔任誘餌，以便將怪物們引誘到阿爾德門車站，不再受到黑布遮掩的黎明陽光，則會處理掉所有問題。

妖鬼們瀕死的喘息聲在車站的屋椽之間消散後，我朋友和我隔著軌道望向彼此。我癱軟地坐下，手肘擺在雙膝上，福爾摩斯則往後靠在柱子邊，如果我們的臉狀況相仿的話，那我臉上肯定沾滿了煤灰，上頭還有一條條汗漬，污垢圍繞著眼神狂野的蒼白雙眼，眼中也充滿血絲。

「好吧，」福爾摩斯最後說，「既然危機已經解除，我得去通知在外頭等待的葛雷格森探長。你介意待在這嗎？我不會離開太久，如果有車站員工出現，也得有人安撫他們。」

我疲倦地揮揮手。「我不覺得三具屍體有什麼好怕的，去吧。」

在福爾摩斯離開後出現的怪異寧靜中，我開始思考，自己要如何將這場逃亡過程轉化為虛構冒險。衛斯特的工作給了我靈感，於是我想，如果有某種祕密藍圖和案件有關呢？某種對我國的國家安全十分重要的軍事機密，或許是某種新型潛水艇的專利設計，加上某個想對藍圖伸出魔爪的敵軍間諜？

一篇故事開始在我腦海中成形，它是刪減版的真相，除去了所有異常元素，因此適合大眾閱讀。這是我能輕易在《岸濱月刊》與美國的《科利爾週刊》（*Collier's Weekly*）上看到的文章。我可能不會提到葛雷格森探長，並以雷斯垂德取代他，我們碰上超自然事物時，都會找上葛雷格森，因為他和我們一樣熟悉這些東西，但他那想法更為死板的同事，似乎更適合我編出的平淡故事。他們倆都不介

17 譯注：*Pnakotic Manuscripts*，洛夫克拉夫特筆下第一本虛構書籍，曾出現在他諸多作品中；在克蘇魯神話作品中被提及的次數，僅次於《死靈之書》。

意，雷斯垂德喜歡因他沒處理的案件而沾光，個性較為謙遜的葛雷格森，則偏好遠離聚光燈。

無論如何，這種手法意義不大，因為我不會再出版任何福爾摩斯的冒險故事了。我的文學生涯處於間斷期，我也不曉得這種生涯何時會復甦，或它是否會延續下去。

隨後，福爾摩斯回來，葛雷格森也與他同行。這位蘇格蘭場警官帶了兩名員警來，他說這兩人口風很緊，心智也夠堅強。其中一人推翻了後面那句話，因為當他看到妖鬼時，就立刻感到噁心不適，產生了難堪的後果。

「那些是什麼**鬼東西**？」那人說道，一面擦拭著自己的嘴巴。

「從籠裡逃出的馬戲團怪胎。」葛雷格森帶著刻薄的權威感說。「打起精神工作，小子們，你們知道該做什麼。」

員警振作起來，儘管臉色還有些蒼白，仍舊和他的同僚一起移走妖鬼。他們用黑布包裹住生物，並將屍體拖到等待著的警車上。

「泰晤士河會消滅證據。」葛雷格森說。「潮水正在上漲，我的手下會把屍體丟入河中，水流會把牠們沖到海裡。」他語帶思索地望向福爾摩斯和我。「你們倆看起來可以睡上好幾天，玩得開心吧？」

「開心極了。」我說。

「你們是怎麼抓到怪物的？」

福爾摩斯開始解釋。

「啊。」葛雷格森說。「醫生，你前幾年不是在達特穆爾（Dartmoor）用類似手法，解決了一隻作亂的幽靈獵犬嗎？你們倆都帶了某種護符，對吧？」[18]

我點頭。「護符上有冷之高原（Leng）的食屍教團所使用的靈魂符號。獵犬無可救藥地受它吸引，我們則將獵犬誘導到在大格林潘沼澤（Great Grimpen Mire）設下的驅逐門（Portal of Banishment）。」

「但怪物逃走了。」

「唉，的確如此，福爾摩斯和我還能活著逃跑，就已經夠幸運了。」

我永遠無法忘記，那頭幽靈獵犬在高沼上追逐我們時發出的恐怖吠叫聲，也無法忘記當一叢草絆倒自己，害我一頭栽到地上時，如月亮般發著光的獵犬用後腿站起身，準備撲向我。儘管它的爪子沒有實際形體，一掌揮下時，卻能挖走一部分人類靈魂，尖牙也能奪去人的理智，要不是福爾摩斯急中生智，我早就成了喃喃自語的瘋子。他前來拯救我，擋在我與野獸之間，掏出一只由綠色皂石打造的徽章，上頭刻有古老印記（Elder Sign）。遭到保護符號擊退後，獵犬便轉身逃回霧中，直到只剩下發光的犬型輪廓，也像是宛如犬隻的鬼火，閃動後便隨即消失。

「當時的情況千鈞一髮。」福爾摩斯說。「那生物至今仍持續在高沼出沒，對任何踏入牠地盤的不幸或粗心人士們都很危險，但得再等五年，群星才會抵達正確位置，屆時才能在那塊區域再度製作驅逐門，我並不期待再次和牠碰面。」

「我也不想。」我說。

「我不怪你。」葛雷格森說。「普通人對這種事的忍耐程度是有限的。老實說，我完全不懂你們倆怎麼能日復一日地繼續做下去，幫你們處理後續就夠糟了。我比同年的人長了更多灰髮，只能怪我和

18　譯注：影射《巴斯克維爾的獵犬》。

夏洛克・福爾摩斯與華生醫生打了交道。」

「唉，我們共享了可怕的祕密。」我說。「我們三人和福爾摩斯的哥哥，這是沉重的負擔。」

葛雷格森頗有同感地點頭。「有時我認為其他人都在夢遊，只有我們是清醒的，儘管我不想瞞著她，但就連葛雷格森太太都不曉得這些事。同樣的，因為我愛我老婆，為了維持她的心靈平靜，希望她能對此一無所知。光是住在這座城市裡外的怪物就夠糟了，還有其他東西，那些『神明』。」

我能清楚聽出他話中的強調語氣，稱祂們為神似乎相當不敬，那些恐怖的古老生靈待在宇宙邊陲與星球深處，伺機準備起身奴役人類。但面對具有這種強大超自然力量的生物，也無法用別的字眼來稱呼祂們了。

警官打了個冷顫。「文明就像層薄冰，不是嗎？底下有著冰冷的黑暗。大多人無知地在上頭溜冰，完全不曉得冰層隨時會破裂。」

我們三人交換了嚴肅的認同眼神。自從一八八〇年聖誕節的事件後，福爾摩斯、葛雷格森和我，加上邁克羅夫特・福爾摩斯，組成了祕密兄弟會，我在《沙德維爾暗影》中已提過此事。我們共同立下承諾，要保護世界不受邪惡恐怖與超自然威脅所害，十五年來也堅守諾言，不過每個人都以自己的方式付出了代價。比方說，葛雷格森如果不是在無法將此事告知他同僚或上級的情況下，持續從手上的案件分心，偷溜去幫助福爾摩斯，早就在警政體系內高升了。由於他經常在沒有解釋的情況下離開辦公桌，在蘇格蘭場已是惡名昭彰，也換來了不可靠的壞名聲。

「既然我來了，」他說，「我注意到某件事，你們或許該聽聽。」

「說吧。」福爾摩斯說，語氣中沒有多大興趣。如果他和我一樣疲勞，那他現在想要的，就只有洗澡和上床睡覺。

「這可能不重要，」葛雷格森說，「但或許也有重要之處。我和貝特萊姆皇家醫院（Bethlem Royal Hospital）的一名看護安排了會面，一開始我是在工作上碰見這個人，也告訴他，如果有任何不尋常的怪異事件發生，就得讓我知道。」

「是個有用的線人。」

「沒錯。而昨天那位叫做麥克布萊德（McBride）的人寄了封信告訴我，最近療養院裡來了個新病患。幾天前，有人把全身赤裸的這人送來醫院，日出後不久，某個農場工人上工時，發現他在珀弗利特（Purfleet）某處遊蕩，頭暈目眩且迷失方向。他全身滿布抓傷和瘀青，還有許多嚴重的舊傷，身上沒有身分證明文件。院方四處詢問，但沒有人清楚他是誰，對此他自己也幫不上忙。一開始他呆若木雞，後來慢慢顯現出生命跡象，但根據麥克布萊德的說法，等到他終於開口，卻說出一連串難以辨識的鬼話。」

「目前聽來，沒什麼特別的。」

「對，但重點在這。他在囚房中的牆壁和地板上畫了東西，像是某種圖像或象形文字，麥克布萊德認為那是某種外國文字，但即使如此，也沒有任何人能解讀出內容。文字上方有水平直線，相當類似梵文，但根據在當地工作的混血印度醫生所說，那絕對**不是**梵文。」

我望向福爾摩斯，他也回望我。

葛雷格森注意到我們倆的眼神，便說：「對啦，我就知道你們會有興趣。如我所說，這或許不是大事。儘管如此……」

「我很感謝你告訴我，探長。」福爾摩斯說。「也謝謝你今天早上的協助。」

警官用手指碰了一下自己的圓禮帽帽緣示意。「我們盡力而為，福爾摩斯先生，這是場惡戰。」

第二章　無名病患

The Anonymous Inmate

福爾摩斯和我回到貝克街梳洗，換上乾淨衣物，還吃了哈德遜太太準備的豐盛餐點，之後再度出門。

我們搭了一台雙輪馬車前往南華克（Southwark）與聖喬治原野（St George's Fields），貝特萊姆皇家醫院就位於此地，大眾則將醫院稱為貝德萊姆（Bedlam）。醫院的中央建築矗立在我們面前，建築前端建有圓頂柱廊，三層樓高的建築側翼往兩側延伸了約一百碼，這是座龐大駭人的建築，儘管外頭晴朗明亮，天空也蔚藍無雲，但陰影似乎仍罩住漆黑的磚造正面結構。我們爬上門前台階時，遠處窗口傳出了一股微弱卻淒厲的尖叫。對此，屋內附近某處傳來一連串叫罵聲，嗓音只帶有一丁點人性。

「野性的呼喚。」福爾摩斯說。

我只回以皮笑肉不笑的笑容。

我們踏進那棟瘋狂建築，福爾摩斯在接待處遞出他的名片，要求找麥克布萊德。看護沒過多久就過來了，他是個結實的紅髮蘇格蘭人，握手的力道宛如捕獸夾般強勁，眉毛也如荊豆般剛硬矗立，白色的制服上衣整齊地漿過，鈕扣扣得十分整齊。

「歡迎你們兩位。葛雷格森說過你們會來，真榮幸能碰上厲害的夏洛克．福爾摩斯，還有你，醫生。我很仰慕你的故事，我敢說你是和史考特[19]與史蒂文森[20]同樣傑出的作家。」

「你多禮了。」

「好了，請你們跟著我……」

麥克布萊德帶我們走向東翼，並解釋男性病患都住在那裡。另一座側翼則供女性病患居住。

我們登上狹窄無人的樓梯間後，看護便停下腳步，轉向福爾摩斯說：「你會介意……算了。」他搖搖頭。「我不該問的。」

「問什麼？」

「我在書上看過好多次，你能光看一個人，就說出關於他的一切。我在想，你可以對我試試嗎？」

福爾摩斯急促地吸了口氣。「原諒我，麥克布萊德先生，但華生和我有點急……」

蘇格蘭人看起來十分慚愧。「當然，當然。我太魯莽了。」

我從後頭撞了福爾摩斯一下。

「但是呢，」我朋友說。「我猜，講講你的基本資料也無傷大雅。你自然來自愛丁堡。」

「沒錯。」

「你的微弱口音相當明顯，但我們可以在地理上說得更精準些。你在牛門（Cowgate）出生，那是城裡的平民窟。」

「我不會把那裡形容成愛丁堡最美好的地方。你是怎麼知道的？」

「你有愛爾蘭姓氏，愛丁堡中許多愛爾蘭人後裔都住在牛門的廉價公寓。以數據來看，你曾是其中一員的可能性很高。」

---

19 譯注：Walter Scott，蘇格蘭作家，著有《撒克遜英雄傳》（*Ivanhoe*）。

20 譯注：Robert Lewis Stevenson，蘇格蘭作家，著有《金銀島》（*Treasure Island*）與《化身博士》（*Strange Case of Dr Jekyll and Mr Hyde*）。

「說得沒錯。」

「搬到倫敦後，你踏上了犯罪生涯。我們的共同朋友葛雷格森探長已經暗示過你有不為人知的過去，因為他告訴我們，他『在工作上』碰見你。當警察這樣說時，就可能代表他曾經逮捕過口中的對象，我敢進一步說，你曾是個竊賊。」

麥克布萊德粗硬紅眉下的眼神往下垂。「這不是我最驕傲的過去，但我剛南下時很窮，得想辦法討生活。我現在是個奉公守法的好士兵了，你是怎麼曉得我以前當過小偷的？」

「你一隻手上有疤痕，形狀顯示那是橇棍從你手中滑落所留下的痕跡，橇棍的尖端深深扎入你掌中，你無疑曾因不良行為坐過牢。」

「我在彭頓維爾監獄（Pentonville）度過了艱苦的兩年。」

「回到你的出身，我認為你父親是個酒鬼與莽漢，曾虐待過還是個孩子的你。」

「對，我爸是個禽獸，有什麼跡象嗎？」

「你左手腕靜止時會往一側彎，顯示年輕時曾經骨折過，這種症狀叫做不完全骨折（greenstick fracture）。如果這種傷來自意外，骨折處應該會順著你的手臂線條。你手腕的糾結方式，讓我得知你的手確實曾因外力而引發放射性骨折，可能性最高的因素來自暴力，既然你是名足以捍衛自己的高大男子，就能合理推論，傷害發生於成年前。那麼，最可能的嫌犯便是某位近親，而在大多狀況中，做出這種暴行的都是父親。至於他的酒鬼身分，你剛剛自稱為『奉公守法』的『好士兵』。這種用語在投入救世軍[21]稱為『軍兵誓約（Articles of War）』的十一支信條的成員中相當常見。最明確的推論，便是你身為那組織的成員。」

「我自願在接下來的日子裡，在我當地的教會中奉獻食物給窮人。」

「既然救世軍其中一條守則是全面禁酒，我會做出你滴酒不沾的結論，而合理的理由則是，你父親以最惡劣的方式酗酒。你透過戒酒，來特意反抗他立下的悲哀範例。」

「威士忌是我爸最好的朋友，也是他唯一的真愛，且徹底毀了他，我發誓自己絕對不會落到那種下場。」

「簡而言之，麥克布萊德先生，我看到的是一個家世清寒、也曾誤入歧途的人，但你付出了代價，並再度躍升為富有生產力的公民。你是扭轉人生的好榜樣，為此我得恭喜你。」

麥克布萊德似乎驚喜又感動，雙眼圓睜並閃著淚光。「真不可思議，」他說，「就和華生醫生在故事裡描述的一樣。」

福爾摩斯做了個往上走的手勢。「好了，我們可以繼續走嗎？」

樓梯延伸至一道走廊，那是道長廊，兩側有設了柵欄的成排門口。我們沿著長廊前進，經過處於惡劣身心狀態的可憐人群，有個人從空中抓住隱形蒼蠅，用老饕的眼神盯著想像中的昆蟲看，再一口將牠吞入口中；另一人則繞圈踱步，用手掌底部敲著前額，一面背誦荒唐的押韻詞句。我們路過時，第三人在柵欄後頭盯著我們，一邊摳抓自己的股溝；第四人被鐵製項圈上的鐵鍊鎖在床柱旁，咬牙切齒的對我們低吼，比起人類，看起來更像是野蠻動物。

我試著對這樣的光景保持無動於衷，但內心卻畏縮不已。讓我感到如此心寒的，並不是病患們的

21　譯注：Salvation Army，成立於英國的宗教性國際慈善組織。

困境與心理衰弱狀態，而是想到如果自己不小心的話，某天就可能會加入他們的行列。近年來，我經常感到自己的理智處在岌岌可危的地位，只要有一丁點額外壓力，便會落入深淵。

「到了，」麥克布萊德說。「我們的神祕客。」他從腰帶上取下串滿鑰匙的鐵圈，解開門鎖。「好了，你啊。」他嚴厲地對病患說。「你有訪客，表現好一點。」接著他對我們說：「老實說，他不會惹麻煩，但別讓他碰到你們，待在安全處就好。這種蠢蛋的行為難以捉摸，前一刻和羔羊一樣溫馴，下一刻就會試圖撕開你的喉嚨。」

我們走進狹窄的牢房，病人是個接近三十歲的男子。他穿著髒罩衫，跪在房間一角，忙碌地用塊木炭在地上畫著東西，左臂手腕前的部位遭到切除。那似乎是舊傷，斷肢處早已痊癒了。

但狀況不僅如此。他左半邊的臉龐完全毀損，皮膚上長有大量疤痕組織，看起來像是融化的蠟燭，那一側的眼睛從膨脹的眼皮底下往外窺視，外人只能看見鞏膜，那是皺巴巴的皮膚凹陷處裡的一小塊閃爍菱形部位，疤痕一路從他的脖子延伸到斜方肌。和他手上的截肢處一樣，他臉上的傷痕看起來也是舊傷，我估計，自從他受傷後，已經過了兩三年。不過，他身上還有更多近期的傷痕，我看到諸多新割傷、刮傷與破皮，甚至覺得還有咬痕。

如葛雷格森所說，牢房中的牆壁和地板佈滿粗糙的象形文字，以十字交叉角度寫在磚瓦上，且病人正用木炭寫下更多文字。

「是啊。」看到福爾摩斯和我對男子行為的興趣後，麥克布萊德說道。「他開口前就開始這樣做了，可怕的是，起初他是用自己的排泄物充當墨水。由於他不願停止，我們看護人員也受夠了刷洗他的髒東西，因此我取得允許，可以給他炭筆，之後他就開心地用著木炭。」

我走向最近的牆面，望向這個瘋子的作品。這些象形文字用拉萊耶語（R'lyehian）寫成，有三個詞彙一再出現：

R'luhlloig
Grah'n wgah'n
Sgn'wahl nyth

這些字句的粗略翻譯為：

隱匿心靈
失落者控制
與僕人共享空間

不過，最後一句我破譯的並不精確，這句話也等同於「僕人分享空間」。將拉萊耶語轉換成英語的麻煩之處在於，它簡短且實用，且文法和句法只有最低程度的存在，因此充滿了詮釋上的矛盾。

我對福爾摩斯皺起眉頭，他則肅穆地抿起雙唇作為回應。在任何情況下，拉萊耶文都絕非好事，它總是代表了壞事。

福爾摩斯直接走到病人的視野中。他向前傾身，但對方沒有反應，於是他揮了揮手，好吸引病患的注意。病患緩緩停止書寫，抬起頭來，幾乎無動於衷。

「先生，」福爾摩斯說，「我的名字是夏洛克．福爾摩斯。你是……？」

「我……」病人猶豫起來，看起來相當困惑。「我是……我不屬於這裡。」話語含糊不清，我覺得對方操著美國口音。

「我相信你自認不屬於這裡。」福爾摩斯說。「但你會到這裡來，一定有理由。至少，監禁你是為了你好，也是為了別人好。」

「不。」病患堅持道。「這裡。」他用食指（唯一的食指）指向自己的胸膛。「**我**不屬於**這裡**。」

「這小子跟我們說了很多這種話。」麥克布萊德說。「很多病人都會說一樣的話，他們通常認為自己是拿破崙或凱撒之類的人。『我是法國皇帝，我的宮殿去哪了？』」

「或者你是指自己屬於波士頓，而不是倫敦？」福爾摩斯對病人說。「如果我沒猜錯的話，你原本的故鄉是波士頓。」

「波士頓？」病人的語調若有所思，幾乎像在說夢話。「波士頓……不，不是波士頓。」

「你的腔調明顯是波士頓口音。」

男人搖搖頭，不太像是反對或駁斥，也不像困惑。

福爾摩斯指向象形文字。「*R'luhlloig*。」他說。「*Grah'n wgah'n*。*Sgn'wahl nyth*。是嗎？」

病人現在看起來確實困惑了，彷彿從未聽過有人大聲唸出他寫的字。

「*R'luhlloig*？」福爾摩斯問道。「*Grah'n*？*Nafl-kadishtu*。*Phleg*。」英文意思是：「隱匿心靈？失落者？我不明白。解釋。」

麥克布萊德拍拍我的手肘。「他在說什麼？」他低語道。「那是什麼語言？」

「那是……阿爾岡昆（Algonquin）語。」我隨口說道。「我們這位無名新英格蘭人顯然曾與印第安部落的成員接觸過。」

「是這樣呀！福爾摩斯先生還懂這種語言？天啊，我更景仰他了，他有辦不到的事嗎？」

我沒預料到麥克布萊德會立刻接受我的解釋，不過他是個單純的人，再說，身為救世軍成員，他不會與神祕學打交道，因此完全不會察覺較不為人知的神祕學相關事物。他或許能看出過度的撒旦崇拜，但無法理解更微妙陰險的邪惡，而那正是我們的目標，葛雷格森在貝特萊姆醫院挑了不錯的「有用線人」。

福爾摩斯繼續用拉萊耶語質問那位波士頓人，但毫無成果，對方只回以空洞的困惑神情。

他終於放棄時，病人再度開口。「我……不對。」他說，努力試圖用話語描繪自己的想法。「我和外表不同，我不屬於這裡。」

「你和外表不同？」福爾摩斯說。「你外表看起來瘋了，你是說自己神智清楚嗎？」

「不，不屬於這裡。不是這裡，不是**這裡**。」

男子重複那兩個字，並強調似地用食指指向自己。最後他放棄了，一屁股坐了回去，並惱怒地從喉中發出一股嘆息。

「很好。」福爾摩斯說。「我明白，你覺得自己不該待在瘋人院。現在呢……」他伸出雙手。「如果可以的話，我想檢查一下你。」

「如果我是你的話，就不會這樣做，福爾摩斯先生。」麥克布萊德勸告道。「你不曉得這種人有多難捉摸。」

「我會很小心的。我不認為我們的朋友很暴力，反倒是看起來困惑且迷茫。」

福爾摩斯出奇溫和地握住病人遭到截肢的手臂，仔細端睨，接著用指尖拂過對方毀容的臉孔。他檢視男子另一隻完好的手，最後則詳細檢查對方的頭部：包括耳朵、頭髮、頸部和牙齒。病患接受福爾摩斯的審視時出奇地平靜，我納悶著，有多久沒人對他做過動手動腳以外的事情了？貝特萊姆醫院從來都不以溫和對待住民而聞名。

「華生，對此你有什麼看法？」

福爾摩斯勾了一下手指，示意我過去，讓我看看病患頸部一處小圓痂。

「那可能是某種昆蟲咬傷。」我猜測道。「如果他身上長了蝨子或跳蚤，我不會覺得訝異。」

「昆蟲咬傷？」福爾摩斯說。「或許吧。」

「你不覺得嗎？」

「如果他全身都是害蟲的話，就會有其他咬傷，不只這一個。」

「那就是有隻蚊子咬了他。」

「我看不出典型的發炎狀況。你找得到嗎？倫敦也不常見到蚊子。」

「珀弗利特可能有蚊子，人們在那裡找到他，那裡算是鄉下。」

「沒什麼差別，我覺得這很像穿刺孔，像是皮下注射針筒會造成的傷口。」

「我一開始也這樣想，」我說，「但我排除了這種可能性。將針頭插入頭骨底部進入頸椎的危險性太高了，沒有任何合理的醫學根據曾指出該往那注射，最好也別這樣做。萬一脊椎在過程中受損呢？

後果可能相當可怕，肌肉張力亢進（hypertonic spasticity）、肌肉萎縮和四肢癱瘓……」

「我同意，這個注射處很奇怪，但留下了明顯的針孔痕跡。」

福爾摩斯的表情，補充了他沒說出口的句尾：**我看得出來**。

他也應該看得出來，因為他袖管底下的雙臂上，有無數這類穿刺痕跡。一八九〇年代中期，我朋友對古柯鹼的癮頭達到高峰，我曾在別處描寫過，他將這種藥物當作排解無聊的用品，是客戶稀少時，用來抵抗無聊時光的古怪娛樂。事實上，他每天都會施打濃度百分之七的藥物溶液，有時劑量還更強，這只是為了讓他能在超越常人的限度下運作。古柯鹼加速了他的思考過程，也能擊退疲勞，但導致了神經系統受到嚴重損害。他在藥物影響下，工作效率變得更高，但數年來累積的藥物使用，對他的身體造成了負擔。我經常苦口婆心地懇求他放棄毒品，但直到一八九七年，我才終於說服他。

「好吧……」福爾摩斯站起身。「我想我看夠了。」

「你知道他是誰了嗎？」麥克布萊德說。

「他的實際身分？不，能知道的話就是奇蹟了。但我蒐集了足夠線索，可以做為調查的基礎。」

「我想多了解一點。」

「我不想告訴你。」福爾摩斯簡略地回道。「你今天已經從我口中聽過一次邏輯分析了，麥克布萊德先生，該滿足了。」

第三章　故事與真實人生

The Stories and Real Life

「沒必要對那人那麼無禮。」半小時後，我在滑鐵盧路（Waterloo Road）上的土耳其浴室對福爾摩斯說道。我朋友堅持要去洗個土耳其浴，好讓我們恢復精神，現在我們坐在三溫暖烤箱中，全身只有腰間圍了條毛巾，我們的皮膚變得通紅，還大量流汗。「你傷了麥克布萊德的心，他真可憐。他送我們出去時，態度相當沮喪。」

我同伴聳了聳肩。「我對這些期待我表演的人沒什麼耐心。『你可以從這隻懷錶，推論出哪些關於我的事，福爾摩斯先生？』『看看我手杖的狀況，再把你所知道關於我的一切告訴我，福爾摩斯先生。』彷彿我是某種受過訓練的熊，隨時準備好在他們拍手時用後腿起立。」

「那無傷大雅吧。」

「這微不足道，但也是麻煩，還浪費了我的天份，這點我得責怪你，華生，我得怪你和你的故事……」他輕蔑地哼出「故事」這兩個字。「你在裡頭把我描寫成某種眼神頑皮的大師，會愉快地隨口講出深奧話語與敏銳觀察。」

「我花了很大工夫在小說裡描寫你的正面形象。」我反駁道。「我從來沒有貶低你，別忘了，你瞧不起的這些**故事**，讓你有地方住，有衣服穿。」

「我自己賺的錢。」

「能賺一點吧。不太多。」

「我有客戶。」

「一點點，他們只帶來雞毛蒜皮的問題，付的費用也少得可憐。我和我的小說才是你的主要贊助人，如果我提供贊助的代價，是要你表現得別和我創造的角色太過不同……這個嘛，也不算是高昂的代價。他們會這樣做，是因為他們是書迷。」

「他們崇拜的是文學化身，不是我本人。」

「那就是你，不過是加強版的你。看在老天份上，其他人可能會因出名而覺得感激，夏洛克．福爾摩斯先生可不一樣，他覺得這很煩人。嘿，我有兩年以上沒出版任何故事了，這一定讓你感到寬心。」

「對，你『殺了』我，現在我活在生死之間，在書上死亡，卻活在現實。不過，這沒打消讀者的好奇心，對吧？反而讓他們催得更急。他們對我同時抱持質疑和敬意，彷彿我在他們心中，僅次於某位拿撒勒人[22]。」

「你講得太過分了！」我生氣地脫口而出。「再說，就我的印象，儘管我想繼續寫，卻是為了你才停筆的。你知道《岸濱月刊》的紐恩斯為了要我寫新的夏洛克．福爾摩斯冒險故事，願意支付多少錢嗎？一篇故事就超過一千英鎊！」

「金額不少。」

「我手邊有所有材料：筆記、想法和情節大綱，能讓我們獲得豐厚收入，但你堅持要我拋棄這一切，不要寫任何東西。這豈止煩人？簡直是不合情理！」

我們瞪了對方幾秒，兩人怒目相視且抿起嘴巴。接著，福爾摩斯大聲一笑，打破了僵局。

「噢，華生！你怎麼受得了我？我可能是最粗魯、又最不知感激的朋友了。」

「你說得沒錯。」我說，也笑出聲來。

22　譯注：意指耶穌。

「我得道歉。」

「我們都累了，也都說了重話。如果要道歉的話，我倒覺得對象應該是麥克布萊德，不過既然他不在場，我就代他接受。」

「放心好了，經歷了過往今來的挑戰和苦難後，我只願意與你同行。」

「很好，畢竟我不認為有別人忍受得了和你一起面對那些事。」

我們從三溫暖烤箱移動到冷水池，將頸部以下的軀體浸入水裡。水溫非常冰冷，激發出了介於舒適與痛苦之間的灼熱感。我們和六個人一起泡澡，每個人都低垂著頭，思考自己的事。

「所以，」我從浸泡冷水的衝擊回神後，就開口說道。「你從關在貝特萊姆醫院的波士頓人身上，搜集到哪些資訊了？」

「和我告訴麥克布萊德的一樣，我還看不出他的身分，但我清楚他的**出身**。」

「繼續說。」

「他是個受過教育、教養良好的人，富裕人家出身。」

「他的外表透露出截然不同的狀況。」

「**表面**看來確實如此，但近距離檢查他後，就能發現所有明確跡象。他不是勞工，這點我非常確定。他的皮膚柔軟白皙，平常暴露在外的部份，和衣物遮掩住的部份同樣蒼白。他缺乏肌肉線條，再來，他剩下的一隻手，缺少從事肉體勞動的人手上會有的密集厚繭。反過來說，我認為這人靠動腦維生，因為他中指一側上有塊小繭，代表他經常用筆。你自己也有一塊繭，華生，就算你已不是作家，卻依然得大量書寫，因為你得寫報告和處方，那是你專業工作的重要部分。」

「這些跡象都沒指出富裕人家的背景。」我說。「他可能是銀行職員或律師祕書，甚至是個醫生。」

「正是如此。」福爾摩斯說。「但至少我們能有把握的說，他的生活並不辛苦，更確切的說，他是個知識分子，或是說，精神崩潰前，曾是個知識分子。」

「你為何會這樣說？」

「過去至少有兩次，我要你注意龐大頭部與龐大腦部之間的關聯。在查爾斯・奧古斯塔・米爾沃頓[23]、和我們在幾年前的聖誕節碰過的亨利・貝克先生[24]身上，都有這種現象。」

在福爾摩斯身上也能觀察到這點，他高聳的前額，有時似乎因裡頭的大量灰質而鼓脹。

「那位貝特萊姆醫院的病人有龐大的腦容量，如果頭骨裡頭空無一物，就太浪費了。」他繼續說。「他的手也很有意思。」

「上頭不是只有小繭嗎？」

「手指與手腕上有許多微小的疤痕組織，其花紋帶有暗示性，我自己也有一些類似的疤痕。」

福爾摩斯給我看他的手和手腕，皮膚上四處都有閃爍的纖維狀小點，看起來像是點點繁星。我不記得之前看過這些疤，不過這些疤的尺寸小到肉眼難以辨識。

「是抽煙造成的嗎？」我猜測道。

---

23 譯注：Charles Augustus Milverton，影射《米爾沃頓探案》（*The Adventure of Charles Augustus Milverton*）。

24 譯注：Henry Baker，影射《藍石榴石探案》（*The Adventure of the Blue Carbuncle*）。

「當然不是！這是處理化學藥劑的後果，我在大學時和畢業後經常這樣做，直到我的寫實研究方向轉向神祕領域為止。噴濺出的酸液，是化學實驗中無可避免的產物，無論有多小心，總會發生意外。」

「所以我們的神祕人是個科學家。」

「我敢下重注押這個選項。不過，最後還有一項明顯的細節：他的口音。」

「你已經確定他來自波士頓了。」

「但他不只是隨便一個波士頓人。他的話語中有明顯的盎格魯化跡象，你有注意到他說『這裡（here）』時的發音嗎？『我不屬於這裡（*heah*）』，句尾有明顯的上揚語調，除此之外，他發音中整體的優雅氣質，代表他屬於波士頓的上流階級。所謂的波士頓婆羅門[25]，與英國傳統有著深厚連結，他們的財富、對家世的注重與良好教育相當知名。在這個宣稱已排除家世關係的國家，波士頓婆羅門就是貴族的代名詞，我告訴你，華生，貝特萊姆醫院的那位病人是他們之一，他來自仕紳階級，這點錯不了。」

「那麼，這點能幫我們找出他的身分嗎？」

「幫助不大。」我朋友勉強說道。「他的波士頓婆羅門身分，不足以讓我們找出這位無名人士的姓名，但那點與他對化學的興趣，確實稍微縮減了我們的搜尋範圍。我國境內肯定有數千名美國人，或者有上萬人之多，但在這些人之中，只有一小部分符合我們這位朋友的條件：二十多歲，來自波士頓，家世優良，受過良好教育，還是位科學家。」

「更別提少了一隻手和半張臉。」

福爾摩斯發出了一陣諷刺的笑聲。「那肯定是他最明確的特徵，你說到重點了。你覺得，他是多久前受傷的？兩年前？三年前？」

「照我的估算，時間點應該沒錯。」

「那如果他已經在這個國家待了一段期間，一定會讓見過他的人留下印象，找出他的身分應該不會太難，我也要立刻伸出觸鬚，進行調查。當然了，這件事最奇特也最有挑戰性的部分，是他怎麼會落到這種下場。」

「他的心理狀態和寫在牢房牆壁上的拉萊耶文之間，必定有某種關聯。」

「這點無庸置疑。」福爾摩斯說。「精神錯亂與古神（Elder Gods）的母語：這兩件事經常同時出現。」

「除非你剛好是這些神明之一。」

「就算是這樣好了，祂們究竟是瘋狂還是神智正常？我們要怎麼知道？區區凡人如我們，在能力與感官都有所侷限的情況下，要如何評估祂們的無垠心智？我們該怎麼猜測來自異域的星際生物所擁有的動機與情緒？祂們的一切全然特異。或許祂們全都瘋了，也或許住在太空深淵與地底深處的缺點，使祂們跨越了理智邊緣，心中只剩下持續呼嘯的混沌。」

「以及邪惡。」

「或許我們只能將其稱為邪惡，因為我們無法做出別種詮釋。對祂們而言，那可能是必要行為或興致，或者是權宜之計。」

25 譯注：Boston Brahmin，傳統上對波士頓上流階級的稱呼。

「那些行為自然不該包括打壓與消滅人類。」我說。

「真的嗎？想像你是隻黃蜂，我用捲起來的報紙把你打扁。這個行為令我變邪惡了嗎？我只是除掉了個小麻煩。或假如你是隻綿羊，我剃掉你的羊毛，接著為了羊肉，而把你送到屠宰場。我不是小偷或殺人兇手，只是個農夫。」

「我想，算有道理吧。」

「如果認為外神與舊日支配者痛恨我們，其實是我們過分擢升了自己的重要性呢？萬一祂們對我們毫無情感，頂多只抱持些微的輕視呢？祂們的力量比我們強大太多，因此祂們不需要畏懼我們。反過來說，我們對祂們的恐懼，使我們將祂們的行為詮釋為邪惡。阿撒托斯（Azathoth）為何要在乎你我？莎布．尼古拉絲（Shub-Niggurath）有必要這樣做嗎？猶格．索陀斯（Yog-Sothoth）呢？伊格（Yig）呢？克蘇魯呢？」

福爾摩斯說出這些名號時，我不禁感到毛骨悚然。光是大聲念出那些名號，就已經是越界之舉，如同在晚禱時大罵髒話一樣，但對旁人而言，福爾摩斯似乎只是說出一連串毫無意義的詞彙，像是出自利爾[26]和卡羅[27]作品中的無稽話語。

「如果祂們對人類如此不屑一顧，」我說，「那為何想受人崇拜？」

「祂們想嗎？」對方回答。「祂們在乎敬仰與獻祭嗎？人們可能會對祂們獻上這些東西，但難以判斷祂們是否在乎或注意過這件事，如果祂們做出回應，可能僅僅出自偶然或好奇。有些人對神明抱持的崇敬，反而突顯出更多這些人的特質：他們對原始滿足的需求，以及感受到自身的微不足道和缺乏自信。克蘇魯與祂的同族向我們舉起了一面黑鏡，有些人在鏡中看到令人想閃避的噁心影像，其他人則清晰地看見自己的倒影，比方說，我認為莫里亞蒂教授屬於後者。」

我再度感到一陣顫慄。在許多層面上，比起任何神明，我更厭惡莫里亞蒂的名字。

「那個卑鄙小人。」我說。「過了十五年，與他有關的回憶仍然糾纏著我。我們後來打倒了許多惡棍，但莫里亞蒂仍然是其中最特出的，或許是因為，他和中國佬公孫壽是引領我們進入目前這個調查領域的人。他奪走了我們幸福的無知。」

「換句話說，他打開了我們的眼界。」福爾摩斯說。「這是我們欠他的。」

「除了永恆的敵意，我們什麼也不欠他。他打算把我們餵給奈亞拉索特普（Nyarlathotep），你不記得了嗎？」

「我全都記得清清楚楚，我也記得，最後他成了奈亞拉索特普的犧牲品，伏行混沌（Crawling Chaos）將他拖進陰間吞噬。」

「由於你是唯一看到他死亡的人，照你的說法看來，他自願讓這件事發生。他選擇臣服，而不是抵抗，我依然在思索原因。」

「我也是。我只能猜測到了最後，比起生命，他更熱愛死亡，也選擇了這一途。他擁有虛無主義式的心態，也順著這種哲學，抵達它無可避免的悲苦盡頭。我知道你依然對他感到掛心，華生，不然你為何要把他設定為我在《最後一案》（*The Final Problem*）中的對手呢？」

---

26 譯注：Edward Lear，十九世紀英國詩人。

27 譯注：Lewis Carroll，十九世紀英國作家，著有《愛麗絲夢遊仙境》（*Alice's Adventures in Wonderland*）。

「我猜，我想把他從心中驅離。因此我把他從懸崖上拋進漩渦。」

「還把我和他一起丟下去。」福爾摩斯說。「你也得驅離我嗎？」

「你要求為自己的虛構冒險畫下句點，沒什麼比死亡更有結束感了。」

但福爾摩斯的觀察中，依然有一丁點真相。透過讓他和莫里亞蒂教授在萊辛巴赫瀑布（Reichenbach Falls）一同死亡，我也從某些角度上，解決了自己對我朋友不太愉快的觀感。我其實可以讓他在與莫里亞蒂的決鬥中勝出，隨後退休。反之，可以將我「殺死」他的決定視為一種表達方式，不過較為偏向潛意識的表現，是我希望讓自己脫離這個人，對方帶來的夥伴關係經常相當麻煩，他的自我毀滅傾向也對我造成了危險。我會想像出沒有夏洛克・福爾摩斯的世界，或許我其實是在幻想沒有他的生活。

「這個嘛，」他說，「虛構的福爾摩斯或許死了，但活生生的他還有工作得做。」他從水池起身。「要跟我走嗎？」

「沒時間按摩了嗎？」

「我覺得我們放鬆夠久了。」

我疲憊到骨子裡了，造訪土耳其浴對我大腦所感受到的衰弱並未帶來多少幫助。我想要，應該說是渴求，令人寬心到不省人事的睡眠。

但我依然說：「那好吧。」我身為忠實的華生，除了跟隨夏洛克・福爾摩斯以外，還能怎麼辦呢？畢竟在故事中，事情總是如此，真實生活又有什麼不同呢？

第四章　網中獵物

A Catch from the Trawl

如同福爾摩斯所說，他確實對無名的波士頓人伸出觸鬚，展開了調查。我不喜歡他用的字眼：觸鬚，這個字眼太有節肢動物的感覺，也容易讓人聯想到觸手。它讓我想起我們房裡書架上大量書本中描述的舊日支配者、古神與外神的形象。對許多神明而言，觸鬚並非比喻，而是祂們身體的一部分。

福爾摩斯的觸鬚化身為一堆信件，寄往住在倫敦的不少對象，信中盡可能詳述了貝特萊姆醫院病人的長相。這些信件大多寄往知名學術機構，包括皇家學會（Royal Society）、皇家地理學會（Royal Geographical Society）、皇家藝術學院（Royal Academy）與我的母校倫敦大學（University of London），畢竟，知識份子與科學家必定會尋求與其他知識份子與科學家作伴。至於首都外的地區，福爾摩斯聯絡了劍津[28]和較知名的寄宿學校，這名波士頓人可能曾任教於這些學校。在我的建議下，他也嘗試聯絡我國主要的醫院，如果那人在英格蘭，而不是其祖國受的傷，或在事件發生後產生後遺症的話，或許得去醫院接受治療。這項範圍全面的清單中，還有主要的圖書館與博物館，以及各種紳士俱樂部，包括他哥哥最喜歡的去處：第歐根尼俱樂部（Diogenes Club）。

我們花了一整天進行這一連串活動，之後才休息。入夜時我上了床，福爾摩斯則去找他的針筒，隨後則拿起小提琴。琴弓在弓弦上的摩擦聲並沒有吵醒我，反而滲透進我的夢中，化為上千隻貓的嚎叫聲，牠們在某座村落的鵝卵石街道上遊蕩，而不知怎地，我知道此地叫做烏撒[29]。我在夢中曾殺死烏撒無數貓隻之一，但我不清楚過程與原因，現在牠的貓群弟兄們心懷不軌地跟著我。每當我走進迷宮般的小徑與巷弄，總有貓群等著我，牠們扭動尾巴，雙眼散發渴求復仇的光芒。

我記不得這個惡夢是如何結束的，它要不是融入另一個更舒適、但更容易遺忘的夢境，就是逐漸化為虛無。我記得自己醒來時，看到冷靜的夏洛克．福爾摩斯坐在窗邊的扶手椅上，俯視著街道，雙膝靠著下顎，煙斗散發的煙霧宛如繭般包住他全身。他身邊擺滿雜亂無章的書堆，客廳的書架上滿是宛如缺牙的空洞，這些書籍構成福爾摩斯收藏禁忌神祕典籍的私人圖書室，裡頭包含大量魔法書、罕見的參考文獻與深奧的百科全書，他在過去十五年內緩緩收集了這些書籍，且顯然通宵細讀了書本的內容。

他處於不願開口的狀態，甚至懶得回答我說的「早安」，於是我沉默地獨自吃完早餐，接著出門上班。在平淡無奇的一天裡，處理了咳嗽、雞眼和腳痛症狀後，我回到貝克街，而早上鬱鬱寡歡的福爾摩斯，已變得興高采烈且活力十足。

「華生！你來了！老天呀，你這傢伙上哪去了？」

「你以為我去哪了？」我說。「照顧病人呀。」

「我等了你好幾個小時。」

「你看到我拿著醫務包出門，知道我通常幾點回家，怎麼會不曉得我會離開多久？」

「沒差，沒差。」他向我揮動一份電報。「羅網捕獲獵物了。皇家學會的會長本人：第一任克耳文男爵（Baron Kelvin），非常尊敬的[30]威廉·湯姆森（William Thomson），回應了我的詢問信。『我沒有遇過符合描述的人。』福爾摩斯念出電報。『不過，我曾遇到另一位年輕的美國科學家：來自麻薩

28 譯注：Camford，劍橋大學與牛津大學的合稱。

29 譯注：Ulthar，參見《烏撒之貓》（*The Cats of Ulthar*）。

30 譯注：Right Honourable，英國對特定人士的傳統尊稱。

諸塞州米斯卡托尼克大學（Miskatonic University）的奈撒尼爾・衛特利（Nathaniel Whateley）。過去兩年，他都在倫敦做研究，上次曾在皇家學會的聖誕活動上見到他。』」

「這完全不是線索，你這獵物連條小魚都不算呀。」

「但有了小魚，就能用牠當餌，釣到更大的魚。克耳文公爵似乎認為，這名衛特利可能認識我們的神祕男子，畢竟，衛特利來自同一個州。他的年齡相仿，也是科學家，這兩項因素大幅提高了兩人見過面的可能性。」

「是嗎？倫敦是個很大的地方，麻薩諸塞州也不小，我們甚至不曉得貝特萊姆醫院裡的可憐人是否曾住過倫敦，珀弗利特位於都會區邊界六七英哩外。」

「如果我們能與奈撒尼爾・衛特利見面，至少還能盤問他。他有可能聽說過某個只有一隻手臂和半張臉的新英格蘭人。」

「因此可以告訴我們他的名字。衛特利住在哪裡？」

「克耳文說他住在匹黎可（Pimlico），不過不太確定。」

「沒有地址嗎？」

「對。但至少我們有線索可以下手了。我們出門叫台馬車吧，和你經常讓我在故事裡說的一樣，遊戲開始了。」

＊　＊　＊

我總是覺得，匹黎可是倫敦一處陰森怪異的落後地區，它似乎不是由自身是什麼所界定，而是由它不是什麼來界定。它不是西敏市（Westminster），也不是貝爾格萊維亞（Belgravia），更不是切爾西（Chelsea），而是座鄰近這三座優良區域的梯形空間，南邊倚著泰晤士河，彷彿只是為了填充首都的地理空間所設，類似某種建築上的補釘。儘管當地房屋的攝政時代（Regency）風格陽台外觀白皙，看起來卻單調淒涼，無樹的街道一片鬱鬱寡歡。

我們的馬車在下沉的紅日下，喀噠作響地前往目的地時，我感到這種印象變得更加強烈。穿著破爛鞋子的孩童們衝過無人打掃的道路，一面高聲叫嚷。半開窗口旁的窗簾萎靡不振地飄動，視野外的狗胡亂吠叫著。

「我們要怎麼找尋衛特利家？」我問。「難道我們要挨家挨戶地敲門，直到碰上正確地址嗎？」

「差不多吧。」對方回答。「有時候，沒什麼東西能取代傳統的跑腿方式。來吧！」

接下來一小時，福爾摩斯和我走遍不同屋舍，詢問是否有位奈撒尼爾・衛特利住在該處，沒有的話，就詢問住戶是否知道有叫這名字的年輕美國紳士住在附近。這件事單調又乏味，我們也經常碰上粗魯的回應，儘管我們很有禮貌，有些居民似乎覺得出現在門口的我們十分擾民，其他以為我們是收稅員或法警的人，則展現出明顯的敵意。

正當我放棄一切成功的希望時，福爾摩斯提議改變策略。看到一群逗留在街角的小孩後，他對我說：「所有掏金者都知道，外觀最貧瘠的地區，擁有能帶來最高利潤的礦層。」

我不覺得有人能證實這種事，儘管如此，他走近那群衣衫襤褸的孩童，向他們打探衛特利的消息時，我依然跟在他後頭。

裡頭最骯髒的小孩尖聲尖氣地開口說道。「你說那個美國人嗎？我知道你可以去哪找他。」

「奈撒尼爾．衛特利？」福爾摩斯說。

「可能是叫那個名字吧。」小孩聳聳肩說。「這附近沒多少美國人，對美國人來說，他算是某種有錢人。穿著好衣服，鞋子總是很亮，還常常給我一些零錢。」

「啊，那如果少了恰當誘因，你就不會說出他的下落了。」

「如果你是說，需不需要付錢，才能要我講出你想知道的事，你猜對了，先生。」

「華生？給這孩子一點錢。」

我把手伸進口袋。「來，一先令。」小孩伸出沾滿煤灰的手掌。「不，」我說，一面把硬幣收了回去。「等你帶我們去正確的屋子，這才會是你的。」

「先付六便士，如果是正確的房子，再付六便士。不要就拉倒。」

「這位年輕人擅長討價還價，華生。」福爾摩斯說。「是我的話，就不會再殺價了，以免我們失去他的幫助。」

男孩帶我們到河邊一棟四層樓高的聯排透天厝，這棟建築的狀態比大多鄰近住宅好，但依然有些破敗。我們敲門後，一位女僕打開門，確認奈撒尼爾．衛特利先生確實住在這裡，但目前不在家。我把第二枚六便士硬幣拋給我們的年輕嚮導，他則在半空中抓住硬幣，讓它在破爛的府綢外套口袋中消失。一瞬之後，男孩就不見蹤影，沿著巷弄快速溜走。

「衛特利先生什麼時候會回來？」福爾摩斯詢問女僕。

「我不知道，先生。」她回答。「你得問我的老闆歐文太太（Mrs. Owen）。這是她的房子，衛特利先生只是租了幾間房。」

「那我們能見歐文太太嗎？」

女僕回到屋內，幾分鐘後，一位中年婦女跑了出來。福爾摩斯遞上自己的名片，她面帶質疑地瞄了名片，接著仔細端睨他和我的臉。

「我聽說過你，福爾摩斯先生。」她終於開口。「誰沒聽過？我以為你死在瑞士了。」

「那是華生的創意。其實我只是在度假時跌下岩壁，他把這件事寫成了致命意外，後來報紙報導過我依然活著的事。」

「你肯定不是鬼，但我還是不知道是否該讓你進門。」

「為何不行呢，親愛的夫人？」

「這個嘛，首先，衛特利先生不在家。」

「女僕告訴過我們了，真可惜。」

「他也沒告訴我會有訪客。」

「我們沒有事先通知他。如果他不在，我們就不打擾妳了。不過，可以麻煩妳告訴我們他何時會回來嗎？這樣我們就能安排擇日再訪。」

歐文太太往陰暗的屋內偷偷摸摸地看了一眼。「這個嘛，」她說。「我不曉得。其實……」她臉上浮現明顯的矛盾情緒。「我不清楚衛特利先生當前的下落。老實說，這令人十分擔心。」

「怎麼說？」

「他通常相當可靠，雖然經常消失，但事前總是會先告知我。他是個博物學家，常出外工作，有時到鄉間，或去歐洲大陸。他總會讓我知道自己預計何時回來，如果租金到期時，他還不在的話，就會先留下足夠的金錢。衛特利先生對此相當一絲不苟，據說美國人粗魯又傲慢，但他不是這種人。我不會稱他是好心人，但他做人穩健又守信。我不介意幫他保留房間，也很少有房客能讓我這麼說。」

「他什麼時候離開的？」福爾摩斯說。

歐文太太似乎依然不確定自己該說出多少事，也不知道自己是不是已經說太多了。我覺得，她和我們的哈德遜太太是同一種人，對她這種女人而言，謹慎是她的箴言。

「或許你們該進來，先生們。」她說，態度終於軟化。「你的名聲響亮，福爾摩斯先生，信任你或許對我有好處。」

跨越門檻時，我往福爾摩斯拋了個眼神，彷彿在說：「**看吧？你的文學名氣能使大門敞開，你得感謝誰？**」

他看到了我的眼神，但刻意忽視這點。

＊　＊　＊

歐文太太讓我們坐在客廳，這裡和房屋後頭的幾間小套房是她的地盤，其他部分都屬於她的房客。她手中握著一張手帕，我們交談時，她便扭著手帕，彷彿將自己內心的緊張情緒，轉移到那張縫有蕾絲邊的布片上。

「如我所說，衛特利先生經常出門，為他的收藏品找尋新樣本。他很少長期離開，我想，他待在埃及那一個月，是他離開最久的時間，但通常頂多兩週。我總會知道他即將離開，他會把計畫告訴我。有時他甚至會列出自己的預計行程，『從多佛（Dover）到加來（Calais），然後往東南方穿過德國，進入奧匈帝國，前往喀爾巴阡山脈（Carpathians）。』都是這類的話。如果他在路上耽擱了，也會發電報告訴我。不過……」

那句**不過**無比沉重，也充滿不安。

「繼續說。」福爾摩斯說。

「上週三，他忽然失蹤了。當時接近中午，我聽到他從走廊衣架上拿走帽子和大衣，接著他就從前門離開，一句道別也沒說。」

「之前沒發生其他事嗎？」

「我不記得，沒什麼跟平常不同的事。不，等等。現在想想，那天早上他收到了一個包裹，那是當天寄來的第一個東西。」

福爾摩斯皺起雙眉。「包裹裡有什麼？」

「我怎麼知道？那是寄給他的東西，不是給我的。我和以往一樣，把包裹和他其餘信件拿給他，讓他自行處理。」

「衛特利經常收到這類包裹嗎？」

「不常，通常都是他訂的書。」

「包裹有多大？」

「長寬高應該只有幾英吋。」

「如果可以的話，請說精確點。」

「或許有十英吋長，八英吋寬，一英吋厚。我只能粗估到這樣。」

「那有可能是另一本書。」

「我猜是吧。」

「包裹是用什麼材料包裝的？」

「普通的棕色紙，再用細線綁住。」

「上頭有回郵地址嗎？」

「我沒看到。」

「你還收著包裝紙和那條線嗎？」

「衛特利先生把它們扔進廢紙簍了。」歐文太太說。「隔天我就把它們倒進垃圾桶，垃圾車已經來過了。」

「太可惜了。」福爾摩斯說。「可以從上頭的筆跡、繩結類型與摺紙的方式，搜集到不少資訊……妳認為包裹裡的東西，可能導致衛特利先生急著出門嗎？」

「我不曉得。我剛說過，我把包裹交給他，就讓他自行處理了。接下來，過了幾分鐘後，他就急促地出門了。」

「他帶著包裹裡的東西離開嗎？」

「大概吧，事後我沒在他書房中發現任何原本不在的東西。」

「他也沒告訴妳說自己要去哪？」

「對，晚餐時他也沒有回來。隔天早上，女僕凱蒂（Kitty）送茶給他時，他也不在床上。他的房門半開，也沒人睡過他的床。這時我才開始感到緊張。」

「有鑑於他的日常習慣，這點可以理解。妳後來都沒見到他嗎？」

「一點蹤跡都沒有。」歐文太太說，一面搖頭。「已經快一週了。」

「真奇怪。」福爾摩斯說。「告訴我，衛特利先生曾在這裡接待過客人嗎？」

「幾乎沒有。我對訪客設有規範，特別是女性訪客，她們可以來訪，但不能過夜。對衛特利先生而言，這不是問題，他說話得體、態度溫順，氣度也相當優雅，但也有些冷漠。就我所知，他沒有任何感情關係，似乎也沒有多少朋友。」

「所以妳從沒看過他碰見某個年齡和他相仿、還嚴重毀容的人？」

房東太太皺起眉頭。「哪種毀容方式？」

「這裡有嚴重的疤痕。」福爾摩斯指向臉龐左側。「同一邊還缺了隻手。」

歐文太太隨即笑了起來。「不，如果我看過這種人的話，應該會記得。」

「我相信妳會記得，我覺得值得問問看。」

「福爾摩斯先生……」歐文太太停了下來，接著努力繼續說。「你來我家詢問衛特利先生的事，加上他無法解釋的失蹤狀況，讓我覺得自己對他的擔心確實沒錯，所以我要和你分享他生活中的一項細節，通常我會保守這種祕密，但它可能與這個情況有關。請注意，這會稍微破壞我目前為止形容他的方式。」

繼續說前，她深吸了一口氣。

「沒錯，衛特利先生確實是個模範房客，我對他沒有怨言。我不太喜歡他霸佔我閣樓的方式，但我已做好忽視這點的準備，或許我只是太膽小了。」

福爾摩斯好奇地瞇起雙眼，不過什麼也沒說。我看得出他記住了這句話，準備在之後探究這點。

「總而言之，」歐文太太繼續說，「他確實有個讓我感到不安的特點，他會自言自語。」

「這並不奇怪。」我說。「身為博物學家，他肯定花了很多時間待在野外，跟蹤並逮住他的獵物。我想，他有自言自語的習慣，純粹是為了聽到人類的嗓音。再說，這種職業經常會吸引怪人來做。」

「我明白你的意思，醫生。我自己三不五時也會低聲咕噥，還曾對已故的丈夫說話，之後才想起來，他已經不在我身邊了。但我現在要描述的事完全不同，衛特利先生會進行對話，我聽過他這樣做好幾次了。」

「對話？」福爾摩斯說。

「很長的對話，有時還會起爭執。他彷彿在用那種新奇的裝置……那叫什麼？電話。他對某個不在房內的人說話，雙方來回對話，但只聽得見他這一側的聲響。他的話語之間有間斷，像是在聽對方說話。有時他似乎在回答對方的問題，或是自己發問，我不曉得該如何解釋這件事。這個現象最奇怪的地方在於，和他說話的對象好像有名字。那是個雙名，而且還是愛爾蘭名字。」

福爾摩斯的嘴角因竊笑而上揚。「愛爾蘭呀。」他咕噥道。

「萊利—洛格（Reilly-Logue）。」歐文太太說。「衛特利先生這麼叫他。」

笑容消失了。「萊利—洛格？你確定是這個名字？」

「或是某種類似的名字，我很難確認這點。」

我看不出福爾摩斯為何覺得「萊利—洛格」很重要。不過他傾身向前，看起來相當激動，顯然做出了我沒察覺到的聯想。

我在腦中複誦了那名字幾次，希望能察覺到蛛絲馬跡。

萊利—洛格，萊利—洛格……

接著我明白了。

拉盧洛伊格（R'luhlloig）。

「歐文太太，」福爾摩斯說，「妳已經慷慨地說明了很多事，我幾乎不敢再詢問妳另一件事，但我還是得問。妳提到衛特利『霸佔』了妳的閣樓。」

「對，把它變成了工作室。他把自己收藏的樣本放在那。」

「我們可以看看嗎？」

第五章　死亡動物園

The Dead Menagerie

「我不跟你們進去了。」我們抵達樓梯頂端時，歐文太太這樣說。「我看過兩次，已經足夠了。」她指向我們對面一小塊樓梯平台前的門。「門沒有上鎖，但請小心，別碰任何東西。衛特利先生很保護他的收藏品，他甚至不允許我進去除塵，以免我不小心打破東西。我是一點都不介意。」

「妳說得像是房裡有恐怖的景象。」我說。

「或許我敏感過頭了。我只知道，以博物學家而言，衛特利先生喜歡異常的事物。」

說完，房東太太就走下樓去。

「萊利—洛格，拉盧洛伊格。」當她離開聽得見我們說話的範圍時，我對福爾摩斯低語道。「請告訴我這是巧合。」

「沒有這種事，」他回答。「在你我居住的妖異世界不可能發生。現在呢……」他往門把伸手。「如果歐文太太的嚴厲警告屬實，我們最好做足準備。」

閣樓很大，和房屋的寬度與深度相同，而由於它位於復斜式屋頂下，因此有很寬敞的頂部空間。牆壁漆成白色，地板則塗上石灰，前後都有突出的平開窗，如果窗框沒有被棕色紙張黏死的話，就能提供良好的照明效果。

福爾摩斯點亮身邊的煤氣燈，燈光照亮了架上好幾個玻璃容器。那些是形狀大小不同的樣本罐，每只罐頸上頭都掛了標籤。最小的罐子容量不大於一品脫，最大的則有小圓桶的大小。所有罐子都裝滿了清澈的黃色液體，而從空氣中飄蕩的噁心甜味判斷，那種液體是福馬林。

每只罐子中都飄著一隻死掉的生物。

剛開始，我認為牠們只是在任何寵物店、動物園或住在藍貝斯（Lambeth）平琴巷（Pinchin

Lane）的薛曼先生（Sherman）家中會看到的動物，薛曼先生是位販賣異國與當地動物的供應商[31]。比方說，離我最近的罐子中，裝了類似狼蛛的生物，不過比我在自然歷史博物館（Natural History Museum）看過的展示品更大也更多毛。我靠近觀察，才發現這隻蜘蛛有十隻腳，而不是常見的八隻，背上還長出了透明翅膀，標籤上說牠來自尼日河盆地（Niger basin）。

同樣的，第一眼我以為某個東西是條捲起來的蛇（某種蟒蛇，身體和我的前臂一樣粗），實際上卻更接近蠕蟲。牠長有皮膚而非鱗片，身體一端有兩條古怪的裂縫，可能是眼睛或鼻孔。還有許多類似蝌蚪的東西群聚漂浮著，原產地為克羅埃西亞十六湖（Plitvice）的某座湖泊，每隻生物的身體都比我的拳頭大，尾巴尖端黏合在一起，使牠們整體看起來像是花朵頂端，不過是由血肉組成，而非植物的模樣。

房裡還有更多東西，更多更糟糕的東西。無論我們轉向何處，目光都會落在某種遺骸上，屬於不存在於任何正常動物百科中的生物。有些東西看起來像是常見物種的演化分支，有些則擁有可辨識的身體特徵：蝙蝠般的翅膀、蜥蜴頭部、腳蹼、羽毛和鰭。但這些特徵，卻與不符合既有類別的器官特質合併，不然就是與違背自然法則的特徵相連。

「這些東西是真的嗎？」我好奇地說，一面在這座死亡動物園的不同罐子間走動，觀看一隻又一隻的怪物。

「你是指牠們是偽造物嗎？」福爾摩斯說。「衛特利是否自己組合出這些生物，就像費尼爾司・

31　譯注：出自《四簽名》。

泰勒．巴納姆[32]將猴子木乃伊化的軀幹和頭部接上魚尾，創造出他的『斐濟美人魚』那樣嗎？恐怕不然。這裡不是珍奇屋[33]，華生，或者說，它確實是珍奇屋，但並不是給大眾觀賞用的。」

某個真正的異種吸引了我的目光：那是隻水母，灰色的肉質身軀上長滿大量突起的球體。我想：「那是**細胞器**或**息肉**吧。」接著靠近仔細觀察。

某顆球體隨即張開一道裂隙，露出裡頭的眼睛。

我嚇得叫出聲來，並往後跳。我受驚時，撞到其中一只較大的標本罐，它在架上搖晃，裡頭的福馬林緩緩攪動。我抓住瓶身並穩住它，一面大口喘氣。

福爾摩斯發出陰森的輕笑。「你怎麼嚇成這樣？」

「那……那隻恐怖的水母怪物。」我說。「牠睜開眼睛了。牠……牠**看了**我。」

我同伴走近罐子。「我對此存疑。這隻生物死了很久，是你的腳對地板施壓時，干擾了架子的平衡，觸動了罐子和裡頭的東西。」

「我希望你沒說錯。」

「看來衛特利是個畸形生物收藏家。」福爾摩斯說。「以及荷蘭動物學家安東尼．寇尼利斯．歐迪曼斯（Anthonie Cornelis Oudemans）的追隨者，歐迪曼斯同樣追求自然界中的不協調感，也因發現了剛果的黑頂白眉猴（black crested mangabey）而聲名大噪。你看。」他指向一張工作檯，上頭擺了好幾本以皮革裝訂的參考書。「這是歐迪曼斯關於海蛇的著作。書本被翻閱了很多次，書頁中突出的紙張也能作為佐證，衛特利肯定在上頭寫滿了筆記。旁邊還有本《*Unaussprechlichen Tieren*》，又名《無名野獸》（*Unnameable Beasts*），那是弗瑞德里希．威爾赫姆．馮．榮茲（Friedrich Wilhelm von

Junzt）較不知名的作品，是他那本《無名教派》（*Unnameable Cults*）的姊妹作。而且，衛特利似乎也勤奮地鑽研過這本書。」

福爾摩斯著手翻閱一連串文件，文件原本散落在工作檯上的書本旁。

「歐文太太要我們別碰任何東西。」我說。

「你差點打翻其中一只標本罐。」我同伴回答。「相較之下，我犯的只是雞毛蒜皮的小錯。」

「至少快點吧。」

「你怕衛特利忽然回來嗎？還是你不喜歡待在這間房間？」

「主要是後者。這個嘛，不對，完全是後者。」

「這些屍體並不吸引人，但死掉之後，牠們完全不可能傷害我們。我以為你是更堅強的人，華生。」

通常是這樣沒錯，但老實說，水母生物「看」我的方式，讓我感到心煩意亂。我不禁想到，其他生物也隨時會突然移動。比方說，那邊的物體像是某種突變的大象胚胎；或是另一個看似由老鼠、蜈蚣與鰻魚混合起來的生物，根據標籤說明，牠來自英格蘭的賽文河口（Severn Estuary）。這些錯誤的生物根本不該存在，因此死亡對牠們而言可能毫無效力。只要有一丁點動靜，牠們之中任一個都可能突然恢復生機。

「啊哈！」福爾摩斯驚嘆道。「這是什麼？」他從紙張中抽出一封信。「筆跡看起來太熟悉了，其

---

32 譯注：P.T. Barnum，十九世紀美國馬戲團經紀人，生平事蹟曾被拍攝為休．傑克曼（Hugh Jackman）主演的電影《大娛樂家》（*The Greatest Showman*）。

33 譯注：cabinet of curiosities，十五至十八世紀歐洲收藏家用於陳列自己收藏的房間。

實還有種親近感。認得出來嗎？你應該辦得到。」

「即使你沒有給出這麼明顯的提示，福爾摩斯，信紙上的標題也已經洩漏答案了。聖詹姆士區（St James）帕摩爾（Pall Mall），第歐根尼俱樂部。有鑑於此以及你的提示，除了你哥哥，還有誰會是這封信的作者？」

「沒錯，華生。你並不像自己在故事裡描寫地那麼傻呀。好了，邁克羅夫特找這位熟識動物王國怪異成員的專家，究竟想幹什麼？嗯！真有趣，這封信邀請衛特利去第歐根尼俱樂部發表演說。」

「演說？去第歐根尼俱樂部？」那座俱樂部的知名規則，自然是禁止人們在屋內發言。任何觸犯這項規範三次的成員，都會被註銷會籍。

「我想我們都清楚那點的意思。」福爾摩斯說。「這項演說是為了第歐根尼俱樂部的特定成員所辦，他們屬於某個祕密社中社。」

「達貢俱樂部（Dagon Club）。」

「正是。邁克羅夫特哥哥在今年四月邀請奈撒尼爾．衛特利『和我們分享你對非林奈類別物種[34]與生物分類變種的知識』。」

「衛特利有接受邀請嗎？」

「只有一個方法能找出解答。」福爾摩斯看了自己的錶。「但我們得快點。快要八點了，邁克羅夫特從不改變準時的習慣。」

34　譯注：由生物學家卡爾．林奈（Carl Linnaeus）提出的生物分類法。

第六章　無可名狀之物的裁決者

Arbiters Upon the Unspeakable

我們抵達第歐根尼俱樂部時，只剩下一分鐘了。邁克羅夫特在大廳裡收拾行李，準備在往常的時間離開，也就是準八點二十分。他似乎對我們的到來心懷不滿，因為他認為無論我們的來意為何，都會打亂他精準的每日流程，這點也並非空穴來風。他對我們點頭的態度蠻橫又冷漠，不過，他依然向我們招手，要我們到陌生人室（Stranger's Room）和他碰面，人們可以在俱樂部那一角中交談。

「是什麼風把你吹來的，夏洛克？」肥胖又較年長的福爾摩斯問道。「這和你昨天寫給我的信有關嗎？你得知道，我只在有充裕的時間下，才會回應這類問題。這次我**沒辦法**回應你，我不認識你描述的人。」

「我是為了完全無關的事情來的。」

「好吧，快說。普金室（Pugin Room）還有場會議晚餐在等我。西敏市貴族們需要我對吞併通加蘭（Tongaland）的行動與婆羅洲的動亂提供指示，如果我不告訴他們該如何做，他們肯定會想出某種愚蠢又不恰當的政策，害國家付出慘重代價。」

「四月時，有沒有一位奈撒尼爾．衛特利先生到達貢俱樂部演說？」

「有。」邁克羅夫特說。「而且，他居然敢要求我們付錢，但那就是美國人的作風。我給了他幾英鎊，他似乎就滿意了。」

「演說進行得如何？」

「很有趣。衛特利自然不曉得，自己是在向第歐根尼俱樂部的祕密內部團體發表演說，這群人全心投入彙整與交叉比對所有關於古神和舊日支配者等神靈的資料。他或許想知道，為何我們會問這麼多問題，還寫下大量筆記，但我相信他認為那代表我們大感驚奇，因此他覺得受寵若驚。」

順道一提，達貢俱樂部並非單純的知識份子組織。邁克羅夫特與他的同夥們，不只是投入收集宇宙神明所有已知的實體化事件、以及這些神明的信徒進行的相關活動紀錄，各自也都在國內包括媒體、政治或司法機關等特定圈子中擁有影響力。因此每個人位居恰當的位置，能在最高層控制如何解釋這類神祕事件。

大致而言，其中包括了避免對這類主題公開發表細節，即使報章報導只是暗示有強大又帶有敵意的星際生物存在，都會遭到無情抹殺；如果相關謠言開始在西敏宮（Palace of Westminster）流傳，就會立刻受到撲滅。福爾摩斯和我經常碰上的那類罪犯，也就是魯莽到敢與克蘇魯與祂的眷屬打交道的人，從來沒有機會在法庭上闡述自己的罪狀，他們的辯護律師會嚇唬他們，使他們保持沉默，案件甚至可能不會受審，犯人本身則會遭判勞役監禁，留在牢中等死。

邁克羅夫特於一八八〇年代初期設立了達貢俱樂部，以便協助對抗神明的邪惡計畫。他本人指出：「目標是在一般民眾與威脅我們世界的勢力之間，創造一座無形堡壘，讓雙邊居民無法察覺彼此。」在《沙德維爾暗影》中描述的事件過後，個性毫不主動的邁克羅夫特，決定自行構思計畫，並採用適合自己和自身偏好的方式。將達貢俱樂部設在第歐根尼俱樂部，不只提供了私人方便性，也諷刺地合適，這個場所禁止交談，由一小群人裁決無可名狀之物。可惜的是，達貢俱樂部已不復存在，但我將在三部曲的最後一冊，描寫它悲慘的結局。

「衛特利，」福爾摩斯說，「可能和另外一名美國人有關，我還不清楚對方的身分，但他的處境顯示這人曾與外神和舊日支配者接觸過。」

邁克羅夫特低下頭，帶著思索眼神望向他弟弟時，擠出了第三層雙下巴。「多說一點。」

福爾摩斯概述了我們近來的調查後，邁克羅夫特說道：「好吧，是有件事。我第一次聽說衛特利的名字，是由於某位同僚讓我注意到他在《皇家學會報告》（*Proceedings of the Royal Society*）中刊登的一部分文章。直到兩年前，衛特利都在米斯卡托尼克大學念研究所，專攻動物學異常現象。我相信你們很清楚，米斯卡托尼克大學位於阿卡漢（Arkham），那座城鎮坐落於波士頓北邊，當地的神祕現象數量不成比例地高。」

「我知道阿卡漢，」福爾摩斯說，「也知道米斯卡托尼克大學。研究這類謎團時，不可能沒聽過這兩個地方。」

「我也是，阿卡漢經常在達貢俱樂部的檔案中出現。麻薩諸塞州那塊角落簡直是外神與舊日支配者現身的溫床，當地彷彿有某種怪誕斷層，像是吸引諸神的凡間裂縫。」

「倫敦也不遑多讓。」

「可能有人會說，由於人口集中，任何大都會都可能產生數量高於平均值的異常事件，反過來說，阿卡漢是個相對小型的城市，人口也不超過兩萬人，但怪事的人均值卻異乎尋常，遠超過其他地方。有時你該讀讀《阿卡漢公報》（*Arkham Gazette*），我從海外訂了好幾本，那可是名符其實的異常現象寶庫。阿卡漢發生的現象，也在鄰近城鎮裡出現，像是敦威治（Dunwich）、印斯茅斯（Innsmouth）和金斯波特（Kingsport）。鄉間環境也有同樣狀況，延伸數英哩的森林、山丘與沼澤，上頭零星分佈著小農場和孤寂的村落，但大多地區人口稀少，也毫無文明跡象。不過我離題了，奈撒尼爾·衛特利，他在演說裡提及的諸多主題中，有一段敘述他在一八九三年搭乘明輪蒸汽船，前往米斯卡托尼克河（Miskatonic River）的旅程。他聲稱自己的目標是尋獲並帶回一隻修格斯[35]。」

福爾摩斯和我大驚失色。

「這瘋子！」我驚呼。「居然敢這樣想！怎麼有人會去抓那種原生質巨獸？他哪有可能捕獲和囚禁這種東西？」

「他不是瘋子。」邁克羅夫特說。「我覺得衛特利是個聰明又積極的年輕人，充滿野心，不過獲取到了錯誤資訊。對他而言，修格斯只是另一種半神話野獸，和喜瑪拉雅山的雪人或北美同族大腳怪一樣。『我在各處聽到修格斯的事，』他對我們說，『自己也打算抓一隻。』他認為那生物龐大的體型與變形蟲般的特質，更別提那凶猛的貪婪習性，都只是誇大不實的傳聞。總而言之，那場冒險沒有好下場，船隻遭到印地安人攻擊，他則僥倖存活。他的同伴只有一人生還，那是他的同學，名叫……」邁克羅夫特皺起眉頭，在腦中的龐大檔案庫調閱資訊。「康洛伊。沒錯，撒迦利亞·康洛伊（Zachariah Conroy）。他也活了下來，但遺憾的是，野蠻人對他造成了可怕的傷害。」

「有多可怕？」

「某種截肢或毀容狀況吧，衛特利仍然沒有說明細節。事後我才透過米斯卡托尼克大學的聯絡人得知，這場探險的失敗導致他失去了研究資金，並遭到開除。」

「他居然會向你和其他達貢俱樂部成員提到探險過程。」我說。「考量到探險的成果，他不是該對此守口如瓶嗎？在重要人士面前更該這麼做。」

「我也這樣想，醫生。」邁克羅夫特說。「但我認為衛特利做人無恥，還具有強烈的反骨性格。他

35　譯注：shoggoth，參見《瘋狂山脈》（*At the Mountains of Madness*）。

似乎很享受自身野心的膽大妄為，也覺得探險的慘烈結果，反而佐證了自己的目的，而非將之抹殺。總而言之，他顯然被迫背負污名離開阿卡漢，並搬到倫敦繼續進行研究，他與過往的恥辱之間也隔了一整座海洋。我相信他是靠著一份遺產，而得以在財務上保持支付能力。」

「我猜他沒發現休格斯。」

「我對此抱持懷疑，如果衛特利有成功抓到一隻修格斯，就會有探險生還者講述這件事。」邁克羅夫特說。「所以啦，夏洛克，既然知道了撒迦利亞・康洛伊的名字，我是否揭開了你在信中提到的無名美國人身分？還是其實有另一個我們一無所知的年輕美國科學家受了重傷？」

「康洛伊可能就是貝特萊姆醫院裡的男人。」

「或許我該先聯想到這點，但對於康洛伊受的傷，衛特利講得非常模糊。『野蠻人造成的傷害』包含了各種惡行，我以為他的頭皮遭到割除，或是受到熱炭灼傷，印地安人的戰俘通常都會遭受這類下場。斷手和半熔的臉孔，似乎像是意外或蓄意行為的結果。」

「我同意，但施虐者可能會從這種傷害受害者的方式得到滿足。」

「不過問題是，為何康洛伊也在這裡？這和衛特利有關嗎？」

「假設病人是康洛伊，我就能從他身上擠出情報。提到他自己的名字，應該能讓他從神遊狀態醒過來。你同意嗎，華生？」

「那或許就是解開這道大門的鑰匙。」我說。

「讓我困惑的，」邁克羅夫特說，「是他和衛特利都說出的字眼：**拉盧洛伊格**，這點成為兩人之間的連結。你確定衛特利的女房東沒說錯嗎？」

「歐文太太應該是可靠的見證人。」福爾摩斯說。「衛特利很可能在說別的話，而她誤以為那是愛爾蘭姓氏，我們則又將它搞混成康洛伊說的字。不過，這機率很小，簡單的解釋較有說服力。」

「你說它代表『隱匿心靈』？」

福爾摩斯和我點頭。

「我相信你。」邁克羅夫特說。「因為我不像你們倆對拉萊耶語那麼熟。這會是代表什麼？」

「歐文太太說，衛特利似乎在對『萊利—洛格』說話，因此她認為這是名字。她在那方面可能猜對了，但就算如此，那也不是我看過的名字。」

「我也不認得。」

「另一方面而言，她也可能是搞錯了。拉盧洛伊格可能是某種抽象概念，到目前為止，從未有文獻記載過。昨晚我在自己的參考圖書室中找過，但毫無成果。」

「如果那是衛特利和康洛伊一起發明的詞彙呢？會不會是他們之間共用的某種暗碼？這或許能解釋兩人為何都說出這個字。你沒想到那點嗎，夏洛克？」

很容易忘記福爾摩斯自己承認過，兩人中較聰明的是邁克羅夫特。他的大塊頭體型和惰性，掩飾了自己的敏銳智慧，而當他說出弟弟沒發現的假說時，總是令人感到訝異。從我的觀點而言，看到我朋友吃癟也很新鮮。

「我沒想到。」福爾摩斯承認道，語氣中帶著一絲惱怒。「我得調查這點，幹得好，邁克羅夫特。」

他哥哥不在意地擺了擺手。「我們的生活可能沒什麼交集，弟弟，但能直接合作，還是讓我覺得愉快。我們進行的這場抗爭對你造成的負擔，比我承受得還大，但放心好了，我是你堅定的盟友。順道一提，你需不需要一點捐款？你的褲管下擺有點磨損，膝蓋處也磨得太光亮了，靴子一定也經歷了不少風霜。」

「我的身心狀況良好。」福爾摩斯生硬地說。

「我知道這位好醫生贊助了你，但我的口袋很深，開銷也很低，我們可以把這件事稱為借款。」

「不。」我的同伴放低目光，臉上流露出一抹尷尬，但他突然大笑一聲，消除了這份情緒。「真的不用！肉體和物質生活算是勉強維持的下去，但我的心靈依舊活躍。」他轉向我。「來吧，華生，我們得到了全新的情報，好好利用它吧。」

第七章　重返貝德萊姆

Back to Bedlam

我們的馬車從西敏橋（Westminster Bridge）跨越泰唔士河，往東南方朝聖喬治原野前進。夜幕逐漸低垂，我也感到疲勞。另一方面，到現在已經有四十八個小時沒睡的福爾摩斯，則依然輕快無比，他因古柯鹼強化而仍舊旺盛的精力，似乎毫無止盡。四十一歲的他，體力卻和比他小一半歲數的人相同，他蒼白的臉色與凹陷的臉頰，使他看來像是年紀較長的人。他的雙眼周圍滿布皺紋，嘴巴兩側也有垂直的法令紋，紋路深邃得像由刀鋒刻出，太陽穴旁的髮絲則多了好幾綹銀髮。我看得出他心裡藏了個老人，外表則提前浮現了老邁的跡象。不難猜想夏洛克．福爾摩斯二十年後的外型，彷彿他是為了維持高效率，而使自己有限的壽命燃燒得比別人更快，有如瞬發引信。

無疑是由於疲勞糾纏心頭，使我陰鬱地思念起已過世的妻子。我們剛訂婚幾週時，我經常走這條路，當時我會離開貝克街，前往位於下坎伯韋爾（Lower Camberwell）的佛瑞斯特家（Forresters）拜訪她，她住在該處，擔任女家教。

瑪麗一天中最愛的時段，就是夏夜時城市落下黑暗的時刻。透出深沉紫藍色的東方天空，讓她想起自己在孟買的童年早期。暮色微弱時，繁星灑落的明亮光芒，讓你甚至能透過它們的光線讀書。我經常問她想不想回去印度，她會用典型的溫和口氣回答：她不可能待在自己的心不在的地方，而她的心就落在這裡。為了強調這點，她不會指向倫敦，而是指向我，我心裡則滿溢出無從表達的喜悅。

「我希望自己的遺言是你的名字，約翰。」她曾這樣對我說過。「當我臨終時，我想呼喚你，讓你到我身邊。」

「妳會活得比我久，瑪麗。」我回答。

「但你不懂嗎？就算你比我更早離世，我還是會呼喚你，你也會到我身邊。我們的靈魂到了來世也會團圓，就像我們現在一樣。」

瑪麗死亡時，我的名字確實是她唇間吐露的最後一個字眼。她痛苦地喊出我的名字，而一隻流著口水、凶殘飢餓的拜亞基[36]，則在我眼前將她撕成碎片。

「你在想已故的華生太太。」福爾摩斯說，打斷了我憂鬱的沉思。

「你怎麼知道？」

「自從她的葬禮後，我經常看到你流露出特別的嚴肅神色，就和現在一樣。更明確的證據，則是你總會若有所思地拉扯自己的襯衫袖口。」

「我的襯衫袖口？」我確實會在無意間做出這種動作。「這之間有什麼關係？」

「有一次你不是告訴過我，你和妻子在打牌時合作無間嗎？」

「對。」

「你們和朋友們打橋牌或惠斯特橋牌（whist）時，在牌桌上成功的基礎，就是你們倆發明的暗號系統。你們不是會對彼此打暗號，讓對方知道自己準備出哪招嗎？」

「對，我對此並不感到驕傲，也只有在對付鄰居阿特威爾家（Atwell）時，才會用這招，除了打牌，他們還算是親切的夫妻。競爭讓他們露出最糟糕的一面，瑪麗與我便決定，我們得透過作弊擊敗他們，而不是輸給他們，還得受到譏諷。」

---

36 譯注：byakhee，能在星際空間生存的飛行掠食者，出現在洛夫克拉夫特的《魔宴》（*The Festival*），後來在奧古斯特·德雷斯的《庫溫街之屋》（*The House on Curwen Street*）中得名。

「你告訴我說，如果你們其中一人要打出一張王牌，就會用左手拉扯右手的襯衫袖管。現在看到你這樣做，我只能推論你的心思在瑪麗身上。我經常注意到，當她成為話題中心時，你就會做出這種無意識的動作，來回憶更快樂的時光，以及你和她共享的親密夫妻之情。因此，當她成為你內心思念的對象時，你就會做出同樣的動作。」

「離我失去瑪麗的時間，已經過兩年了，」我說，「有時感覺像是昨天，有時又像是一個世紀前的事。每當我感到痛苦可能開始減緩時，它就會再度回歸，和往常一樣尖銳刺痛，或是更加劇烈。我……我本來可以救她的，我可以預防這件事。拜亞基……如果我出手快一點，就能在牠撲上去前殺掉牠。」我的嗓音因滿懷情緒而顫抖。「福爾摩斯，我和那隻生物一樣，都得為她的死負責。」

「你才不一樣！」我的朋友驚呼道。「你居然敢這樣說，華生，還敢有這種念頭！你和你的妻子是遇上了埋伏。你遭到突襲，卻還能敏捷地做出反應，已經是驚人之舉。膽小的人會因恐懼而癱瘓，但約翰．華生並非如此，他開槍打死了那頭野獸。」

就算是現在，我也能回想起拜亞基入侵我們家的那一刻，我怎麼能忘記？瑪麗和我正在火爐旁享受恩愛的夜晚，她忙著用針刺繡，我則細讀著最新一期的《刺胳針》[37]。瀰漫著家庭幸福的當下，卻響起了猛烈的玻璃破碎聲，一隻恐怖野獸隨之衝入我們的客廳窗口。那是隻長有蹼腳和膜翼的龐然大物，身軀彷彿混合了禿鷹、蝙蝠與黃蜂等生物，外表宛如死屍，全身腐爛且無比瘦弱。

拜亞基發出邪惡尖叫，充滿威脅性地衝過地毯，撲向瑪麗，她僵在椅子上，臉上滿是震驚與困惑。我本能地跑向存放軍用左輪手槍的小櫥櫃，跨越房間，拉開抽屜，掏出左輪手槍，這段時間感覺起來像是好幾個小時。我無法徒手殺死拜亞基，那隻生物太強壯了，不過，子彈射到正確位置便能打倒牠，因為拜亞基並非金剛不壞之身。牠們或許能飛越太空的真空空間，有能力馴服並乘坐牠們的對象，也能將牠們當作穿越星際的坐騎，但和所有傳統動物一樣，小型槍械依然能擊倒牠們。

拜亞基以令人驚駭的高速移動，比我想像中要快得多。當我轉身面對牠時，牠已經襲上瑪麗了。牠的利爪刺入她的身軀，一面撕扯著，鳥喙般的大嘴緊緊夾住瑪麗的脖子。她喊出我的名字，嗓音變成濕潤濃厚的咕嚕聲。

下一刻，拜亞基就死了。

一分鐘後，瑪麗也死在我懷裡。

「再說，」福爾摩斯說道，「我們也逮到了始作俑者，不是嗎？就是施咒召喚出拜亞基，並把牠派到你家的那三人。」

我點頭。「阿卜杜拉・汗（Abdullah Khan）、馬赫梅特・辛格（Mahomet Singh）、多斯特・阿克巴（Dost Akbar）。」我說出那些名字的方式，彷彿是在念充滿仇恨的禱文。每個名字都讓我的舌尖宛如嘗到強酸。

惡棍巴索羅謬・休爾多（Bartholomew Sholto），騙走了那三名錫克人與強納森・史莫以不當手段弄來的贓物。休爾多誤以為他拿到一只裝滿珠寶的箱子，裡頭放了知名的「大莫臥兒（Great Mogul）」鑽石，據說那是現存於世第二大的寶石。但箱子裡其實放了一只以海綠色岩石雕成的小神像，造型象徵了波克羅格（Bokrug），祂是半兩棲類素姆哈族（Thuum'ha）祭拜的神明，約一萬年

---

37 譯注：*The Lancet*，世界上最知名的醫學期刊之一。

前，素姆哈族住在失落已久的姆納之地（Mnar）中的城市伊博（Ib），而鄰近城市薩納斯（Sarnath）的居民偷走了神像。這些居民是更接近人類的種族，由於他們對素姆哈族柔軟的蛙類身軀感到作嘔，而將之屠殺。薩納斯的勝利戰士們將神像作為戰利品，擺在自家城市的主神殿中，但神像在當晚就消失無蹤，唯一看到神像失蹤過程的大祭司塔蘭伊許（Taran-Ish），則遭人發現死在神殿地板上，臉龐因恐懼而扭曲。一千年後，薩納斯遭受魔法復仇，一場慶祝伊博毀滅的盛宴被打斷，慶祝者們也神祕地轉變為鬆軟又無聲的綠色生物，近似遭到殺害的素姆哈族。薩納斯較卑微的居民們驚嚇地逃走，再也沒有回去[38]。

波克羅格神像從薩納斯消失的這一千年間，它時不時會重新出現，在不同擁有人之間易手，也只為接觸到它的人帶來苦難。到了一八七〇年代，它落入一位印度北方省分的羅闍[39]手中。他將神像放入自己存放黃金與寶石的寶庫中，以為那只是水蜥造型的裝飾性玉雕。

隨著英屬印度加強了對次大陸的控制，羅闍也開始為自己的財富感到擔憂。他用上狡猾的招數，將自認最沒價值的物品放入裝有佛陀造型鎖扣的鐵箱，並將鐵箱送往位於阿格拉的要塞保管，那件物品就是神像。他將箱子交給一位僕人保管，對方名叫阿瑪特（Achmet），並說裡頭的東西有他一半財產的價值，事實上他早已將所有財寶都藏在自身宮殿底下的寶庫中。

偽裝成商人的阿瑪特抵達了阿格拉，多斯特．阿克巴則擔任他的旅伴。他告訴阿克巴箱子裡裝了什麼物品，而阿克巴是阿卜杜拉．汗的養兄弟，這點為他引來了殺機。

史莫、汗、阿克巴與辛格共同殺害阿瑪特，並打開箱子。當他們沒在裡頭發現王室財寶，只看到一只看似破爛的塑像時，便大發雷霆，不過，汗曾飽覽群書，也對神祕學很有興趣，並認出了神像的本質。他知道儘管這塊飽受風霜的石雕看似樸實，卻蘊含了強大力量，他也成功說服同夥們，告訴他們這座神像比世上所有財富都還有價值，只要用上正確的咒語，就能把它當作武器使用。確實，只要使用得當，它就能讓這四人成為凡人中的神明。因此，他們將箱子藏入要塞牆壁上的一個洞裡，同意等國內情勢穩定後再取回它，但他們從來沒有這種機會。有人發現了阿瑪特的屍體，四名兇手也遭到逮捕。

在位於安達曼群島的流放地，史莫和兩名管理軍官打成一片，他們分別是巴索羅謬．休爾多少校和亞瑟．摩斯坦上校（Arthur Morstan）。他把箱子的事告訴他們，打算取得他們的同意，幫他從藏匿處取回箱子。不過，他對內容物的真相說了謊，認為兩人對粗糙的異教神像沒有興趣，瓜分寶藏反而能使他們產生動力。之後休爾多背叛了史莫和摩斯坦，獨自奪走箱子。

剩下的時間史莫都待在布雷爾島（Blair Island），在當地計畫復仇。他得到一位安達曼島民朋友幫助，對方是位巫醫，還教他如何透過詛咒引發病症，與控制人造小人執行自己的命令。同時，摩斯坦則回到英國，不久後便在神祕情況下失蹤。事實上，他和休爾多爭吵時心臟病發而死，對方則處理掉他的遺體，也沒有告訴其他人。

摩斯坦的女兒瑪麗，將福爾摩斯和我捲入了這場事件。她開始收到怪異的神祕信件，信中只畫有類似古老印記的符號，但中央的星形是四角，而不是傳統的五角形。這些信來自史莫，他懷疑瑪麗知

38 譯注：參見《末日降臨薩納斯》（*The Doom That Came to Sarnath*）。

39 譯注：rajah，印度對君王或酋長的稱呼。

道鐵箱的下落，不過她並不清楚這件事，她父親從未對她提起這件事過。其實，自從摩斯坦上校十年前放假返家後，她就再也沒見過他，或聽說他的消息。

史莫的計畫中，他企圖用那只符號讓瑪麗感到憂慮與不安，福爾摩斯將這符號稱為古老四簽名[40]。史莫一再寄信給她，打算破壞她的心理平衡，想藉此佔她便宜，從她混亂的腦海中，哄騙出自己需要的資訊。寄真正的古老印記給她太危險了，因此他自行創作了一只符號，看似邪惡，但實質上無害。

福爾摩斯和我阻止史莫的計畫後，以為事情已經結束，但沒考量到他過往的同夥。幾年後，那三名因謀殺阿瑪特而遭判終身囚禁的錫克人逃離了馬德拉斯[41]的監獄，前往倫敦。阿卜杜拉．汗讀過我的小說《四簽名》，並透過自身學識，輕易猜測出書頁中的真實故事。他正確推論出，波克羅格神像目前在夏洛克．福爾摩斯手上。他和同伴們打算奪回神像，也認為最有效的方式，便是派拜亞基殺掉我。他們覺得，透過攻擊福爾摩斯最親近的同伴與盟友，可令他深陷悲傷，使他成為能輕鬆對付的獵物。

或許那個計畫會成功，不過，由於不小心殺死瑪麗，錫克人們引發了福爾摩斯和瑪麗鰥夫的怒火。我們無情地追捕幕後真凶，逮到他們後，便殘忍地處置了對方。我對我們所做的事並不感到驕傲，但也不為此愧疚。我們把神像還給他們，在此同時，將它的可怕力量施加在他們身上。隨著大量古怪光線與一股翻騰綠霧，末日降臨在汗、辛格與阿克巴身上，變形的他們走出霧氣，身體已退化為無聲且駝背的蛙型體態。之後我立刻把子彈射進他們的大腦，將他們處決。但我掏槍前，就在他們的圓凸黑眼中看見卑微的恐懼，這讓我感到非常滿足。三人知道自己身上發生了什麼事，他們清楚自己經歷了變化，變得面目可憎且令人不快。對他們而言，死亡肯定是慈悲的解脫；對我來說，則是甜美又合理的正義之舉。

「**那是**我的錯。」我堅持道。

「你怎麼會得出這種結論，華生？」

我深深吸氣，接著嘆了口氣。「因為我寫了那本書。」

「《四簽名》？」

「對，它和路牌一樣，把那三個錫克人引到我家門口。」

福爾摩斯嚴肅地盯著我。「你之前從來沒說過這件事。」

「一直以來，我都把它憋在心裡。我試圖向自己理智地解釋這點，但越來越難成功。我告訴自己，無論我是否出版了那本小說，錫克人遲早都會找到我們，那本書只是讓他們的任務輕鬆了點，並加快了無可避免的後果。」

「沒錯。」

「但或許我該把真實故事掩飾得更好，應該更改人名和事件，才能避免人們追朔源頭。即使我在撰寫初稿時，心中就有過疑慮，但當時我並不在意。我想歌頌瑪麗，我覺得自己寫了封情書給她，然而，卻是寫下了她的死刑。」

40　譯注：Elder Sign of Four，影射《四簽名》的書名。

41　譯注：Madras，清奈的原名。

我從福爾摩斯面前轉過身去，雙眼感到刺痛，淚水填滿了眼眶，不希望他看到我這個模樣。

他拍拍我的肩膀。「現在我明白你為何不再寫書了。不是為了配合我的要求，至少不是完全如此，而是自從失去瑪麗後，你就變得畏首畏尾了。」

我點了點頭。「你不只一次要求過我，不要再寫關於你的事了，那似乎是完美的藉口。瑪麗當時剛離世不久，三名錫克人也是，我也開始明白，自己寫的這些紀錄並不是無害的娛樂作品。於是我又寫了一篇短篇故事，作為虛構版夏洛克・福爾摩斯的事業巔峰，我在其中讓他殞命，莫里亞蒂教授也與他一同陪葬。我允諾了你的要求，但也試圖消弭自己因《四簽名》所感到的罪惡感，當時我並不這樣覺得，但後來感覺變得越來越強烈。結果，即使未來某個時間點，你要我將你『復活』，我也不確定自己辦得到。我的故事成了雙面刃，儘管它們為我們帶來各種利益，卻也傷害了我們。」

「有鑑於你剛剛告訴我的事，」福爾摩斯說，「我們昨天在土耳其浴場的爭論，現在看來更令人遺憾。有時我是個鐵石心腸的莽漢，華生。」

「有時而已嗎？」我苦笑著重覆道，他也回以同樣的笑容。

「但我並不是沒有同情心的人，你很清楚這點。我希望你在今天前，就曾對我吐露實情，我發誓會更注意你的感受。」

「你才不可能打破這輩子養成的習慣。」

他發出輕笑。「這個嘛，不可能。或許這樣太強求我自己了，但從此之後，我得更注意，儘管我的華生擁有可敬的性格，卻和其他人同樣擁有弱點。在堅強的外表背後——喔！這是什麼？」

馬車在貝特萊姆醫院外停下，某種東西吸引了福爾摩斯的注意力，而視野依然模糊的我，並未觀察到那個東西。他將我們面前高度及腰的車門打開，跳至路緣。

「付車錢，華生。」他快步衝向療養院時，一面喊道。

幾分鐘後，我回到福爾摩斯身邊。他待在一小群人之中，人們聚集在面對建築東側的大廳。人群中包含了另外兩人，分別是一名穿制服的看護，以及一名穿西裝的男子，後者是位挺著啤酒肚的英印混血男子，我回想起葛雷格森曾提到貝特萊姆醫院某個「混血」醫生，認為此人是名專科駐院醫師。他蹲了下來，仔細檢視著地上的某具軀體。我抵達時，他剛完成檢查，並悲傷地搖頭。

「可憐的傢伙。」他說，一面挺起身子。「我沒辦法做什麼了。你說當你發現他時，他已經是這副模樣了嗎，布洛（Burrell）？」

「不到五分鐘前，喬西醫生。」看護回答。

我走近以便仔細觀察那具軀體。就算我沒聽到醫生的宣言，也知道自己看的是具屍體。頭部以不自然的角度歪曲地連結到軀幹，舌頭笨拙地從口中伸出，圓睜的雙眼，眼白布滿了血絲。

接著我發現，自己認識這個人。突然死於橫禍或許讓他的五官扭曲了，不過紅蘿蔔色的頭髮與豎立的眉毛等特徵相當顯眼。

是麥克布萊德。

我的呼吸卡在喉嚨。這位蘇格蘭看護負責管理我們認為是撒迦利亞・康洛伊的病人，現在卻碰上了悲慘下場。旁觀者不需要身為夏洛克・福爾摩斯，就能看出這件事是如何發生的，因為屍體旁散落著玻璃碎片和上色過的碎木片。福爾摩斯往上看，我順著他的視線方向望去，看到三樓的破碎窗口，窗口成了裂開的大洞，窗框已完全消失。少數仍在原位的碎裂橫梁與豎框，則全都如同鋸齒般往外伸出。麥可布萊德要不是跳了出去，要不就是有人把他拋出去，令他從三樓高的地方掉落，摔斷脖子而死。

福爾摩斯往下看，清了清喉嚨，以宣告自己在場。喬西醫生轉過身，先前他完全沒注意到我同伴和我的存在。

「你是哪位？」他吼道。

「夏洛克．福爾摩斯。你是？」

「精神病學家西蒙．喬西醫生（Simon Joshi）。啊對，當然了，我聽說知名的福爾摩斯先生昨天早上曾來拜訪我們。我不曉得你為何回來，但我認為時間點不會比現在更糟了。」

「理由很明顯。」福爾摩斯說，一面指向遺體。「可憐的麥克布萊德。」

「他的下場確實可怕。」喬西醫生說。「而且，我認為可能造成這場死亡的病人，也逃離病房了。有人尋獲麥克布萊德的幾分鐘前，我們才剛發現這件事，我也已經要求看護人員到附近搜索。別擔心，我們會找到始作俑者。」

「是誰？逃走的是誰？」

「我不確定這和你有關，先生。」喬西說，一面挺起身子。「這是醫院行政單位的問題，而如果我的人手找不到對方的話，也該由警方處理。無論你在某些領域多有名，這件事都不該交給業餘偵探來辦。」

對方輕蔑的口吻並未阻止福爾摩斯。「那名病患是不是某個臉上有疤、還缺了隻手的男人？」

喬西醫生訝異地眨了眨眼，答案十分明顯。

「那道窗戶，」福爾摩斯解釋道，「是沿著這側樓梯過去的第四道窗口。我剛剛描述的病人，便待在那層樓同側的第四間房。就像我朋友華生堅持要我說的，這是基本推理。」

喬西醫生內心掙扎了一下，接著說道：「麥克布萊德讓你進來後，我曾為此責罵他。貝特萊姆醫院對所有人開放的日子，已經過去了，我們的病患不是笑柄，也不是供應大眾娛樂的對象，我們不再邀請外人來看熱鬧，也會對特權訪客收費。療養院收容了身心狀況不佳的人們，他們理應得到同情心和適當照料，我們則兩者都提供。」

「我們不是像你說的那樣來『看熱鬧』的，是在追查案件。」

「儘管如此，還是得遵守規則，麥克布萊德也犯規了。不過，」喬西醫生繼續說，「巧合的是，你剛才提到昨天來看的病人，今天逃出病房，過程中還殺死了一名看護。從過去到現在，他都沒有展現出任何暴力傾向，我想知道，是否有別的事件引發了這件事。」

「我們的拜訪引發了出乎意料的反應？」福爾摩斯說。「不過如果是這樣，狀況應該立刻發生，而不是拖到一天半以後。」

「就是因為這個理由，我才姑且信你一次，福爾摩斯先生。不過，我依然有疑慮。」

「如果你讓華生醫生和我檢查那間病房，或許我能化解你的疑慮。」

喬西醫生考量了這項提議。「你覺得你能找出病人逃跑的原因，和他可能的去向嗎？我不是病急亂投醫，」他補充了這句話，不過我覺得他就是在這麼做。「由於他待在這裡的時間短暫，我們對他一無所知，因此，儘管是不尋常的手法，我們仍然歡迎任何協助。」

「我會盡力協助，」福爾摩斯說，並優雅地鞠躬。「不過我無法做出任何保證。」

喬西醫生的態度緩和下來。「我想這無傷大雅。布洛，找塊布之類的東西蓋住遺體。各位，請跟我來……」

第八章　不可能，並非不合乎情理

The Impossible Rather than the Improbable

東側的整座三樓徹底反映出醫院其綽號的意義[42]。走廊旁的病患們在病房裡呻吟躁動，比起我們之前來訪時，明顯來得更加激動。之前用鐵鍊繫在床柱旁的病患，現在則努力想掙脫束縛，嘴巴持續大張，宛如持續發出沉默的痛苦尖叫。鐵項圈不斷摩擦他的頸部皮膚，使得皮膚滲出血來；其他病人發出野狼般的嚎叫，兩名看護則努力將某個病人套上拘束衣。他全力掙扎，咬緊牙關，還試圖啃咬兩人，雙唇黏上了一層唾沫，就像是得了狂犬病的動物。

儘管周圍亂成一片，喬西醫生依然盡力維持自信又沉著的模樣。「你們得了解，」他說，一面在喧囂中提高音量。「這種逃脫事件前所未聞。我們注重隨時將病患鎖在病房中，無論安靜或暴躁的病患都一樣。就目前的狀況而言，你們會發現，這裡的預防措施多少有些多餘。」

事情確實如此，因為疤臉男子的病房門板半開，但開啟方式不太自然。它歪斜地掛在絞鍊上，其中一條絞鍊已完全斷裂，另一條則以怪異的角度扭曲。

「有人用力開門。」喬西醫生說。

「就是說呢。」福爾摩斯低語道，一面瞇眼看著兩條絞鍊。

「這需要不小的力氣。」

「或許可以說是超乎人類的力氣。」

「嗯，差不多吧。紀錄指出，只要有正確的誘因，一般人的身體就能做出超凡的行為。恐懼、驚慌或企圖拯救愛人脫離危機，都會激發活力，能使肌肉得到前所未見的力量。我確定，這裡發生了那種事。受到突如其來的強烈狂躁影響，病人將門從框架上一把扯下。我們也可以猜測，麥克布萊德衝進來阻止他，而病人將他拋出窗外。之後男子逃離現場，透過有些不尋常的方式離開建築。」

「哪種方式？」

「這條走廊盡頭有一座窗戶，你或許能從這裡看到它，它和病房裡的窗戶一樣都破了。我認為病人鑽過窗戶，再靠著附近的排水管爬到地面。」

「整體而言，那是合理狀況。」福爾摩斯說，「我也同意這種論點。醫生，我建議你在與這場事件相關的報告中提到這點，你做出了令人滿意的解釋。」

精神病學家擔憂的臉孔放鬆了點，嘴邊也流露出微笑。

「可以的話，」福爾摩斯繼續說，「我想仔細檢查病房，只是想滿足自己的好奇。你必定還有別的事要忙，也得監督搜尋逃犯的行動，我不想浪費你的時間。」

「你要我在無人監督的狀況下，讓你留在這裡。」

「只需要十分鐘左右。我說過，你對整起事件的結論相當準確，不過，我是個一絲不苟的人，喜歡釐清所有枝微末節。我請求你讓我完成心願。」

只要能達成目標，福爾摩斯就會擺出傑出的柔和態度，也幾乎會成功。現在也不例外，喬西醫生只支吾其詞了一下，就答應了他。

「好吧，福爾摩斯先生。進行你的檢查，然後麻煩你離開。」

「醫生，你人太好了。」

42 譯注：貝德萊姆（Bedlam）在英文中代表混亂喧囂的場合。

精神病醫師快步離開時，福爾摩斯隨即繞過扭曲的門板踏入病房。我隨後跟上，並因牆壁阻絕了我們周圍瘋子傳來的部分嚎叫聲而感到寬心。他們的噪音開始讓我感到不安了。

「你不認同喬西醫生對證據的詮釋。」我說。

「一點都不，但附和他篤信的事，似乎比較謹慎。現在他有個說法可以告訴董事會，有必要的話，也能告知媒體。夏洛克・福爾摩斯確認過他的主張：這點就算沒有權威性，至少也能讓他壯壯膽。」

我望向周圍用木炭寫在地板上與牆面上的拉萊耶文。先前的三句話依然不斷重複，但我覺得數量比之前更多。我們離開後，那位疑似撒迦利亞・康洛伊的病人依然忙碌。

在此同時，福爾摩斯檢查了破碎的窗戶。他帶著敏銳的目光，用一隻手小心拂過突起的玻璃碎片與碎木板。一股微風飄進室內，攪動了他大衣的尾端。

「啊！」他驚呼道。他的手指碰到黏在其中一塊碎片頂端的某種小東西，接著將它拔起來遞給我。「華生，你覺得這是什麼？」

我看了一眼。「看起來像是塊皮革，黑色皮革，是從衣物上掉下來的？或許是麥克布萊德的鞋子？他被拋出窗外時，或許扯下了一塊碎片。」

「有可能，但他的鞋子皮革是棕色而非黑色，且從我剛剛觀察他遺體時的狀況看來，鞋子本身完好無缺，上層有些擦傷，但也只是一般平日的磨損。再來，注意看這物質的柔軟度。」他在空中搖晃碎片。它的質地容易曲折，有如果凍。「它沒有經過防腐處理，是新鮮的體細胞，直到最近都還是生物的一部分。」

「我不喜歡這種狀況。」

「我也不喜歡。但結論似乎不容置疑。我們的病人沒有逃跑，他遭到綁架了。」

「是誰做的？」

「更精確的說法，是『什麼』做的。不幸的是，在這類神祕工作中，我們尋找的嫌犯經常不是人類，而是非人生物。你在書裡讓我說的格言：『排除不可能的因素』，鮮少在我們的生活中發生。在我們追尋真相的任務中，比起不合乎情理的事，我們更常追逐不可能的因子。這件事的不可能因子，是一隻擁有基礎智慧的飛行野獸，體型龐大壯碩到能抓走成年男子，習性也非晝伏夜出……我有縮小物種範圍了嗎？」

「可能是任何生物，我想到了拜亞基。」

「有鑑於我們先前的話題，你先想到拜亞基並不令人驚訝。不過，這塊皮肉並沒有那種生物的特徵，它的延展性和彈性，顯示出它來自翅膀，而拜亞基的翅膀非常僵硬，也像黃蜂的翅膀一樣透明。我覺得，我們得考量更像蝙蝠的對象。還想不到嗎？好吧，我們來看看喬西醫生說的另一扇窗戶，據說失蹤男子從那裡逃出醫院。」

我們越過後頭的走廊，抵達遠端盡頭，沿途被迫遭受病人的嚎叫與狂言轟炸。其中住在最遠端病房那人，他上下蹦跳，對我們揮舞雙臂。我不禁想像，他正以模糊紊亂的方式，重演有翼生物的飛行方式。

「我們似乎遇到了一位目擊證人。」福爾摩斯說。「你有看到事情經過嗎，好傢伙？你看到飛進這扇窗口的東西了嗎？」

病人繼續蹦跳和揮動手臂，完全無視我同伴的問題。圓凸且全無聚焦的雙眼顯示，他早已將理智拋在腦後。

「飛進來？」我說。「但喬西醫生說，**病人**是從這扇窗戶**出去**的，沒說有東西闖進來。」

「噢，華生呀，華生！喬西醫生只是在揣測，而且，還猜得與明確證據完全相反。看看此處地板上的玻璃，看看有多少碎片，這是最基本的推理，小孩都能看出打破玻璃的東西來自外頭，而不是室內，就連蘇格蘭場的員警也看得出來。」

「噢。噢，對耶。」

「這使窗戶成了入口，而非出口。」福爾摩斯往外傾身，左右探頭。「如喬西醫生所說，那裡確實有條排水管，但有五碼遠。病人是有可能從窗緣跳出，抓住排水管往下爬，但這不是我想冒的風險。對方很有可能錯過排水管，或無法抓緊管身，迎來無可避免的可怕下場。」

「沒有臉。沒有臉。」

這股低沉的咕噥聲，來自模仿飛行動作的男子對面的病房。裡頭的房客直挺挺地站在門邊，彷彿全神貫注地站著，雙手則遮住臉孔。

「就像這樣。」病人說。「沒有臉，我要怎麼看？我要怎麼聞？我要怎麼吃？我要怎麼說話？我沒有臉。」

「**你**沒有臉？」福爾摩斯問。「還是你看到某種沒有臉的東西？」

「我看不見，我沒有看見。」儘管男子的語氣冷靜嚴肅，卻充滿著恐懼。他繃緊了臉上每條肌肉，就像是被拉緊的鐵絲。「沒有臉。」

福爾摩斯繼續追問他，但徒勞無功。病人已陷入困惑且解離的狀態，因此他辨識出自己看過的東西，卻否認自己見過它。

福爾摩斯不再試圖追問，並說：「他和他走廊對面的同伴都無法提供無懈可擊的證詞，但都以自己的方式確認了我的假說，窗戶的狀況也一樣。有隻飛行生物闖了進來，沿著走廊前進，把特定病房的門拉開，帶走裡頭的病人，並在離開前殺死了英勇地前去營救病人的麥克布萊德。這隻野獸把看護丟到外頭後製造出的裂口，成為方便的離開通道，但是過程中，牠皮革翅膀上的一小部份遭到扯裂。這隻怪物沒有臉，還有軟骨般的黑色皮膚，以及……」

「是夜魔[43]。」終於拼湊起所有線索的我說。

「也該猜到了，老朋友，的確是夜魔，那就是我們的嫌犯。總之，我認為牠只是綁架病人的工具，並非幕後主使。一般而言，夜魔會躲避人類，牠們住在偏遠的荒涼地帶，殺死任何入侵牠們地盤的人，但牠們能和獵鷹或獵犬一樣接受訓練，並服從命令。如果在年幼時捕獲牠們，並用正確的獎懲方式養育，就能使牠們聽命。」

「有人派受過訓練的夜魔去抓康洛伊。」

「我是這麼判斷。」福爾摩斯說。「接下來，得找出那人的身分。」

43　譯注：nightgaunt，服侍古神諾登斯（Nodens）的飛行生物，參見《夢尋祕境卡達斯》（*The Dream-Quest of Unknown Kadath*）。

第九章　怪誕游擊隊

Most Irregular Irregulars

午夜時，我們站在泰晤士河的前灘上，腳踝深陷泥巴之中。目前正是低潮，因此河流縮小成狹窄的水流，上頭閃爍著銀色的月光。我們位於道格斯島（Isle of Dogs）的尖坡旁，那是倫敦東區的附屬地帶，到處都是碼頭。我們周圍矗立著碼頭建築，還有因退潮而擱淺的船隻上的傾斜桅杆和煙囪。

白天，這裡是倫敦最忙碌繁華的地區之一，迴盪著水手和裝卸工人的叫喊聲。不過，在這麼晚的時刻，一切寂靜無聲，還能聽到市區其餘地區傳來的聲響，但距離十分遙遠，彷彿從另一個世界飄來。在此同時，河邊的泥濘與泥臭味則反映出更原始的時代，那是文明出現前的年代。

「福爾摩斯。」我悄聲說道。放低音量似乎是恰當之舉，我不想吸引附近任何路人的注意，不過就連用正常音量交談，聽起來也怪異地響亮。

「不是現在，華生。我認得那種語氣，我不想再聽你說教了。」

「我只是想說清楚，我認為這是糟糕的點子。要進行調查，有更好的方式。」

「如果你想待在別處，」對方語氣有些尖酸地回答，「那就離開吧，我完全可以自己處理。」

「那不是我的意思，你也清楚這點。」我說。「我不贊成你和這些你準備集結的東西打交道，也不喜歡你集結他們的方式。」

「我不需要你的贊成，」福爾摩斯說，「至於這些『東西』，為何不用我給他們的團名呢？那聽起來諷刺地有趣。」

「你的『游擊隊』，那是虛偽的委婉說法。」

「但非常合適，也有種不錯的詩意。當我們需要在整座城裡進行低調的尋人行動時，游擊隊就是有力的助手，光是他們的嗅覺，就能使獵犬蒙羞。就算是我們認識的某隻垂耳且舉步蹣跚的勒車犬—

獵犬混種狗，也無法與他們匹敵[44]。」

「但你不能光靠從口袋裡掏出一兩枚先令就雇到他們，代價更高昂，也更私密。」

「你寧願我像在你的故事裡一樣，宛如守法的費金[45]般找來一堆街頭流浪兒嗎？找來衣衫襤褸的野孩子，讓他們為了錢去執行正直的差事？華生，身為作家，有時你太感性了，彷彿像是我會找一批流浪兒到貝克街，還覺得他們會照我的指揮做事，而不是帶著我的錢逃跑（肯定還會拿走哈德遜太太最好的銀器），從此消失無蹤。」

福爾摩斯冷笑了一聲，接著從皮革製旅行皮箱中，取出他從我們家帶來的物品。他將空皮箱遞給我拿著，自己則高高舉起裡頭的物品，月光反射在它複雜的青銅輪廓上，使它前端的三組蛇頭裝飾散發出怪異的生命力。

那是名為三蛇王冠（Triophidian Crown）的冠冕。一看到它，就讓我的思緒回到沙德維爾聖保羅教堂底下的洞窟，在一座龐大的地下金字塔基座旁，莫里亞蒂教授企圖將我們獻祭給奈亞拉索特普。它並非倖存到現代的三只原版三蛇王冠之一，而是莫里亞蒂自行製作的複製品，不過同樣具有效力。它飽含怪誕魔力，也賜予配戴者控制所有爬蟲類的能力，包括具有類人思維的成員。一八八〇年擊敗莫里亞蒂後，福爾摩斯就留下了王冠，並在需要執行特定偵查和追蹤行動時使用它。

現在，當他準備舉起王冠，將它擺上頭頂時，我最後一次嘗試阻止他做出這種行為。

44　譯注：此處影射出現在《四簽名》中的混種狗托比（Toby）。

45　譯注：Fagin，狄更斯小說《孤雛淚》（*Oliver Twist*）中利用流浪兒組成竊盜集團的老惡棍。

「王冠需要代價。」我說。「它會對使用者的體力造成極大負擔，我得說，你現在的健康情況並不理想。從昨天早上到現在，你已經太久沒睡，也沒好好進食，身為醫生——」

「你不是我的醫生。」

「既然你沒有其他醫生，我就得扮演這個角色。如我所說，身為醫生，我建議你至少等到休息之後再使用王冠。」

「我們的失蹤病人留下的蹤跡還很新鮮。現在就該找他，不能等到之後。」

「那我們應該用傳統的方式來找他。」

「如果非傳統方式更有效的話，為何不用？游擊隊讓你感到不安，華生，但他們能夠達成任務，那才是唯一的重點。」

「是嗎？你的身體健康不算嗎？」

福爾摩斯聳聳肩，彷彿毫不在乎自己會發生什麼事。他參與的戰爭吞噬了自己，無論得付出什麼代價，勝利就是一切。

他將三蛇王冠擺到頭上，一道道綠色光線幾乎立刻沿著纏繞成束的青銅線圈閃爍而出，空氣中也傳出一股怪異的振動嗡鳴。當福爾摩斯因聚精會神而皺眉時，光線的卷鬚變得明亮，數量隨之增加，嗡鳴聲的頻率也逐漸壓低。整座冠冕很快就亮了起來，散發出閃亮的翠綠色光暈，明亮到無法直視。附近河流的漣漪反射出綠色光澤，我們周圍二十碼內的泥地則彷彿長出了鮮綠的青苔。

福爾摩斯用自己的體力來驅動王冠，為不尋常的光線提供了燃料，而燃料自然有限。我想知道要花多久，王冠才會榨乾他？他還有多少生命力可用？我先前見過他使用三蛇王冠後即刻出現的影響，就算在他的體力巔峰期，這也使他感到精疲力竭，此時他已然疲憊不堪。

這次，王冠有可能會使他遭遇瀕臨死亡的危險嗎？或許王冠會殺了他？

「我呼喚你們前來，」他用拉萊耶語說。他的話語飄過河流，傳到遠方河畔，陰沉的回音傳了回來。「我將你們從地底家園、小窩與巢穴中召喚出來。我要求你們過來。回應我的呼喚！全速到這裡來，你們這些城市地底的居民。**Iä!** 聽從你們的主人，前來執行我的命令。**Iä! Iä!**」

有一段時間，什麼事都沒發生。福爾摩斯繼續吟唱，三蛇王冠持續發出搖曳光線，讓周遭環境籠罩在綠色磷光下。

接著，他們抵達了。

＊　＊　＊

他們從上游五十碼外的下水道排水口鑽出，以不疾不徐的緩慢速度向我們走來。有些腹部貼地爬行扭動，挺直身子走路的成員，移動的方式則不像人類，他們的四肢似乎更鬆垮，關節也比任何正常人類來得更靈活柔韌。

他們是蛇人，學名是爬蟲智人（*Homo sapiens reptiliensis*），我跟福爾摩斯第一次碰見這個種族，是在沙德維爾的聖彼得教堂墓穴中。從遠古時代起，這支種族就住在倫敦，他們可說是這座城市真正的原住民，比任何英格蘭人都更有資格主張這塊土地的擁有權。他們型態各異，有些看起來像蛇，有些則更接近人類；成員們的膚色都不同，鱗片排列的方式往往十分美麗，有些還長有眼鏡蛇般的皮摺。其中一人腰部以上是人型，但下半身是粗厚捲曲的尾巴，蜿蜒地將他往前推。

總數大約是二十人，他們走近時，我心生一股逃跑的衝動，難以克制。我轉動陷在泥地中的雙腳，厚重的泥巴纏住我的靴子，宛如惡夢般將我緊緊扣住。我將威百利手槍（Webley）放在口袋中，一隻手握住槍把，好讓自己安心。只要福爾摩斯透過三蛇王冠控制住蛇人，我們就很安全，不過，如果他對蛇人們的影響減弱，他們可能會把我們視為獵物。屆時，精準射出的幾發子彈，就代表著生死之間的差異。

「停下。」福爾摩斯依然用拉萊耶語說。

蛇人們聽話地停下腳步，眼縫中球狀的雙眼警覺地盯著我們，一面審視我們。這些生物的直覺告訴他們：我們是敵人。王冠的力量控制住他們潛在的侵略性，但他們依然是野生動物，無法信任。

「我們來了。」蛇人中最大型的成員開口說道。分叉的舌頭從他沒有嘴唇的大口中竄出，接著立刻消失。他身上那金黑相間的獨特條紋，看起來有點像老虎的花紋。「我們回應了你的召喚。」

我把蛇人們嘶嘶作響的拉萊耶方言音譯成相對應的英文，無法在書頁上表達出的，是蛇人口中吐出的語言聽起來有多醜惡低俗，比其他生物所說的語言都要糟糕。

「瓦根斯（W'gnns），我很感激你們過來。」福爾摩斯說。

長有金黑條紋的蛇人將頭部傾向一邊，那姿勢看起來既順從又猜疑。他的名字確實是瓦根斯，也可說是我對那充滿喉音的稱謂，所做出最貼近的詮釋。

「我得請你們幫忙。」福爾摩斯繼續說。

「說吧。」瓦根斯說，不過他似乎和我與福爾摩斯一樣清楚，自己並不是來幫忙的，那是需要遵從的指令，他們無從拒絕。「你有能下令的王冠，我們必須聽命。」

「我要找一個男人，有隻夜魔從他的囚禁處將他抓走。我希望你們追蹤那隻夜魔，牠應該能導向男人的所在地。」

「夜魔。」瓦根斯帶著惶恐說出那個字眼，其同伴也有相同的感受。一名蛇人發出呻吟，幾個蛇人膽怯畏縮，我當下便了解，就連怪物也會覺得某些事物相當嚇人，恐怖妖物之間也有階級。

「來。」福爾摩斯從口袋中取出夜魔的翅膀碎片，他將碎片用手帕包住。「你們可以從這上頭辨識氣味。」

蛇人們聚集在那塊破爛肉片周圍。幾個蛇人對碎片閃動了一下分叉舌尖，其他人則只跟普通人類一樣用鼻子嗅了嗅。

「記得了嗎？」

蛇人們點頭。

「夜魔會把獵物送到離這裡很近的地點，儘管它龐大又強壯，但這種生物無法一次就將成年男子載到遠處。因此牠的目的地依然在倫敦裡頭，頂多超出外圍一點。」

「我們會找尋夜魔的蹤跡，會在城市裡追蹤，並留在潮濕陰暗的地方，隧道、河道和裂縫才是我們的地盤，不會有人看見我們。只要夜魔留下明顯足跡，我們就會找出牠的去向。」

「非常好。接下來三個晚上，我都會在同一時間和你們在這碰面。如果到了第三晚，你們還沒有得到成果，我就會認為你們盡了責任，將你們解散。」

「你太好心了，福爾摩斯先生。」瓦根斯帶著一絲狡猾的態度說道。「至少我們不會永遠為奴，我們為此感謝你。」

「聽好了。」福爾摩斯繃緊背部，雙眼露出嚴峻的光芒。「你忘了，是誰開挖，然後重新打開了將你和你的人民永遠困在地底的縞瑪瑙金字塔？是誰讓你們逃離那座洞窟迷宮，讓你們得以住在倫敦地底？是誰讓你們脫離奈亞拉索特普的奴役，還讓你們免於靠同類相食維生？」

「是你，但那是在你設下了我們必須遵守的某些規範之後。」

「對，你們得努力避免出現在人類面前，也不能為了進食，而捕捉和殺害比貓大的動物。多虧有我，你們才能呼吸新鮮空氣，現在你們能夠離開黑暗，看見先前無法見到的繁星與明月。記好那點，瓦根斯。記得我是你們的恩人，我給予你們的恩惠，是你們永遠無法回報的。」

受到責備的瓦根斯低下了頭。「你當然沒錯，先生，我越界了。我請求你原諒我，我和我的族人們會遵照你的要求。」

「很好。那離開吧，我們在二十四小時內會合。」

蛇人們速度不一地離開，有些匆忙跑開，有些則費力地移動。瓦根斯最後才走，他悄悄走回下水道出水口，也依然羞愧地垂著頭。如果他是人類，我可能會因他受到福爾摩斯一頓教訓，而為他感到可憐，可能也會產生一絲同病相憐的感受。不過，看到他離開，只讓我感到開心。蛇人們不只讓我想起十五年前我們在沙德維爾的遭遇，在那個事件幾個月前，我在失落城市塔阿（Ta'aa）的鮮明回憶也襲上我心頭：我在阿富汗服役時，曾和一批士兵與一群祭拜克蘇魯的蜥蜴人發生衝突，他們是蛇人的近親。

我的肩傷彷彿受到刺激，開始產生痛楚，那是蜥蜴人揮出利爪所留下的舊傷。我揮舞了手臂一圈，減輕了一些不適感，但痛楚並未完全消失。

「舊傷痛了嗎？」福爾摩斯說，一面從頭上取下王冠，把它遞給我。

「有點痛。」我回答，並將王冠塞入旅行皮箱。「我得說呀，福爾摩斯，我對你解放蛇人這件事還是不太滿意。」

「為何不滿意？在許多情況下，游擊隊都很有用，這足以佐證我的決定。」

「但如果某天他們不想藏匿行蹤了呢？萬一他們屈服於本能衝動，開始攻擊人們呢？」

「他們比你認為得更精於世故。蛇人們和我立下了合約，目前他們也遵守了承諾。再說，每次與游擊隊碰面時，我都強化了權勢階級。透過王冠，瓦根斯等人受到嚴格提醒：誰是主人，而如果有必要的話，又是誰會消滅他們。他們將這項教訓傳遞給同胞，並維持現狀。」

「你獨力脅持了一整個種族。」

「你覺得未來會有叛亂嗎？爬蟲智人中會有人起而革命？」福爾摩斯試圖露出疲倦的微笑。「除非我給他們一絲自由，但我永遠不……不……」

他的嗓音逐漸減弱，癱軟在地。

「福爾摩斯！」我一邊喊著衝到他身旁。「福爾摩斯，跟我說話。」

「我沒事，華生。」他虛弱地回答。「只是暈了一下，扶我起來，好嗎？」

我將沒受傷的肩膀靠在他腋下，將他拉起身，但他相當沉重。我們靠著彼此，一同蹣跚地走到河畔。我將他拖到陸地上，並讓他平躺下來，接著涉水回到泥灘中，取回旅行皮箱。儘管我很想拋下皮箱，讓逐漸高漲的河水將它和內容物沖到海裡，但我知道這樣做的話，福爾摩斯永遠都不會原諒我。

等到我回到他身邊時，我的同伴已經坐起身，但他看起來不太穩定，臉色也和骷髏頭一樣蒼白。我們勉強走到大路上，我攔下一台經過的馬車，但司機一看到福爾摩斯的狀態，就打消了載客的念頭。

「他喝醉了吧？我不載醉得站不起來的傢伙。我想讓座位乾淨點。」

我把一英鎊鈔票塞入他手中，這立刻改變了他的態度，半小時內，我們就抵達貝克街，福爾摩斯和我爬上十七道階梯，回到我們的房間，我也負責把他扛上階梯。

第十章　瀕死偵探

The Near-Dead Detective

接下來三天，福爾摩斯看起來悽慘無比。他睡睡醒醒地臥病在床，入睡時的他，像是屍體般毫無動靜，只能勉強看到他的胸口起伏，脈搏也非常微弱，就算透過我的專業技術也難以察覺。他醒來時，幾乎連從枕頭上抬頭的力氣都沒有，一有機會，我就用湯匙餵他湯，還讓他吃各式滋補品。我自己需要休息時，就讓哈德遜太太照顧他，也嚴格指示她，如果他稍微表示想著裝出門，就得叫醒我。我告訴她，福爾摩斯在羅瑟希德（Rotherhithe）處理案件時，在河邊的一座巷弄中染上了某種「苦力病」，那要不是塔巴努里熱病（Tapanuli fever），就是黑福爾摩沙腐敗症（black Formosa corruption）[46]，只要不過度操勞，就會自行痊癒。

「那些病聽起來太嚇人了。」我們的房東太太顫抖著說。「會傳染嗎？」

我向她保證這類疾病沒有傳染性，這不算是謊言，因為這兩種疾病都是虛構的產物。

到了第三天，福爾摩斯的語言能力已經復原，也藉此痛罵了我一頓。

「華生，你怎麼能就這樣讓我在這裡癱著？你很清楚，昨晚和前晚，我都應該去道格斯島。瓦根斯會疑惑我去哪了，他和其他游擊隊成員可能會提前放棄搜索，以為我已經對結果沒興趣了。噢，這真是場大失敗，一切努力都白費了。」

「你口中的努力差點把你害死了，福爾摩斯。你因為使用王冠，害自己承受了無法忍受的疲勞。」

「胡說八道。」

「真的嗎？那告訴我，你現在感覺如何？」

「好得不得了。」

「證明給我看，離開床舖啊。」

福爾摩斯坐起身，但得扶住床架，也費了不少力氣。他一試圖站起來，就差點昏了過去。「老天呀。」他說，一面嚴肅又自卑地笑了一聲。「我做得太過頭了，不是嗎？」

「這還算是輕描淡寫。」

「但我今晚一定得跟游擊隊見面。如果他們帶了情報給我，我就必須知道。萬一他們找到了我們被綁走的人質呢？他或許不會待在同一個地方太久。他或許已經被移出倫敦，遠離游擊隊的出沒範圍了。」

「福爾摩斯，」我說，「你完全不適合在寒冷的夜晚出外蹓躂。再說，你也沒康復到能夠安全使用那只王冠。」

「沒有其他辦法。」他堅持道。「除非……」他惺忪的灰色雙眼盯著我。「除非，」他說，「有人代替我去。」

＊＊＊

於是，我回到道格斯島，再度踏上深度及膝的泥灘，雙手則拿著三蛇王冠。

比起上次，這次我更不想待在那。我費勁地對福爾摩斯抗議了一小時以上，聲稱我不願也不曉得如何使用王冠。我無法忍受獨自面對蛇人的念頭，更別提企圖將自己的意志施加在他們身上了。我寧

46　譯注：出自《垂死偵探探案》（*The Adventure of the Dying Detective*）。

可全身淋上柏油，然後點火。

但我不知怎地投降了。福爾摩斯說我比自己想像中更勇敢，也擁有能勝任這項任務的強健體力。無論我喜歡與否，這些奉承話確實使我動搖。

天空一片晴朗，只有幾朵厚雲往西橫過繁星，月亮低垂飽滿，我的懷錶顯示時間為十二點二十分。我望向下水道出水口，熱切卻又充滿罪惡感地祈禱蛇人不會出現。由於福爾摩斯兩次都沒有出現，失望的蛇人不會想來第三次。

可惜，我的希望破滅了。游擊隊們從出水口中爬出，瓦根斯長滿明顯黑金條紋的身體走在前方。

我用緊張的雙手舉起三蛇王冠，將它放到頭頂。我做好了準備。

福爾摩斯告訴我該預期的狀況。「你會感覺到某種心理衝動，」他說，「就像血液湧入腦門。你會聽到王冠對你說話，它的嗓音嘶啞又諂媚，你可以將它比喻成心魔的聲音。我警告你，無論你做什麼，都別理會它。王冠希望控制你，你必須反過來控制它。」

這番話聽起來天馬行空，但我毫不質疑這是事實概述，福爾摩斯不會說出虛無飄渺的錯誤言論。

的確，王冠就定位時，我察覺到一股柔和低語，像是自己腦中的搔癢感，持續不斷的獻媚。我無法在這裡精確地重新寫下那股嗓音說的話，甚至不確定它使用了語言，它更像股衝動與強迫感。王冠邀我向它降服，它催眠般地帶著輕快節奏低吟，唱出邪惡的催眠曲。我覺得放棄似乎對我有益，應該像條殷勤的狗，對它袒露腹部。我該伸長頸子，讓它輕易割開我的喉嚨，就像是羔羊祭品。

不。

我或許大聲地否定了對方，又或許只是想出這句話，無論如何，我都清楚的拒絕。我知道王冠想從我身上得到什麼：我的生命力。它想像吸血鬼般吸附在我身上，直到將我完全吸乾。

不，我不會自願成為三蛇王冠的祭品，我不願意成為宿主。

嗓音因我的決心而退縮。此刻，王冠瞬間變得順從，它急於取悅我，我想要它做什麼？

我將目光對準逼近的蛇人們。王冠清楚自己的責任，能讓我控制他們，作為回報，它只需要我一丁點精力，一點點就好，淺嘗即止……

這當然並非實話。三蛇王冠從不只拿取「一丁點」代價，它總是會從配戴者身上取走一磅以上的肉[47]。配戴者只須確保自己能付出代價，讓王冠取得應有的酬勞即可。

王冠開始散發出綠光。青銅線圈上傳來的嗡鳴聲鑽進我的頭骨，使我的牙齒在牙槽中震動，鼻竇也發出蟋蟀般的喀噠聲。我用嶄新的視角面對蛇人，忽然間，我似乎理解了他們。我大腦深處的某個部分，和他們產生了連結。他們和我是怪異的手足，回溯過去數世紀的演化過程，我們彼此曾經無比相似，擁有共同的祖先。

我不會將這種感受稱為同情，但也相當接近了。對我而言，蛇人們不再是異類，也不使我感到作嘔。我對他們懷抱著某種崇高的同情心，也明白他們和其他生物一樣享有生存權，都是自然界的一部分。再說，他們的需求十分簡單，我也擁有能影響他們的力量。他們需要指引，只需要正確使用鞭子、馬刺與韁繩，就能馴服馬匹，而蛇人也需要教育。只有受到三蛇王冠的配戴者指示，他們才會明

47　譯注：此處引用莎士比亞戲劇《威尼斯商人》（*The Merchant of Venice*）中的典故，「一磅肉」在劇中代表合法卻不合理的過分要求。

白什麼對自己最好。

「停下腳步。」我說。

蛇人們並未照做，反而繼續向我前進，以充滿威脅的步伐緩慢前行。我感到一股驚慌，王冠故障了嗎？我使用它的方式錯了嗎？

王冠在心裡輕推了我一下。它說，我犯了個錯，那是個基本錯誤。我想踢自己一腳。我說了英語，那是蛇人不精通的語言。

我用拉萊耶語重述指令：「*N'rhn*[48]！」這次蛇人們立刻做出反應。他們在我身邊約略圍成半圓形，瓦根斯比其他人站得靠前一點。

「你不是福爾摩斯先生。」他說。「福爾摩斯先生在哪？」

「他不舒服。」我回答。

「他沒有在約定的時間出現。更沒禮貌的是，居然是派代理人來，自己沒出現，這種態度不太尊重我們。」

「別傲慢了。」我責罵道。王冠在我頭頂發出更強烈的嗡鳴，光芒也變得更亮。我挺起胸膛，感到自己在各方面都優於蛇人們，我不會忍受他們不服從的態度。

瓦根斯謙卑地點頭。「我道歉，華生醫生。我逾矩了。」

「別再犯了。」

「不會的。」

我聽到遠處傳來微弱的輕笑聲，發現是來自王冠。我越常利用它宰制蛇人，它就會從我身上吸收越多精力，在此同時，我用於控制這些生物的力量吸引著我，甚至令我入迷，我也急於使用這股能力。我清楚自己正踏入陷阱，透過讓我奴役蛇人，王冠正將我化為它的奴隸。這是浮士德式的交易，但不知怎麼地，我卻毫不在乎。

「儘管我不是夏洛克．福爾摩斯，」我說，「不代表你們能對我不敬。我其實是他的同輩，我的話語和他的一樣重要，別忘了這點。」

三蛇王冠變得更加明亮，使蛇人們的爬蟲類虹膜收縮成一小條細線。有幾個蛇人舉手遮住雙眼，好阻擋光芒。

我立刻感到興奮且活力充沛。這道光是我的產物，是我發出了這道光，蛇人們理應感到眩目，但他們不該浸淫其中嗎？他們不該在光芒前下跪，宛如向太陽跪拜的埃及人嗎？

王冠大喜過望，我也一樣，即使我清楚自己不該如此。王冠展現出的喜悅，都來自我付出的代價，我能感到它深深勾住了我，我可以感受到它正在吸收我的精氣。一股麻木的怠惰感逐漸籠罩我全身，感覺像是某種麻醉藥如冰水般流過我的血管，但我不願意讓它停止。讓蛇人們向我磕頭，實在令人激動！我可以要他們做自己希望的任何事——**任何事**都可以。

「跪下。」我說，他們就照做。「鞠躬。」我說，它們也照做了。「臥倒。」我說，他們便屈身倒在泰晤士河的泥濘中，一面扭動呻吟。

「這……」瓦根斯開口，努力想說話。「這樣……不對，先生。」

48 譯注：拉萊耶語中的「停止」。

「我說對就對！」我吼道。

「你……虐待我們。請住手，我們有消息要給你。我們曉得夜魔上哪去了，只要你放過我們，我就把地點告訴你。」

「你會無條件告訴我。」我勃然大怒地說出這項聲明，怒氣強烈得使王冠發出明顯的劈啪聲。

瓦根斯緊抓頭部，許多蛇人也做出相同動作。「好痛。」他呻吟道。「你對我們做的事太痛了。」

「告訴我，你這蠕蟲，沒用的妖怪！告訴我！現在就說！」

瓦根斯絕望地顫抖，一面吐露答案。「在東邊，城市的偏遠邊界，河流和陸地交會的位置，夜魔往那飛去了。我們追蹤到牠降落的地點，牠在那裡休息，牠最後降落在沼澤某處。」

「說清楚點。」

「我辦不到。我辦不到！我們不敢遠離自己的地盤，這樣會暴露我們的行蹤。求求你，華生醫生！我們受不了了。」

王冠的嗓音堅稱他們承受得了，也應該受罰。它告訴我，我有權加強凌虐，直到他們求取一死。的確，如果這份情緒掌控我，我確實能透過從體內燒灼他們的心靈來殺死他們，直到他們腦中什麼也不剩。那很糟嗎？畢竟，我瞧不起這個種族，我完全不同意福爾摩斯讓他們在城市裡自由出沒，還讓自己成為他們高貴的解放者。如果我消滅了游擊隊，就等於對他們的族人發出強而有力的訊息，倫敦再也不需要害怕他們了，他們會膽怯地畏縮在漆黑的地底世界。

王冠給了我無與倫比的機會，我也隱約理解代價為何。為了讓我殺死游擊隊，王冠得深入我體內，抽出我身上每一絲精氣。它會不斷壓榨我，直到我完全乾涸。

有那麼一瞬間——非常長的一瞬間，我認為這是值得付出的代價。

接著我回過神來。我在做什麼？我是醫生，是個致力於保存生命的人，除了在緊要關頭自我防衛或保護無辜人士外，我不會下殺手，但當下的我，卻在考量是否要屠殺一群有知覺的生物，他們至少還有部分是人類。

我感到一陣作嘔，這種感覺針對的並非遭到凌虐的游擊隊，而是我自己。我發出抗議的哼聲，扯下頭頂的三蛇王冠，將它丟入泥巴。

當那股嘶啞且充滿煽動的嗓音從我心中消失時，我鬆了一口氣。我感到內心乾淨又舒適，彷彿為自身除去了某種令人不適的毒物。

游擊隊們停止痛苦的扭曲動作。他們接二連三地站起身，經歷過我施加的酷刑後，他們看起來疲勞又狼狽，有好幾個蛇人靠著鄰近成員以支撐自己。

條紋沾滿河床汙泥的瓦根斯，用惡毒的眼神瞪著我。

「福爾摩斯先生永遠不會作這種事。」他嘶吼道。

「我知道，我知道。我感到抱歉，王冠……它控制了我，我不曉得戴上它後的效果。福爾摩斯警告過我，但即使如此，也很難抗拒那股力量。」

「我不是那個意思。我是說，他永遠不會這麼疏忽。」

「我**太疏忽**了，對，但……」

「疏忽到把王冠丟到我觸手可及的地方。」

說完，瓦根斯就往前衝。他如蛇般快速，像是撲向獵物的眼鏡蛇。眨眼之間，三蛇王冠就落入了他的手中。

＊＊＊

「把王冠還給我。」我說。

「為什麼？」瓦根斯駁斥道。「我為何要還？這是暴君的工具。你用它壓榨我們，還帶來苦難。少了它，你什麼也不是，只是個軟皮哺乳類。」

其他游擊隊員發出認同的嘶嘶聲。他們依舊因我造成的痛苦而感到暈眩，但也發現勢力平衡已迅速扭轉。我不再是他們的主人，只是個孑然一身的人類，他們則有二十人，我的命運現在掌握在他們手中。

瓦根斯打了個手勢，其中一名游擊隊員（下半身完全是蛇身的成員）就滑向我。我的反應很慢，一定是因為使用王冠後的疲勞效果還沒消散，使我的反應動作變得遲鈍。我將手伸向左輪手槍，為了以防萬一，我和上次一樣帶了槍來。不過，我的手伸到口袋前，蛇人就用下半身纏住我，將我從膝蓋到頸部都包了起來。他把我的雙臂擠壓到身軀旁，我的雙腿也緊緊靠在一起。我束手無策，全身遭到又長又粗的肌肉圓柱纏住，當下我明白遭紅尾蚺抓住的猴子有什麼感受了。我盡力掙扎，但蛇人加重了對我的束縛，我感到自己的骨頭發出嘎吱聲，而且很難吸氣，更糟的是，蛇人身上的嗆鼻阿摩尼亞臭味飄進了我的喉嚨與鼻孔。這種死法糟糕透了，我也無力阻止。唯一逃離困境的希望，就是想辦法說服對方。

「瓦根斯，」我喘息道，「仔細想想，如果我今晚沒回家，福爾摩斯很快就會想出原因。他會知道我遭遇的狀況，還有兇手的身分。他會來找你們所有人，也會大發雷霆，你們沒人能脫身。」

「但他沒有這個東西。」瓦根斯在我鼻子下搖了搖王冠。「這樣一來，我們就少了畏懼他的理由。」

「不管有沒有王冠，夏洛克·福爾摩斯依然不可小覷。聽我說，別這麼做，這是為你們好。」

「我應該對你展露憐憫嗎？」瓦根斯思考道。「但你自己似乎缺乏了這種品德？」

其他蛇人吼道，說我不該活下去，讓他們的同伴勒死我，讓他壓爛我，直到我每根骨頭都斷裂，內臟也爆開。

「但我沒下手，不是嗎？」我說。「我放手了，我恢復理智了。你也能這樣做，你不會想讓我的死成為你良心的負擔。」

「從威脅到請我注意良心。」瓦根斯無唇的嘴巴明顯地咧嘴一笑，露出銳利的鐮刀型尖牙。「接下來呢？求饒嗎？」

「永遠不會。」我聲稱。「英格蘭人不會為性命求饒。別的不說，英格蘭人知道該如何抱持尊嚴而死。」

「英格蘭人。」瓦根斯困惑地復述，由於沒辦法輕易用拉萊耶語翻譯那個字眼，我只得用母語開口。「那是你的部族嗎？那就是你嗎？」

「正是如此。」

「好吧，英格蘭人，你的願望成真了。」

在那恐怖又令人暈眩的瞬間，我以為自己抱持尊嚴而死的要求即將得到允諾。我準備好迎接隨後將發生的事，我相信在經歷痛苦後，當我的靈魂脫離軀殼，飛向最終目的地時，瑪麗會在那等我。我看到自己在她面前跪下，懇求她原諒沒能保護她的我。我看到她往下伸出和善的手，臉上流露出明亮的可愛笑容。我覺得，清楚死後有什麼等著我時，就算缺乏尊嚴，自己也能平靜的死去。

「你會活下去。」瓦根斯說。「但是，」他補充道，一面揮舞三蛇王冠，「這東西屬於我們了，福爾摩斯先生或其他人都不能再用它控制我們。我們會繼續遵守和他立下的約定，我的族人不會侵犯你們的族人，不過，前提是你們的族人也不傷害我們。只要你們不打擾我們，我們也不會干擾你們，清楚了嗎？」

依然困在蛇人身軀中的我點了點頭。

瓦根斯再度示意，蛇人又擠壓了一下，對我的肋骨施加近乎無法忍受的壓力。接著他放開我，鬆開身軀，我又能自由呼吸了。

游擊隊往下水道出水口走去，我呆站在泰唔士河的泥灘上，鬆了一口氣，但又心懷悔意。潮水已經上漲，但我等到逐漸變寬的河面邊緣開始拍擊我的雙腳時，才動身離開。

第十一章　鏡中世界

The Looking-Glass World

福爾摩斯大發雷霆，我早就料到了。他在病床上花了好幾分鐘臭罵我，我也全然接受，低頭並把雙手靠在背後，活像個因為違反了某些規則，而被叫去校長書房那種懊悔不已的學生。

「我想辯解，」當對方稍微消氣時，我才說道。「你沒講清楚三蛇王冠有多陰險。」

「或許我應該說明白點。」福爾摩斯稍微改變了語氣。「我以為像你這樣的清廉典範，道德感應該夠強，不會受到王冠誘惑，是我判斷錯誤。不過，那無法改變我失去強大武器這件事。我指的不只是王冠，還有游擊隊，兩者都無可替代，恐怕失去它們這件事，日後會反撲我們。」他嘆了口氣。「無論如何，我都得繼續向前。再告訴我一次，瓦根斯對夜魔的行蹤說了什麼。」

我得先講出關於王冠的壞消息，再說明游擊隊找出夜魔去向的好消息。我再度重述瓦根斯提供的模糊方向。

「把我的英國地圖拿來，好嗎？」福爾摩斯說。

我到客廳，往他擺放非神祕學參考書籍的書架去，他的整體藏書中，這個部分相對稀少。我取下他要求的書，帶回他的臥房。福爾摩斯翻閱著書本，直到他找到一份描繪倫敦與周邊區域的地圖。研究一陣子後，他用食指戳向書本某頁。

「這裡。」他說。「在東邊，城市的偏遠邊界，河流和陸地交會的位置。瓦根斯說的很可能是雷納姆沼澤（Rainham Marshes），這個地點符合這三項描述。」

「但那是個荒涼且沒有多少人居住的區域，占地數百英畝。我不想說什麼老套的『大海撈針』，但是……」

「你解讀這個問題的方式有誤，華生。對，雷納姆沼澤是片荒原，但那使我們的工作變得更輕鬆，而不是變難。」

「怎麼說？」

「假設有人指示夜魔，我猜我們倆都會同意，這種可能性很高。對方特別將病人當作綁架目標，讓我們只能用這種方式解讀資料。記好剛開始有人發現那名男子時的狀況：他全身都是抓傷和瘀青。加上尋獲他的地點，正好是珀弗利特附近。」

他指向地圖上的小鎮，它位於雷納姆沼澤旁。

「你不覺得，這位人質入住貝特萊姆醫院前，曾是個逃亡者嗎？」他說。「夜魔強行將他帶回先前的囚禁處，你沒看出牠打算取回逃犯嗎？」

「天啊！」我驚呼道。「對，現在我看出來了，他一定是在逃亡時遭受到那些皮肉傷。」

「那些傷痕似乎符合對方逃離荒涼地形時受的傷，他全身赤裸，精神狀態慌亂無比，不斷跌倒又摔落，赤腳踩在尖銳的岩石上，努力穿越叢生的蘆葦與荊棘灌木叢。更糟的是，他是在一片漆黑中逃跑的。」

「你怎麼知道？」

「葛雷格森說早上有個農場工人發現那名男子，這代表他是在夜間脫逃。那晚陰暗無光，新月期也才剛開始，他完全無法靠自然光源找出方向，難怪他經常絆倒。」

「所以在那之前，他是被關在某種住所嗎？」

「夜魔已經把他抓回去了，或者該說是夜魔的主人所為。我一直都有此猜測，但我需要確認，游擊隊恰好提供了證據。幸運的是，既然沼澤區人煙稀少，代表我們不需要檢查太多地點，也只要拜訪少數幾戶人家。」

「你認為我們何時該開始調查？」我問道。

「如果我說『現在』，你肯定會罵我。」福爾摩斯說。

「沒錯，你還不夠強壯。」不過，福爾摩斯五分鐘前的怒火，讓我知道他正逐漸康復。一天前的他，根本無法作出這種事。

「那就明天早上。」他說。

「太快了，或許後天吧。」

「明天中午，這是我最後的讓步。」

我別無他法，只能乖乖妥協。我認為自己勝利了，福爾摩斯肯定也自認如此。

＊＊＊

隔天我起床時，福爾摩斯已經穿好衣服，刮了鬍子，開始吃早餐了。他看起來精神不錯，不過還稱不上硬朗。我則因遭到蛇人粗魯對待，而感到全身痠痛，肋骨則特別敏感。那已經夠糟了，但更糟的是我漲痛的頭，感覺像是我昨天整晚都在酗酒。

「三蛇王冠宿醉。」我朋友觀察道，我用顫抖的手拿了杯茶。「它具有傳統宿醉所有的不適症狀，卻沒有產生宿醉前的喜悅。」

「既然那該死的東西現在已經落入蛇人手中了，對你而言，這可能不是壞事，你再也不用在隔天忍受這種感覺了。」

「噢，正常使用王冠並不困難。」福爾摩斯輕快地說。「它可能會讓我有點懶散，但一劑古柯鹼就能解決這個問題。你應該試試那種藥，它立刻就會治好你。」

「謝謝你，但我只需要這種興奮劑。」我指向我的茶說。「除了茶，還有水波蛋，和一兩片培根。」

「當你享用哈德遜太太的佳餚時（我們都知道，她的廚藝和任何蘇格蘭女子一樣精湛，至少在早餐的部分是如此[49]），你可能會想看看這個。」

福爾摩斯把一份信封從餐桌彼端遞給我。他已經打開了信封，裡頭有封用第歐根尼俱樂部筆記紙寫的信，還附上一份剪報。

「是你哥哥寄來的嗎？」我說。

「你的推理能力真傑出。」

這封信是份簡要的附函：

夏洛克，

我猜你對隨信附上的剪報有興趣。你前幾天來拜訪時，我腦海中浮現了撒迦利亞．康洛伊這個名字，但我之後才想起來，幾年前曾在《阿卡漢公報》上看過這個名字。我花了點時間，才從

49　出自《海軍協約》（*The Adventure of the Naval Treaty*）中，福爾摩斯對哈德遜太太廚藝的看法。

我的資料庫中找出相關報導，也只能在處理國家事務的空檔調查。資料量不多，但我希望它有些關聯性。

邁克羅夫特

剪報因年代而有些泛黃，上頭標記的日期是一八九三年二月十一日星期六，內容如下：

米斯卡托尼克大學學生做出驚人聲明

本報《阿卡漢公報》已相當習慣米斯卡托尼克大學科學教室發生的異常怪誕實驗，未來數年也肯定會繼續為本報讀者報導這些事件。

不過，為了滿足各位，本報在此提供另一樁特殊事件，來自那座讓我們阿卡漢人深感驕傲、又經常感到無比困惑的傑出學府。有位名叫撒迦利亞．康洛伊的生物學系大一學生，聲稱自己成功地將鸚鵡的意識，移植到卷尾猴腦部。

多虧了小康洛伊所誇飾的「顱內認知移轉（Intercranial Cognition Transference）」，這隻靈長類動物現在住在籠中的棲木上，上下揮舞自己的雙臂，啄著葵花籽。這項手法實際的性質尚未明朗，只知道它仰賴發明者製作的某種藥劑。

康洛伊的教授們承認，他們並不相信實驗成果，與實驗主導人對運作機制不甚清楚的說明。其中一位知名學者是位名叫諾德史卓姆（Nordstrom）的榮譽退休教授，他告訴本報，自己質疑康洛伊確實做出了他所宣稱的成果。

「我覺得這是騙局。」備受景仰的老教授說。「人們可以訓練猴子做出自己要求的某些行為，甚至是模仿鳥類特質。」

「我們認為康洛伊是個有大好前景的聰明學生，」諾德史卓姆補充道，「但可惜的是，他擁有早熟又不遵守傳統的傾向，有時甚至會以下犯上。除非他學會控制自己恣意而為的習慣，才可能在自己選擇的專業上得到進展。」

這讓本報認為，比起天才，年輕的康洛伊更像是搗蛋鬼。他定然對教職員們**耍了猴戲**！

「文筆非常戲謔。」我讀完剪報抬頭時，福爾摩斯說道。「但內容依然耐人尋味。」

「你不會相信康洛伊確實做出自己宣稱的行為吧？把鳥的意識塞入猴子腦中？那太可笑了。」

「誰知道哪些東西是否可笑，華生？大眾會用這樣的說法，形容你和我經歷過的不少狀況，而這些事件的真實性無庸置疑。」

「但那是超自然現象，康洛伊宣稱創造了科學奇蹟，那是兩回事。科學仰賴經驗上的絕對成果，並透過事實證明理論。如果康洛伊說，自己透過**魔法**達成了鳥與猴子間的意識移轉，我可能會姑且相信，但怎麼會透過科學做出這種事？」

「這就是你我踏入的鏡中世界。」福爾摩斯露出微笑說。「我們質疑科學，卻對超自然抱持盲從的信念。但你得自問，萬一康洛伊確實使用了怪誕手法，卻用科學方式包裝成果，以便不要引來太多注意呢？」

「他已經引來夠多注意了。這或許有可能，但到頭來，這個行為究竟有什麼意義？除了有趣以外，創造出像鳥一樣的猴子，究竟能得到什麼？」

「或許有很多好處。動物園或私人收藏家會為這種獨特動物付出大筆金錢，同樣的，既然康洛伊表面上是位科學家，這難道不會是他的原型實驗體嗎？或許這是製作出某種更偉大也更有野心的事物前，所踏出的第一步？畢竟，這就是科學必經的過程，示範能在實驗室中達成這件事，再拓展範圍。」

福爾摩斯伸手拿他的黏土製煙斗，以及他用於存放煙草的波斯拖鞋。

「總而言之，」他說，一面熟練又輕鬆地將粗糙的黑色草屑塞入煙斗。「撒迦利亞・康洛伊已經比之前來得有趣多了。」他點燃了火柴。「如果我們今天下午的探險目標確實是那位年輕人，我會非常期待。」

第十二章　書本與羅盤

The Book and the Compass

我們在珀弗利特車站下車，雇了台雙輪馬車，駛向沼澤。下午的太陽照在我們頭頂，三不五時有朵厚雲遮蔽光線。福爾摩斯似乎興高采烈，用生氣勃勃的眼神望向周遭景色，露出一抹淺笑。我則完全相反，依然受到三蛇王冠帶來的副作用所影響。馬車沿著鋪有車轍的車道前進時，車身往前搖晃的動作讓我想吐，就算是吹在臉上的暖風都令我不適，感覺像有螞蟻在爬。

除此之外，我們還正往潛在危險前進。這些沼澤地帶之間，很有可能潛藏著一隻夜魔，那是世上最致命的野獸之一，而且，我們或許還得面對牠。我們帶了恰當的裝備前來，但我依然不喜歡目前這種狀況。

「各位，」我們的司機最後終於說道，一面拉緊了馬匹的韁繩。「這裡是個好地點，你們可以看到很多動物：小辮鴴、赤足鷸、鷸鳥、鸛和反嘴鷸，無論你想到什麼鳥，都可能看到有一隻在附近飛。」

「謝謝你，好傢伙。」福爾摩斯說，一面敏捷地躍下馬車。他告訴司機我們是鳥類學家，對兩名造訪這種有豐富鳥類地帶的男子而言，這是絕佳藉口。

「之後需要來接你們嗎？」

「不用，我們會自行回到珀弗利特。」

「沒問題，賞鳥快樂！你們這些愛鳥人士或許會這樣說吧？」

兩輪馬車喀噠作響地離開時，福爾摩斯深呼吸了一下。「沒什麼比新鮮的鄉間空氣更棒了，對吧，華生？這讓人熱血沸騰，也清理掉雜亂的思緒。總有一天，我要在這種地方蓋個家，遠離城市的喧囂。我們的戰爭遲早會結束，我也能離開戰場，在鄉間度過應得的休憩時光。」

「如果你繼續這麼激烈奮鬥的話，就無法活著看到那天了，福爾摩斯。」

「要不是敵人持續攻擊，我需要這樣做嗎？我得精準地抵抗祂們每場入侵，若是我有一刻放鬆，就會全盤皆輸。我守住了大門，也確實是人類與無法想像的混亂與墮落勢力之間唯一的屏障，我不會輕忽這份責任。」

說完後，他摸索著旅行皮箱，他將三蛇王冠帶到道格斯島時，也是用這只皮箱。他從裡頭取出不少物品，如果旁人不曉得這些東西的用途的話，可能會說它們是小飾品，他謹慎地將這些東西擺在一塊扁平的岩石上。最後則是一本用油布包裹的大書，他同樣小心翼翼地打開油布，細心地拿出那本書。即使他已擁有了這本書好幾年，也曾在許多狀況下查詢這本書，它卻不是該受到隨意對待、或抱持不敬的物品，人們在它旁邊時無法感到舒適，或對它產生親切感。

那正是《死靈之書》（*Necronomicon*）。這本魔法書於西元八世紀由半瘋癲的詩人與神祕學學者阿布杜・阿爾哈茲瑞德寫成，此後人們認為，它在與宇宙神明有關的事務中，是關鍵的文本。事實上，對某些人而言，這本書是祂們與我們世界之間的管道，使用者能透過它望入深淵，並目睹深淵回視自己。

這本書先前是大英博物館的財產，擺放在那座機構中存放禁書的存庫，也就是罕有人知的隔離典籍區。要不是一八七九年，莫里亞蒂教授從藏書區的圖書館員查斯特蒂・塔斯克小姐面前偷走它的話，這本書依然會留在館內。我們將《死靈之書》從莫里亞蒂手中奪回後，福爾摩斯便盡責地將書歸還給她，不過，當那位可敬的女士在七年後退休時，博物館委員會決定關閉隔離典籍區。所以，有些人取得了博物館認為不值得花錢維護的館內書籍。

得知這些書將遭到拍賣後，塔斯克小姐提議讓福爾摩斯先生保管其中最惡名昭彰的書本，也就是那些永遠不該落入精神不穩或先天體質虛弱的人手中的書。離開崗位前，她將三十本以上的書藏入格雷醫生包[50]裡頭，偷渡至貝克街。

現在，當福爾摩斯將《死靈之書》暴露在沼澤地帶的空氣中時，發生了兩件事。第一件事，是太陽遭到遮蔽。原本零散的雲朵，似乎立刻聚合成同一朵雲，光線變得黯淡，彷彿黃昏提早了好幾小時降臨。

另一件事，則是我們周圍的鄉間變得安靜。周圍原本有微風與昆蟲的聲響：像是蒼蠅與蜜蜂的嗡嗚，與蜻蜓翅膀的呼呼聲。田野間也有鳥鳴，那是近乎刺耳且持續不斷的啁啾聲。

接著是一陣靜默。這是巧合嗎？我不這麼認為，和《死靈之書》有關的事情，沒有任何巧合。

書本漆黑的封底和書頁邊緣，使它看起來像是由絕對黑暗構成的長方形，也是塊實體虛空，彷彿有人切除了世界的一部分。它缺乏光明與良善的一切，是生命的反義詞。

福爾摩斯打開書時，一隻猛禽（我想是澤鵟）便從附近的蘆葦叢中快速飛出。牠翅膀的拍打聲出奇地大，當牠衝上蒼天時，則發出更尖銳的叫聲。我無法否認自己驚訝地跳了起來，也只能將那尖銳的啼聲描述為警覺的鳴叫。

別人可能會覺得奇怪，一套紙張、墨水和皮革的組合物，怎麼會引發超自然的無聲狀況，還使野生動物感到慌張？但《死靈之書》是本獨一無二的書，每份複本都充滿了邪惡精華，就連出自希臘文、意指「死亡律法的形象」的書名，都反映出了錯誤感，不過可能比不上它原本的阿拉伯書名《*Al Azif*》，這個字眼通常用於描述夜晚中的昆蟲聲響，而在中東傳統中，這等同於惡魔的嚎叫聲。還得考量這本書帶來的苦難與死亡，幾乎所有印製、翻譯或使用它的人，都遭逢了可怕的下場，稱它受到詛咒，只能算是輕描淡寫，有理智的人確實該遠離《死靈之書》。

福爾摩斯找到了他所需的書頁，上頭以濃密的哥德式字體寫下的好幾篇段落旁，有幅描繪夜魔的木版畫。畫中的生物呈駝背姿態，蝙蝠般的雙翼往外伸展，宛如魔鬼般長滿尖刺的尾巴，則像貓尾一樣蜷曲在身後。牠頭頂有雙往後伸去的角，四肢修長泛白，而原本該是臉孔的部位，卻一片空白。

圖片十分粗糙，單純的筆法似乎帶了點孩子氣，不過，它依然帶有某種赤裸的衝擊感，讀者越仔細看它，圖畫就變得越鮮明，的確，盯了幾秒後，我就覺得自己看到夜魔移動。牠的頭在脖子上轉動，彷彿正轉向我，牠移動了善於抓握、又長了利爪的手指，動作有些類似在獨奏會前暖身的鋼琴家。

嚇了一跳的我，將目光從圖片上移開，當我膽敢再望向圖片時，夜魔已經恢復成原本的姿勢。我告訴自己，那只是心理作用，書頁在微風中飄動了。對，沒錯。由於書頁飄動，才催生出夜魔移動的錯覺。

在此同時，福爾摩斯把注意力放在從旅行皮箱中拿出的其他物品上。其中有個圓形的黃銅測量儀，周圍雕有方位基點與基點間的刻度。他在測量儀的中心放了一只圓錐形槓桿支軸，並在支軸上擺了一小塊石片，再調整石片，直到它取得平衡。石片的形狀有些類似淚滴，原料是某種帶有暗沉棕色色澤的金屬礦物，上頭則有數條以閃爍著虹彩的物質所構成的紋路。

50 譯注：Gladstone bag，十九世紀英國醫生經常攜帶的皮革包。

他做出了一只羅盤，但這並非尋常裝置，差得可遠了。淚滴型的石片是塊帶有磁力的磁石，先前曾是某塊於一八八〇年代早期掉到地球上的隕石一部分，墜落地點則是麻薩諸塞州某個叫做克拉克角（Clark's Corners）的地區，離阿卡漢並不遠。

米斯卡托尼克大學的某些教授曾帶了隕石樣本回去研究。樣本在一週後消失，來自太空的隕石也不見了，它遭到閃電摧毀，只留下墜毀時撞出的坑洞。之後謠言盛傳隕石坑周圍的動植物遭受毒害，還有農民失蹤，夜空中也出現爆炸與古怪光芒。我完全不會小看這些事，但對大多數住在該地區外的人而言，那只是手頭有太多閒暇時間的北方鄉巴佬編出的故事，當地人有很多私釀酒，容易煽動自己的想像力。

米斯卡托尼克大學的教授們也蒙受類似的指控，畢竟，他們取得的岩石樣本並沒有從存放樣本的襯鉛容器中憑空消失，實際發生的狀況並沒有那麼難解釋。有些手癢的大學生偷走了樣本，並將它敲碎成更小的碎片，再當成「罕見隕石碎片」販賣。為了掩飾竊案（以及校方在實驗室保全上的缺失），學者們編出了一段故事，說樣本逐漸縮小，直到它透過某種科學還無法解釋的化學或物理過程，進而完全消失。在阿卡漢這種每天都會發生不尋常事件的地方，這種謊言的可信度似乎極高，大眾也很快就接受了這個理由。[51]

隕石碎片只為買家帶來苦難與災厄。所有持有碎片的人都立刻生病，罹患不同的癌症或是器官衰竭，而幾乎在每個案例中，這些症狀都會使對方提早死亡。隕石碎片們一個個落入販售這類奇異物品的黑市，在一群收藏家間成為珍藏，這些人喜愛受到死亡氣息污染的製品。我們面前的樣本來自福爾摩斯解決的一樁案件：有隻鵝在一樓窗台旁發現了碎片，以為那是食物而毫無防備地將它吃掉，之後則長出怪異的畸形組織，性格也變得嗜殺。如果我的長期讀者們有機會讀到這份書稿的內容，就會認出我曾用這段原始事件，寫下氛圍異想天開的聖誕節主題故事，劇情是關於一枚遭竊的寶石，寶石則屬於某位虛構的伯爵夫人[52]。

福爾摩斯始終一絲不苟地將石片收藏在襯鉛盒中，以緩解它的惡性放射線，當他將之取出使用時，也會確保自己僅短暫地暴露在石片下。擺設完羅盤後，他讓磁石在支軸上自由旋轉，直到它停下並指向磁北，那正是磁石的自然傾向。他將底下的測量儀對齊到適當方位，接著，他開始用拉萊耶語吟唱出《死靈之書》中的文字。話語似乎汙染了純樸的鄉間空氣，宛如聽覺上的瘴氣，它們飄散在我們周遭的超自然靜默中，就像藻類填滿了磨坊水池。

拉萊耶語中的夜魔「*n'ghftzhryar*」，不斷在他的咒文中出現，羅盤則緩緩扭動，開始回應咒語。隕石「指針」偏離北方，在支軸上來回旋轉，一下子順時針轉，一下子又逆時針轉，彷彿正在探索。福爾摩斯引導它指出夜魔所在的方向。

石片旋轉時，棕色表面的虹彩紋路逐漸改變。先前它們用閃爍的七彩光芒反映出黯淡日光，現在則顯露出統一的色澤。我無法描述那種色彩，它不像任何一種顏色，也與世上所有色彩毫無關聯。沒有藝術家的調色盤能再現這種顏色，標準可見光譜中沒有相似色彩。

51　譯注：此處影射《星之彩》（*The Colour Out of Space*）的劇情。

52　譯注：影射《藍石榴石探案》。

旁人也無法輕易觀察這種色彩。眼睛將之視為某種有害景象，是對視網膜的侵犯，只有透過強烈意志力，才能強迫自己正視它，但這種行為會引發某種暈眩感，彷彿觀察者落入了某個無底洞。

簡單來說，它是種不該存在的顏色。

指針突然停止，顫抖地指著某個方向。能被視為「頂點」的尖端，對準了北北西。

「有了。」福爾摩斯說。「我們找到方向了。」

第十三章　前往農舍

To the Farmhouse

事情自然不是沿著單一方向抵達目的地那麼簡單。首先，穿越沼澤地帶的通道並非直線路徑，它們蜿蜒曲折，有時還折回原路。再來，我們的路線不只包含陸地，一路上得通過沼澤地，穿越蘆葦叢，也得跨越排水渠。

這代表我們一再偏離正確方向，因此我們得停下腳步，重新組合隕石羅盤，找尋新方位。那天下午，我們至少做了這種事十二次，每次福爾摩斯都被迫重新翻開《死靈之書》，再度吟唱出相關段落。

「你一定已經牢記那些咒語了。」他念了第五或第六次後，我這樣說道。「你不用一直拿出那本該死的書。」

「這種咒文不只是語言。」福爾摩斯回答。「重要的是，得讓《死靈之書》靠近磁石，它們會對彼此產生影響。我負責用語言催生交流，透過吟誦咒文，我喚醒了這本書潛在的力量，它則會啟動羅盤。」

「換句話說，你等於是從郵局送電報去給收件人的跑腿小弟。」

「華生，如果你硬要用這種陳腐比喻的話，是可以這樣說，類似那種人吧。」

我們繼續前進，而隨著下午過去，自從翻開《死靈之書》後就懸掛在我們頭頂的烏雲依然留在原處，像是陸地上空的一枚蓋子，封住了白日高溫。沼澤區的氛圍變得充滿壓迫感，我也開始對此感到惱怒。我氣靴子裡雙腳發出的嘎吱聲，靴子則因長期浸泡在水中而變得溼透。害襯衫黏在腋下、也讓領口黏在脖子上的汗水，使我感到生氣。我氣龐大的灰色天空，高聳又寬闊地掛在我們頭頂上，延伸到遠處的地平線，也氣單調的平坦景色。我不想來這裡，沼澤地也對我抱持同感。

我們經常碰上文明的前哨站，有時是矮小歪曲的茅屋，或是窗口沒有玻璃的小木屋。我們經過時，這些貧瘠寓所的居民便用充滿疑心的眼神望著我們。有個衣衫襤褸、蓄著骯髒鬍鬚的小農，拿了把舊式大口徑散彈槍衝了出來，一面向我們揮舞槍枝，一面叫罵出威脅性言語。福爾摩斯感到饒富興味。等那人從視野中消失，他說：「我很想看看，當他扣下板機時會發生什麼事。那把武器很舊，我敢打賭槍會直接在他面前爆炸。」

「我不想測試這種事。」

「這個嘛，或許不要吧。至少我們可以確定，當地人很不友善。我認為史坦利與李文斯頓[53]在非洲遭受的待遇，比我們的情況更有人情味。」

「我不懂你為何這麼愉快，福爾摩斯。」

「我也不懂你為何這麼陰鬱，華生。解決我們小謎團的答案就在眼前了，這自然值得慶祝吧？」

「前提是我們能活下去。」

「呸！我們之前遭遇過超自然野獸，也活下來了。」

「我們從沒碰過夜魔。」

「那麼，就把這件事當作挑戰吧，這是對我們能力的試煉。」

他處於瘋狂的愉快心情時，無法和他理性溝通，我只能跟在他身旁，希望情況會變好。

---

53 譯注：英國探險家亨利．史坦利（Henry Stanley）曾於一八七一年前往非洲，找尋失蹤的英國傳教士大衛．李文斯頓（David Livingstone）。

約莫六點時，我們休息了一下。哈德遜太太為我們準備了野餐用的牛舌三明治和水煮蛋，我們在一座小湖泊的湖畔旁吃完這些餐點。有一對小野鴨游到我們腳邊，我把麵包屑餵給牠們吃。

接著我們再度上路，福爾摩斯堅稱我們已經逼近目標了。「羅盤的反應越來越明確。」他說。「磁石移動時，會迅速轉往該方向，也越來越不遲疑了。」

我也觀察到這點，但我還注意到流逝的時間。我們或許只剩下兩小時的日光可用了。

「我們知道夜魔是夜行生物。」我說。

「從名字就顯而易見，你想說的是……？」

「這個嘛，如果我們能在太陽下山前找到牠，不是比較好嗎？我是說，我覺得牠目前在睡覺，如果我們在牠還沒睡醒、或才剛甦醒時碰上牠，打敗牠的機率就高多了，」

「的確，如果我們照我昨晚的建議，先找這隻逃跑生物的話，時間就不會這麼急迫了。不過，我們很靠近了，應該沒問題。」

不久之後，我們首度瞥見農舍。

＊＊＊

農舍坐落於一座矮丘上，可能只比周圍的沼澤地高出二十英呎。剛開始它看起來不過是地平線上的黑點，像是一小顆氣泡。

福爾摩斯一看到它，就停下腳步，並再度進行冗長的方向調整過程。這次，羅盤似乎立刻做出反應，既沒有搖擺不定，也沒有絲毫遲疑，直接指向矮丘與上頭的建物。

「那就是旅程的盡頭。」福爾摩斯說，一面散發出陰沉的愉悅。

我則感到放鬆又惶恐，儘管我對不用走太遠感到慶幸，卻不怎麼樂見可能在農舍等待我們的東西。直走的話，我們離那裡或許有三英哩，如果路程平坦沒有干擾，一小時內就能跨越這段距離。

事實上，我們花了兩倍時間才抵達該處。我們的第一項障礙是條河，那是泰晤士河下游的支流，至少有二十碼寬，流速十分湍急。我們企圖涉水渡河，但順著陡峭泥灘滑入水中後，我們就立刻浸入深達腰際的河水，水流則無情地拉扯我們的雙腿，盡全力想絆倒我們。往前走了幾步後，河水就漲到我們的胸口。我們倆都同意撤退，蹣跚地爬回河畔，繼續走就太有勇無謀了。

我們在上游發現一座搖晃的人行橋，那只不過是插在椿子上、用繩索綁在一起的幾片木板，看起來沒比橋身橫跨的水流安全多少。我們輪流過橋，福爾摩斯打頭陣，橋體在他腳下岌岌可危地搖晃，輪到我時，搖動的程度變得更大，因為我比他重了幾英石[54]。人行橋一度忽然往一側嚴重傾斜，使我差點一頭栽進河中，剩餘的渡河路程，我都緊緊抓住單薄的扶手。

另一項障礙是批牛群。有頭公牛站在那群乳牛前方，宛如看守後宮嬪妃的帕夏[55]，牠將任何闖入自己地盤的入侵者視為潛在對手，也使用各種猛烈行為驅逐對方。那隻龐大的四足動物向我們衝來，不只用力哼氣，通紅的雙眼也充滿殺意。我們拔腿就跑。

54　譯注：一英石約為六點三五公斤。

55　譯注：pasha，鄂圖曼帝國的高官頭銜。

第三個和最後一個障礙，則是一片比大格林潘沼澤更深邃溼黏的沼澤。我們踏入這處危機四伏的沼澤，認為該處不會比我們當天途經的沼澤更糟，不過我們在幾秒內就被困住，像是捕蠅紙上的蒼蠅。除此之外，我們還開始往下沉，從頂端的草皮陷入底下潮濕的土壤中。

要不是情況如此嚴肅，這個情況看起來可能相當逗趣：兩名成年男子陷在深及膝蓋的泥土中，還逐漸往下陷。福爾摩斯和我帶著疲勞卻覺得有趣的眼神望向彼此，我想，我們倆可能還笑了一聲。

接著我們企圖擺脫困境，在攙扶彼此的同時，將一隻腿拔出沼澤，擺上最近的堅硬陸地，用力踩上去，以便拉起身體其餘部分。

「我相信，」當我們努力繞過沼澤時，我說道。「這個地方痛恨我們。」

「想想對我們尋找的男人而言，情況又有多糟。」福爾摩斯說。「他在伸手不見五指的黑暗中，逃離這些地帶。」

「如果我們不加快速度的話，也會遇到同樣下場。」太陽現在已經碰觸到地平線，成了黯淡又模糊的光盤。空氣已經明顯降溫，有隻青蛙也開始為即將到來的夜色發出嘓嘓叫聲。

等到我們首度近距離看到農舍時，已經有數百隻青蛙一同叫了起來。在青蛙的刺耳噪音，和鸝偶爾發出的哀怨叫聲作伴下，我們蹲在一叢蘆葦中，於數碼外偷偷摸摸地觀察那座房屋。

農舍肯定有數世紀老了，而它下陷的屋頂和長滿青苔的牆壁，則顯示此處長期遭到棄置，它的附屬建築也呈現相同狀態，其中包括一間馬廄與一座小穀倉。周圍的牧場長滿雜草，有幾道腐朽崩解的鐵絲圍籬環繞著牧場，上頭滿是破洞，整座區域瀰漫荒涼氛圍。農舍是數英哩內唯一的房屋，就算在夏夜（老實說，今天並不是最舒適的夏夜），它看起來依舊寒冷又寂寥。

「有人住在那嗎？」我好奇地問道。

「你有答案了。」福爾摩斯說，一面指向煙囪，一縷輕煙剛從裡頭升起，不久後，樓下的窗戶就飄出燈光。我瞇眼想觀察屋內的動靜，但什麼都沒看見。

「你覺得我們該怎麼靠近？」我說。「走到前門自我介紹嗎？」

福爾摩斯忽略了我語氣中的輕率。「那是一種做法，我們得假設住戶就是控制夜魔的人，同時抓走了我們的目標。大刺刺地出現在他面前，而不採用巧妙手段的話，可能會讓他嚇一跳，千萬別低估奇襲的效果。同樣的，我們能……」

「能什麼，福爾摩斯？福爾摩斯？」

我的同伴沒有回答。我認為他分心了，直到我注意到他睜大了雙眼，下顎也放鬆下來。他緊盯著我身後，此時我腹中傳來一股驚懼。當福爾摩斯將雙唇緊緊抿成一條窄線時，那種感覺變得更加惡劣。他全身僵硬，無論我右後方有什麼，他都無法將視線從上頭移開。

「華生。」他用氣音說道。

「拜託別說，福爾摩斯。拜託別說。」

「是夜魔，華生。」

「天啊。」

「是夜魔。牠在這裡，牠就在這裡。」

第十四章　夜魔攻擊

Attack of the Nightgaunt

福爾摩斯和我忙著監視農舍時，夜魔沉默地到來。牠無聲地在我們身旁降落，在蘆葦叢中落地。牠拍打翅膀的聲響，不比風聲大多少，如同鬼鬼祟祟的致命貓頭鷹，從高處跟蹤我們。

我不想轉身。

我不敢轉身。

我得轉身。

我轉過身。

轉身後，我和牠面對面──或者該說，面對沒臉的東西。夜魔毫無五官的面容在我面前聳立，上頭漆黑又光滑，還散發著某種橡膠般的光澤。這個生物歪著頭，彷彿好奇地看著我，姿態類似《死靈之書》中的木版畫形象。牠的翅膀往外伸，雙翼尖端之間的距離約有十五英呎。即使心中無比恐懼，我也注意到了左翼下端的小缺口，夜魔曾在貝特萊姆醫院的窗框碎片上劃傷該處。

牠抬起一隻手，每根手指都比人類手指長上兩倍，尖端還有外型邪惡的彎曲利爪，和黑曜岩一樣閃亮。夜魔把其中一根利爪伸到我顫抖的臉頰邊，緩緩用爪子劃過皮膚，動作介於搔抓與愛撫之間，溫柔且痛苦。利爪留下了一道痕跡，剛好深到使皮膚流血。

傷口的刺痛驚醒了我，我原本害怕得一動也不動，但現實中的痛苦帶來了喚醒人心的效果。我從夜魔身邊跌撞後退，幾乎撞上福爾摩斯。

那隻生物並未追趕我，反而把手伸到空蕩的橢圓形臉孔前，檢查沾血的利爪。我將之形容成「檢查」，因為那似乎是牠的行為，我不曉得牠究竟是在看利爪、聞它、嚐它或聽它。夜魔感覺世界的方式是個謎。

「華生，」福爾摩斯在我耳邊低語，「我還沒準備好。我有能阻止這隻生物的方法，但我需要時間準備。」

「要多少時間？」

「五分鐘應該夠。」

他不需要多說。他要我幫他爭取五分鐘，我得想辦法在那段時間裡引開夜魔，在此同時，我也得努力不丟掉小命。

福爾摩斯摸索旅行皮箱時，我把手伸入外套口袋。我掏出軍用手槍，手中的槍感覺十分滑溜。渡河前，我暫時將它放入旅行皮箱，福爾摩斯則小心地將皮箱在水面上舉高，讓左輪手槍與袋中的其他東西都保持乾燥。不過之後，手槍再度回到我的口袋，也沾染上一些滲入我衣物內的濕氣。

我祈禱彈巢內的子彈沒有受損，我最不需要的，就是火藥因潮濕而導致無法射擊。

我很肯定，標準的伊雷牌（Eley）子彈能夠射穿夜魔的表皮。那天早上，我們離開貝克街前往珀弗利特前，福爾摩斯也如此斷言，他還補充說，沒有任何死靈法術的改造手法（像是在上頭塗上顯真印〔Seal of Unravelling〕），能加強子彈對抗這種獨特怪物的效果。子彈頂多會使牠感到痛苦，並讓牠困惑地停下，但從其他層面看來，夜魔（這點不像拜亞基）對子彈毫無感覺。牠唯一的弱點，是雙翼薄膜般的皮膚；這點已得到玻璃碎片劃出的缺口所證實，但出現在那的槍傷不可能致命，甚至不會削弱牠的力量。

總之，左輪手槍是我唯一的防禦，也是僅剩的攻擊武器。我非常確定，自己得使用它。

「來吧，你這怪物。」我對夜魔低吼道。「來抓我呀。」

我衝出蘆葦叢，一面對怪物拋出幾句侮辱，激牠跟上。夜魔猶豫起來，牠似乎在決定該攻擊哪個人。福爾摩斯就在牠面前，也沒有打算逃跑，另一方面，我則逃開並努力激怒牠。怪物感到不知所措，牠應該去抓留在原處的輕鬆獵物，還是又吵又好動的獵物？

我幫牠想好答案了，我瞄準牠的胸口開火。

子彈從皮革般的軀幹上彈開，呼嘯著飛過福爾摩斯身邊，離他的頭只有幾英吋遠。他對我拋出責難的眼神，接著繼續從旅行皮箱中拿出東西。

槍聲還在沼澤中迴盪時，夜魔就向我衝來。我無法假裝自己在那張空白到令人感到陰森的臉孔上看到任何神情，但我推論牠感到煩躁。那種能結束任何正常人性命的攻擊，至少激怒了牠，現在牠別無選擇，只能進行反擊。

牠向我撲來，速度可真快，太快了！牠用飄盪的撲翼動作將自己送入空中，迅速縮減了我們之間的距離，身體與地面平行，長有利爪的手指則向前伸。

我全然靠著反射動作做出反應，立刻往地上趴下。

夜魔從我頭頂呼嘯而過，以自身動力推進。我翻過身來，轉換成蹲姿，並用一邊膝蓋支撐自己。夜魔在半空中轉身，往回俯衝。我用槍管瞄準，直接往牠的臉孔射出一發子彈。怪物因衝擊力而退避，偏轉到另一側去。

我毫不猶豫地立刻起身，拔腿就跑，衝向農舍矮丘的邊緣。夜魔追了上來，我知道自己逃不過牠，但前方有棵粗厚的矮樹——我想是棵榿木，我可以躲在那棵樹後頭。

我從這個有利的地點又對牠開了兩槍。其中一發從一隻翅膀上的骨質部位彈開；另一發直接穿過同邊翅膀的皮膚，留下透徹無血的小洞。

夜魔停在樹上，摳抓長滿樹葉的枝枒，將它們撕成碎片，彷彿樹枝是用棉花糖做成的。牠並沒有試圖捕捉我，而是展示出猛烈力量，牠對檉木作出的事，同樣也能施加在約翰·華生身上，牠能輕易將兩者撕成碎片。

由於傷到了夜魔，儘管是輕傷，我已成功讓原本已覺得惱怒的致命異界野獸變得火冒三丈。先前牠只想殺死我，現在則想讓我受苦，我在牠手中的死法，將會漫長又難熬。

如果有空表揚一下自己，我早就這麼做了。

不過，身為賭徒，我打算加倍下注。我往被扯開的樹枝間瞄準，將最後兩發子彈朝怪物發射。射程不超過五碼，無論身體防不防彈，那東西都不喜歡遭到近距離射擊兩次，如果牠有嘴的話，我想牠會發出尖叫。

夜魔從樹上撲下，並帶著明顯威嚇向我走來。西下的太陽照在牠背後，使怪物的輪廓變得一片漆黑，宛如邪惡的浮雕。

我往後退，摸索口袋中的備用子彈。

此時我想起來，彈盒還在旅行皮箱中，我取回左輪手槍時，忘記把它拿回來了。

我沒子彈了。

「噢，你這個大笨蛋，華生。」我咕噥道。

我給夏洛克·福爾摩斯五分鐘了嗎？我不這麼認為。我想，自己只引開了夜魔兩分鐘，頂多三分鐘。我手無寸鐵又毫無防備地面對牠，還剩下幾分鐘，福爾摩斯才能使出阻止牠的方法。

你可能會認為，這種狀況下的我，會陷入絕望。
你想得沒錯。

第十五章　南稱寺至尊酒

The Nangchen Lamasery Liquor of Supremacy

夜魔似乎發覺我已無計可施了，牠尖銳的尾巴往兩側揮動，像是熱情的狗，也像是狩獵時極度專心的貓。牠長角的頭部若有所思地歪向一邊，我也能想像出那張空蕩的臉上咧開笑容，且不存在的雙眼綻放出不懷好意的光芒。夜魔再度把利爪往前伸，繼續走向我，態度帶著強烈的自信，至少看起來是如此，因為牠知道我只剩死路一條了。

「你這妖怪，我不會讓你輕鬆擺布的。」我說，盡可能鼓起全身的勇氣。這些話在我耳中聽來十分空洞，但反抗總比屈服好。「我會和你鬥到剩下最後一口氣。」

夜魔絲毫不受嚇阻。現在我們之間只剩下兩碼的距離，我開始往後退，步調與對方相同，看起來一定很像在跳某種怪異舞蹈。我把雙臂往外伸，夜魔的雙臂也一樣。我準備好和牠搏鬥了，無論結果如何，只要能留給福爾摩斯重要的額外時間就好。

「華生！」他喊道。「我快完成了。你可以引那東西回來嗎？如果要讓這方法生效，我就需要牠所有注意力。」

「應該不成問題，我相信牠已經看上我了。」

我開始繞向福爾摩斯，夜魔也跟著我移動，牠似乎很享受我們之間怪誕的人獸舞曲。

我低聲鼓勵牠：「對，就是這樣，小美女。和我待在一起，不要注意那個拿著大黑書、還準備喝下瓶裡藥水的男人，別去想他唸出的咒文，那絕對不是會讓藥水的魔法精華生效的咒語。噢不，絕對不是。」

那瓶藥水是福爾摩斯在他滿布強酸蝕痕的化學實驗台上，花了一小時製作出來的成果，他將烏頭、曼德拉根和樟腦等材料，以用夾鉗吊在鐵支架上的燒瓶燉煮。他在裡頭加了夜魔翅膀的碎片，用火焰加熱混合物，直到它化為濃稠的暗棕色泥狀物。它的氣味令人作噁，味道想必也不會好到哪去，再說，那種配方肯定有些許毒性，光是攝取足夠分量的烏頭，就會引發致命的低血壓和心律不整。攝取樟腦會造成幻覺，有時還會對肝臟產生傷害，且又有誰知道吞下夜魔肉會帶來什麼後果？

不過，福爾摩斯正打算吞下這種東西，完全相信它會賦予自己控制夜魔的能力。這種名為南稱寺至尊酒（Nangchen Lamasery Liquor of Supremacy）的藥水，一開始是由西藏僧侶製作，用於對抗羅剎威脅的工具，羅剎是他們對各類食人妖魔的總稱。阿布杜．阿爾哈茲瑞德說，吃下食肉惡魔的肉，食用者就會和那生物達成某種協議，至尊酒便是透過這種互惠方式產生效力。路德維格．普林（Ludwig Prinn）在他的著作《蠕蟲的奧祕》（*De Vermis Mysteris*）中，也同意阿爾哈茲瑞德的說法，並補充說藥水可能會讓使用者發展出長期的食人傾向，如果《死靈之書》的作者沒那麼瘋狂的話，應該要在書裡提到這點。

夜魔並非食肉生物，但至尊酒對牠們同樣有效。法術原則相同，缺點也一樣。

福爾摩斯自然明白喝下藥水的風險，但對他而言，某些程度上的個人風險總會成為誘因，而非限制，他現在將藥瓶舉到唇邊，我和夜魔離他只有幾步之遙。藥液灌入他體內後，他會散發出對夜魔的影響，離那個生物越近，南稱寺至尊酒就會越快發揮效用。

接著，農舍的方向傳來一股嗓音。

「不。」嗓音說，語氣柔和卻相當清晰。

無論那句話是針對福爾摩斯、我或夜魔所說，那個字令我們三個杵在原地不動。

有位年輕人從農舍前門走了出來。他約莫二十幾歲，現代化的打扮與我們周遭的環境相當不協調，他穿著縫有花紋的絲質西裝背心，還有時髦的尖頭鞋，看起來特別怪異。他走下矮丘，加入我們三人，態度充滿威嚴與優越。

「走開。」他說，一面往側邊揮了一下手臂，此刻他顯然是在與夜魔對話。怪物立刻照做，退到十碼外的距離，接著維持蹲姿，雙臂靠在雙膝上，翅膀則如同披風般覆蓋著全身。

「好孩子。」男子說，彷彿是在稱讚溫順的獵犬。夜魔似乎感到自豪，浸淫在對方的讚許之中。男子向我的同伴伸出一隻手，對方則為了和男子握手而放下藥瓶。

「請容我自我介紹。」

「不需要。」福爾摩斯說。「我猜，你就是奈撒尼爾·衛特利先生。」

第十六章　恐懼饗宴

A Banquet of Terror

年輕人發出輕笑。「你占了我的便宜。」他用優雅的美國腔說道。「你認識我，但我不認識你，怎麼會這樣？」

「夏洛克．福爾摩斯。」福爾摩斯說，一面放開對方的手。

「夏洛克……？」奈撒尼爾．衛特利揚起一邊眉毛。「唉呀，這就說得通了，是那位名偵探，沒人能在他面前隱藏自己的身分。那你一定是……」他轉向我。「除非我猜錯了，否則你就是華生醫生。」

「悉聽尊便，先生。」我充滿警覺地說道。我只握了他伸出的手半秒，不曉得該如何解讀事情的變化。片刻前，我還在為了小命對抗夜魔，現在我卻與一位陌生人說起了客套話。

「諾德史卓姆沒有嚇到你們吧？」衛特利說。

「諾德史卓姆？」

「我是這麼叫他的。」衛特利指向夜魔。「賽魯斯．諾德史卓姆（Cyrus Nordstrom）是米斯卡托尼克大學的榮退教授，那是我先前就讀的學校，現在大概也還算是我的學校吧。那人是個可怕的老暴君，害我和其他人的生活變成一場惡夢。所以啦，用他的名字命名夜魔算是個玩笑，也算是某種報復。」

「我明白了。」我想起了諾德史卓姆這個名字，它在福爾摩斯的哥哥寄給他的《阿卡漢公報》剪報上出現過。「好吧，我不敢說我們把那隻生物逼到絕境了，但絕對已經準備好對牠發出關鍵一擊了，不是嗎，福爾摩斯？」

我同伴正仔細審視著衛特利。「嗯？你說什麼，華生？」

「我說我們差點打敗了夜魔，不是嗎？」

「對，我也這樣覺得。」

「用南稱寺至尊酒。」衛特利說，一面望向藥瓶。「那種藥很有效，味道噁心，但效用很強。」

「你對它很熟嗎？」我說。

「不然你要如何解釋我對諾德史卓姆的**控制**？充滿魅力的個性當然不夠，你得擁有更有效的手段。問題是，如果福爾摩斯先生也使用那種酒的話，它會不會生效？我敢說它會生效，問題在於他對諾德史卓姆的控制，是否會取代我——其中一人的意志力將會壓過另一人。從我對你的了解看來，福爾摩斯先生，你不缺意志力，或許你會贏得這場比試。」衛特利聳聳肩。「我們永遠不會知道結果。」

他邊說著，邊抓起藥瓶將它舉高，準備將它摔到地上。

我走過去，想從他手中搶走藥瓶，但衛特利搖了搖空出來那隻手的食指，示意我別輕舉妄動。

「啊，啊，啊，醫生，記好了，我還是諾德史卓姆的主人。光靠思緒，我就能讓他攻擊你。」

夜魔改變姿勢，緊繃身體，像是準備好隨時向前撲。

「你的左輪手槍，」他補充道，「自然已經沒有子彈了。我數了六聲槍響，而且你沒機會重新裝彈。如果看到槍能讓你安心的話，就把它拿出來吧，但如果你把槍收起來，一切就文明多了。你怎麼說？」

「最好照他的話做，華生。」福爾摩斯建議道，「畢竟，衛特利先生占了上風，他有夜魔這個籌碼。不過，我相信他不打算傷害我們，是這樣嗎，衛特利先生？」

「這得視情況而定。我猜只要你們倆配合，就不會發生不愉快的事情。」

「不愉快的事情？」我說，一面不情願地把左輪手槍放回口袋。「派你的寵物夜魔來攻擊我們，算是不愉快的事情嗎？」

「你們有受傷嗎？除了你臉上的抓傷外，我想沒有吧。我只是很謹慎，有兩個人在我家外頭遊蕩，看起來十分可疑，似乎是在窺探屋子，我該怎麼想？我當然會放出看門狗。不過，諾德史卓姆可能會對你有點粗魯，逼你逃跑，但不會真的傷害你。最重要的是，他會嚇你一跳。」

「至少就我的情況而言，他確實成功辦到了這點。」

「對，我猜他也吃飽了。」

「吃飽了？什麼意思？」

「這個嘛，根據我的理解，夜魔以恐懼維生。」衛特利說。「神祕學文獻是這麼告訴我們的。牠們缺乏嘴巴或其他孔道，但依然得靠某種養分生存，而大多數人認為，牠們以人類靠近時散發出的恐懼為食。醫生，你讓諾德史卓姆大快朵頤了一番，你把他餵飽了，是不是呀，孩子？」

夜魔伸長了脖子，有鑑於衛特利的說法，那個動作看起來確實像是已經吃飽了。

「你不曉得擔任養分來源的我有多開心。」我說。「不過，你的『諾德史卓姆』先前看起來確實想殺我。」

「那只是因為他太興奮了。」衛特利說。「除非我命令他，否則諾德史卓姆永遠不會傷害任何人，他總是處於我的掌控之下。你們從未真的遇險，儘管辦得到，但他不會用利爪挖出你的心臟，我不會讓他這樣做。」

衛特利真是和藹可親，不只詳細解釋了夜魔可能會對我們做的事，還提醒我們，除非我們表現良好，不然事情還是會發生。

「我說到哪了？」他繼續說。「噢對了，這個。」

他把藥瓶往腳邊摔。瓶子並未破裂，但黏膩的深棕色液體開始從敞開的瓶頸流入土壤。衛特利把腳跟靠在瓶子上，用力踩下，直到瓶身破裂。接著他把碎片徹底踩碎，讓碎片與藥水混成骯髒的黏膏。

「好了，處理完畢，再也不必擔心有別人會控制諾德史卓姆了。噢，我怎麼這麼無禮？」他用搞笑的動作拍了一下額頭，用來強調這句話。「看你們兩位的樣子，長途跋涉過來應該不太好過，一定想好好休息一下吧。兩位，如果我不邀你們進門，不就是個糟糕的東道主了嗎？」

他擺出邀請的手勢，還花俏地鞠了躬。

我望向福爾摩斯。我不認為那是邀請，而是收到了指令，看起來福爾摩斯也同意我的想法。

「這樣的話就太棒了，衛特利先生。」他說。他的語氣和美國人一樣可親，但眼神卻流露出一絲肅穆。「既然華生和我腳痠又狼狽，在你家短暫歇息肯定不錯。」

他拿起《死靈之書》，把它放入旅行皮箱。接著，衛特利帶著我們走上矮丘，前往農舍。夜魔跟著我們走到門邊，如同哨兵站崗般留在台階旁。牠顯然不打算趕人離開，待在那裡，是為了確保福爾摩斯和我無法離開。

第十七章　深入虎穴

Bearding the Lion in His Den

比起搖搖欲墜的外表，農舍內部的改裝多了些溫馨的簡樸。衛特利護送我們進入的客廳中，有張土耳其地毯蓋住了裸露的木板，且儘管窗簾並非全新，但也不是外人想像中的蟲蛀破布。家具也一樣，雖然明顯是二手或三手物品，品質卻依然良好。沙發的兩道扶手有些破舊，我坐下時，彈簧也嘎吱作響，但當我造訪自認為上流階級的家庭時，曾坐在更糟糕的椅子上過。

「在英格蘭，為客人奉茶是種習俗。」衛特利說。「你們怎麼說呢？」

「來杯茶不錯。」福爾摩斯開朗地說。「你呢，華生？」

我聽懂了他的暗示，便微笑點頭。「我從來不拒絕茶。」

衛特利消失在相連的廚房中，不久後我們就聽到水龍頭發出的潺潺水聲，隨後則是茶壺放上爐子時的哐啷聲。

趁他不在，我對福爾摩斯說：「這樣做明智嗎？我了解我們沒有多少選擇，不過……我們肯定已經深入虎穴了。」

「不入虎穴，焉得虎子？」他回答。「再說，我很想多了解衛特利這位朋友，這也是個絕佳機會。」

「我不相信他。」

「說得沒錯。儘管奈撒尼爾．衛特利充滿殖民地的輕鬆魅力，他就是個騙子。你相信他派夜魔面對我們的原因，只是因為我們令他感到可疑嗎？還有，你相信他宣稱以為我們在窺探他的那番話嗎？」

「嗯，我們確實在窺探他呀。」

「但在我們抵達房屋前，夜魔就已經升空了。不然我們監視時，就會看到牠起飛。」

「對，除非他沒把牠養在這。萬一牠在別的地方有巢穴呢？」

「如果夜魔這種生物成為你的奴隸，你就不會讓牠亂跑，你會時時刻刻將牠留在身邊，維繫你和牠之間的連結。距離會削弱至尊酒的效果，分離太久，會破壞精神連繫。不，夜魔住在農場，應該就住在穀倉裡。你一定有觀察到，穀倉的窗戶都用木板封上了。」

「我確實有看到，那又如何？這證明夜魔住在那嗎？」

「如果你考量到木板依然嶄新這點，就得到證據了。它們的顏色很淺，剛從林場運來，上頭幾乎沒有經歷風吹雨打的痕跡。就我的估算，這些他釘在窗口上的木板，才買了不到幾個月。同樣的，穀倉門口也釘上了全新的木板，每個孔洞和腐爛部位都仔細上過漆，上頭還有兩根一塵不染的螺栓。」

「這座農舍衛特利可能是用租的，或許那是房東加蓋的。」

「是誰加蓋的不重要，不管是房東、衛特利或某個虛構人物。」福爾摩斯說。「重點是，這個區域沒有其他東西經歷過那種程度的維修，至少我們見到的部分是如此，這樣維修後，使得穀倉成為夜魔絕佳的白晝躲藏處：陰暗、乾燥又寬闊。」

他有更多話想說，但此時衛特利回來了。

「水剛煮沸，」美國人說。「不會耗太久。或許你們倆也餓了，我有些火腿、起司和一條麵包。麵包有點乾，但還能吃，住在鄉下很難取得補給品，不過，我可以跟一位當地的農夫購買牛奶和雞蛋，距離最近的村莊也有家雜貨店。去這兩頭都得走上幾小時，但我喜歡這樣的運動。」

「離匹黎可有點遠，是吧？」福爾摩斯說。

「匹黎可？」衛特利微微皺了下眉頭，但隨後神情就放鬆下來。「對，匹黎可。嗯，儘管我喜歡城市的便利，那對我的生活卻並非絕對必要。我很常旅行，經常前往偏遠又不宜人居的地點，對匱乏的生活也不陌生。在許多方面，比起更舒適的學術環境，我的性情比較適應這種生活方式。」

「在這種地方，也能藏匿夜魔大小的野獸，而不引起外界的疑心，或在不經意間嚇壞鄰居。」

「確實如此。」

「你在這就只養了這隻異國動物嗎？」

「你的意思是？」

「你在匹黎可的住處放了許多裝在罐中的異常動物，死掉的動物。我只是想知道，這座農舍是否也存放了其他生物。活的生物，大型的生物，像是你的夜魔。」

「噢沒有，這裡只有諾德史卓姆，沒有別的了。」

「你用這間房子養牠多久了？」

「夠久了、夠久了。那是茶壺的聲音嗎？抱歉，我馬上回來。」

「福爾摩斯，」一等衛特利離開，我就悄聲說道，「為何要問這一連串問題？我看得出你是刻意在探他口風，你有想法了。」

「然而，現在我對來龍去脈只有一丁點了解，華生。底下情況暗潮洶湧，我開始掌握流向了。」

「可以告訴我嗎？」

「我自己都還蒙在鼓裡時不行。比理論更無用的東西，就是半成形的理論。」

衛特利再度走進房間，拿著擺滿茶具的托盤，但他拿的方式有些怪異。他一手抓著托盤手把，左手則從底下撐著托盤，不過那一側的手把似乎沒有問題。這代表，當他將托盤放在小茶几上時，動作便有些笨拙。

「我很冷。」他說。「兩位，你們不冷嗎？穿那些濕掉的衣服，一定會冷吧？這裡晚上很快就降溫了，即使是英格蘭的夏天也一樣。在等茶悶泡時，我就來生火。」

他在壁爐旁忙了起來，很快就讓火爐中的木頭燃起了一小股火焰。接著他倒了茶，把杯子遞給我和福爾摩斯。我再度注意到，他的左手似乎有某種問題，他倒茶時，會用左手壓著壺蓋，但動作並不靈敏，手指似乎僵硬且不太靈巧。我想知道，那隻手是否受到某種輕微癱瘓症狀所苦。

加入牛奶和糖後，衛特利把茶杯舉到唇邊。「祝你們健康。」他說。

我模仿了他的動作，但此時我起了個念頭，萬一茶裡有毒呢？

我試圖安慰自己說，衛特利表明自己不想傷害我們，不過，這整個情況，有某些地方讓我感到不安。衛特利在準備茶水和盡地主之誼上表現得可圈可點，讓我覺得他別有用心。他沒讓我們死在夜魔手中，是否只是為了讓我們經歷別種更隱晦、或許還更痛苦的死法？

我偷偷摸摸地嗅了一下自己的茶，聞起來很正常，但有許多毒藥都無色無味。我望向對面的福爾摩斯，他拿著杯子與茶碟，但還沒有喝茶。他想的跟我一樣嗎？

衛特利也還沒喝。有段時間，我們三人一動也不動，每個人都彷彿在等待其他人先行動。這讓我想到，在美國西部某條塵土飛揚的城鎮大街上面對面的槍手，而我們拿的不是六把槍，卻是茶杯。

接著，衛特利露出古怪又神祕的微笑，啜飲了一口後，才打破了僵局。他吞下茶水時，福爾摩斯便照做，此時我終於覺得可以安心喝茶了。

「你這麼熟悉夜魔這種生物，以及馴服牠的方式，」福爾摩斯對衛特利說，「讓我覺得非常厲害。你似乎不只是個熱衷於收集怪異生物的收藏家。」

「用同樣的角度來看，先生，你也不只會解決犯罪事件。我們倆都有為人所不知的面貌。」

「在我的職業生涯，我有理由得調查超脫凡俗的謎團。因此，我在那個領域發展出了某種程度的專業。」

「從華生醫生出版的作品中，看不出這點。」

「這種案件是不會記錄下來的，你或許能了解原因為何。」

「我完全理解。你的名聲來自實用主義，如果有人得知你對神祕學的涉獵，客套的社會可能會因此冷落你。」

「聽起來是你的經驗談。」

「一點點吧。我對異國野獸的興趣，使我跨越到比起初設想更遠的領域。」衛特利撥開一側眼睛旁的髮絲。他的頭髮長至衣領，髮型像個美學家。「剛開始我只對自然史中較狂野怪異的邊陲有興趣。小時候，我喜歡讀關於鴨嘴獸、袋獾、鼴鼠和海牛等動物的資料，由博物學家、探險家和傳教士從世界遙遠角落帶回來的故事，講述了怪異且惡名昭彰的動物，很難相信這些動物確實存在。從這些故事裡，我對傳奇生物產生了好奇心，光在美國就有不少這類生物：大腳怪（Bigfoot）、雷鳥與溫迪哥[56]，還有許多沼澤怪人和湖怪。對我而言，這一切都有關聯，一定有。我認為，被視為民俗與迷信的事物，只是科學尚未發現與分類的東西而已。我清楚這是自己的終生志業：為半神話生物進行分類，我也將全數心力投注在那個方向。我從米斯卡托尼克大學生物系畢業，並繼續追求該領域更深奧的學問，我將自己視為後世的林奈，利用他打下的基礎，將自然與超自然世界合而為一。」

「這導致你最終於一八九三年組織一支探險隊，前往米斯卡托尼克河上游捕捉修格斯。」

「你怎麼會知道那件事，福爾摩斯先生？」衛特利饒富興味地說。

「我覺得顯而易見，因為你的那場演說。」

「我的演說？」

「那是幾個月前的事。」

「我一天到晚都在演說，你得再更明確些。」

「聽眾是第奧根尼俱樂部的成員。」

「啊，對，那場呀。你在場？如果你在場的話，我一定會記得的。」

「不是我，是我哥哥。」

「噢好。」衛特利說。「對，你哥哥。他的名字是……」

「邁克羅夫特。」

「對，邁克羅夫特．福爾摩斯。他告訴你探險的事嗎？」

「他確實提過，包括探險的目標和不大光彩的結尾。」

衛特利猛地一顫。「對，那不算是我最亮麗的時刻。」

「照你的說法，你們往上游走時，印地安人攻擊了你和你的團隊。只有你和另一人逃離了屠殺，

56　譯注：wendigo，美國與加拿大的阿爾岡昆部落傳說中的食人怪物。奧古斯特．德雷斯將牠納入克蘇魯神話之中。

對方名叫撒迦利亞．康洛伊，是你的大學同事。」

「撒迦利亞，他是個好人。想……想到他受的苦，就讓我感到心痛。」

「之後你和康洛伊先生就沒有交集了嗎？」福爾摩斯問。

我盡可能試著理解福爾摩斯採用的手法。剛開始，他似乎只是在逼衛特利說出答案，現在我了解，他的目標是**騙出**衛特利的說法。他小心翼翼地為對方設下陷阱，打算證明康洛伊就是貝特萊姆醫院中的病人，而衛特利綁架了對方。

我在座位上安坐，感到出奇地冷靜，像是運動賽事的觀眾，正在觀看兩名對手競爭獎盃，也清楚在兩人之間，我的同伴肯定技高一籌。房裡的木柴煙霧聞起來甜膩地嗆人，幾乎像是加了香水。我想：**「衛特利一定是用某種飽含樹脂的常青樹當作柴薪。」**火焰散發令人放鬆的溫度，我也相當喜歡那股熱度。

「福爾摩斯先生，你為何要問這件事呢？」衛特利說。「你為何對可憐的撒迦利亞有興趣呢？」

「因為除非我搞錯了，不然康洛伊先生最近曾造訪英格蘭，你不知道嗎？」

「我……我想我聽說過這個消息。對，現在想想，某天有個共同朋友跟我提過這件事。狀況像是：『我碰見某個來自你母校的人，說不定你認識，名字叫康洛伊，記得他嗎？』不過是隨口一提罷了。」

「你沒有和他聯絡嗎？」

「我猜，有鑑於先前發生的事，我覺得撒迦利亞可能不想再見到我。你知道，他傷得很重，且責怪我讓他受傷。那自然不是我的錯，我也一再這樣告訴他，我無法預測到我們的船會遭到印地安人攻擊，也沒辦法避免此事。天啊，那些野蠻人真可怕，他們在夜裡突然來襲，像報喪女妖般吶喊，戰斧還在月光下閃爍……」

想到這裡，衛特利就陰鬱地搖了搖頭，在此同時，我腦中忽然鮮明地浮現了他描述的景象。我想像印地安人衝向他和他的同夥，對方臉上塗滿了戰鬥彩繪，頭上戴著羽飾，屠殺就此展開。有那麼一兩秒，事情彷彿在我眼前發生，我則成了印地安人的下一個受害者，他們將我大卸八塊前，會先將我的頭皮從頭顱上割下。

我深呼吸幾下好穩住自己，鼻孔中的木柴煙霧令人感到放鬆又舒適。

「聽起來很嚇人，衛特利先生。」福爾摩斯說。「我為你感到遺憾，如果他對你抱持這種敵意的話，我便了解你為何不想重新和康洛伊先生連絡。不過，旁人想必會先猜想他前來英格蘭的理由，他一定知道你來到了這裡。」

「或許知道，或許不知道。誰知道他腦袋裡在想什麼？」

「你不認為他是來找你的嗎？」

「就算如此，他也沒找到我。」衛特利搔搔自己的臉頰，與其說他的態度充滿盤算，不如說他只關心自己。

「我覺得這點很奇特，」福爾摩斯說，「我以為如果他想的話，能夠輕易找到你在倫敦的下落。」

「倫敦是座大城市。」

「但一位大膽又有智慧的男子，只需要打聽一兩天就能得到結果了。」

「或許他不想，或許他根本不曉得我在這裡。」

福爾摩斯傾身向前，將茶杯擺在一旁。「還有一點讓我覺得奇怪：衛特利先生，你從沒詢問過華生和我為何前來雷納姆沼澤。恕我斗膽，但你幾乎像是在等待我們。」

「有嗎？」衛特利滿不在乎地擺了擺手。「有沒有可能，只是因為我是個冷靜的人，能夠自在的承受各種不尋常的事物？撇開其他事情不談，我的工作讓我期待著出乎意料的事。所以或許……」

「再做一次。」我說。聽到自己說出那項要求，使我感到訝異。一般而言，禮貌會避免我打斷別人說話，但由於某種理由，這項自制力消失了。

「做什麼？」

「你的手，揮舞它。」

「像這樣嗎？」衛特利重複了剛剛的手勢。

有些不太對勁。那隻手移動時，在後頭留下一道軌跡，像是閃爍的彩虹，上頭鑲滿手型殘影。

「怎麼了，醫生？」他說，一面專心地盯著我。「你看到什麼了？」

「我……我不確定。」我揉揉眼睛。「是某種視覺現象。我太累了，可能是因為這樣吧。」

「你的視力扭曲了嗎？」

「不，我沒……」

衛特利的臉開始鬆垂，血肉漸漸融化成黏液，如同牛脂般緩緩滴落。他一顆眼睛鼓脹得比另一顆大，嘴巴如同海葵般顫動。

我用力眨眼，一切恢復正常。不過地板正在膨脹，它的長方形輪廓變成平行四邊形，接著又變成鑽石形。木板開始扭曲變形，土耳其地毯上的花樣活了過來，繞著圈彼此追逐，地毯的流蘇邊緣如同馬陸的腿蠢蠢欲動，牆壁像是受到強風吹拂的船帆往內鼓起。

「華生？」福爾摩斯說。

「福爾摩斯？」我說，不過聽起來像是在叫嚷。

「華生，為何尼不咕嚕？」

「福爾摩斯，我聽不懂。你在說什麼？」

我的同伴口中又吐露一連串無意義的音節，接著他的臉和衛特利一樣開始融化。我緊抓自己的臉，害怕它也會一起融化，我想說自己或許能將它維持在原位。

房間逐漸變暗。我瞥見福爾摩斯站起身，接著又跌倒在地。這並不意外，因為地板已經變成斜坡，他居然沒有完全從上頭滑落，已經是奇蹟了。

當下，他雙膝跪地。他如同控訴般向衛特利伸出手指，嘴巴也動了起來，冒出的話語，對我而言彷彿傳自數英哩外，模糊又有些延遲，但這次至少有邏輯了。

「這是你幹的。」他說。「你對我們下藥，不是茶，是柴薪。該死，衛特利，煙霧，你……」

接著一切化為灰色。

隨後，惡夢降臨。

第十八章　飛向遙遠的卡瑟瑞亞

Flight to Far Cathuria

我順著七十道台階向下走。

由火柱照亮的洞穴神殿中，有兩名大祭司，兩人都蓄著濃密鬍鬚，頭戴近似古埃及頭飾的高聳冠冕。他們名叫納許特（Nasht）與卡曼剎（Kaman-Thah），他們認可了我，於是我繼續踏上旅程，又往下走了七十道階梯。[57]

接著我來到一座漆黑的魔法森林。龐大扭曲的樹幹圍繞著我，落葉中長了大量真菌，真菌圓頂則發出磷光，像彩色繁星般閃爍。大型的棕色鼠型生物在我腳踝邊奔跑，用宛如古怪笛聲般的語言彼此低聲交談。

這些大小如貓的鼠型生物叫做祖格族（zoog），帶有敵意。單一個體不會造成難以擊敗的威脅，但我害怕牠們會大量湧上來攻擊我。如果我能飛到樹頂就好了，那樣的話，我不只能躲開祖格族，或許還能找到可作為某種庇護所的文明。

於是我飛了起來。我在無意識的情況下辦到此事，立刻升空，滑翔過溫暖的夜空，上方是我不認識的星辰，還有並非地球衛星的月球，月面看起來也不太平靜。

魔法森林（Enchanted Wood）延伸了數英哩，但從我老鷹般的高空視角，能看到森林邊界外的河流，如同銀色血管般閃爍。我也看到北方的火山群，以及南邊比阿爾卑斯山更高的巔峰。不知怎地，我知道它們的名稱，萊瑞昂山（Mount Lerion）、哈瑟格基亞山（Mount Hatheg-Kla）和恩格倫涅克山（Mount Ngranek）。它們積雪的山頂如獠牙般蒼白。

前方有西方的龐大玄武岩柱高高隆起，坐落在一道海峽兩側的海角上，南海（Southern Sea）則形成激流穿過海峽。我沿著湍急流水飛行，穿過那兩座雄偉高大的石柱。世世代代的人們努力建造這對石柱，終其一生堆疊石塊，只為了飛升蒼穹。

我確信自己正前往卡瑟瑞亞（Cathuria）。那是個理想國度，上頭點綴著以大理石與斑岩建成的華麗城市，屋頂則由黃金製成。就算是最低等的居民，都過著國王般的生活，享用甜美的水果，並飲用以表皮呈微妙洋紅色澤的葡萄釀成的酒。

但此刻我看到的國度，遠遠不像傳說中的卡瑟瑞亞。鄉間遭受摧殘，城市已然殞落，火焰燒黑了崩塌的建築，倖存的卡瑟瑞亞人精疲力竭且狼狽無比。他們成為難民，住在荒涼平原上臨時搭建的營地，在帆布下或用樹枝和葉片搭建的粗糙遮蔽處擠在一起，悽慘的人們挨餓害怕。

同時，在他們先前家園的廢墟中，在斷骨與破碎的頭顱之間，則有怪物遊蕩。這些怪物曾是神明，神明又曾是怪物，它們形色各異，每個都是活生生的恐怖象徵，它們自大狂妄地昂首闊步，統治了眼前所見的一切。它們曾一度受到祭拜，信徒會獻上祭品，它們對此也感到滿足。即使它們認為這些東西俗豔無用，也感到無動於衷，卻享受傾聽以它們的名號吟誦的聖歌與禱告，並嗅聞焚化供品的煙霧和酒水的香氣。

此時此刻，它們已截然不同，這些外神在此的稱號是異神（Other Gods）。它們經歷了改變，有東西將它們從怠惰與內鬥中喚醒，而在過去數千年來，這些行為都象徵了它們的生活。有東西在它們心中植入野心，並帶來全新的目的，它們從宇宙的最外圍來此進行破壞。

我目睹當它們碰面時，彼此如何互動。先前它們可能會互罵，或許還會企圖殺害對方，現在卻會

57 譯注：本章節夢境中的人事物皆出自《夢尋祕境卡達斯》（*The Dream-Quest of Unknown Kadath*）。

互相打招呼，揮舞的手，閃了幾下的複眼，張開的背鰭，和一段高深的數學方程式。如果它們的互動稱不上溫和，至少也算是彬彬有禮。

它們的交談中不斷出現一個字眼，這個字眼似乎象徵了它們之間近日出現的協定。

拉盧洛伊格。

外神們摧毀了卡瑟瑞亞。它們背棄了自己身為神明的身分，希望成為更崇高的存在，以及某種更糟糕的東西。這項動盪的催化劑，似乎就是**隱匿心靈拉盧洛伊格**（R'luhlloig，the Hidden Mind）。

惡魔之王阿撒托斯猛烈地掙脫了枷鎖，綠焰圖爾茲查[58]照做，外號門檻潛伏者（Lurker at the Threshold）的猶格．索陀斯，和人稱孕育上千子嗣的森之黑山羊（Black Goat of the Woods with a Thousand Young）的莎布．尼古拉絲亦然。它們和更多外神踏過自己造就的荒地，全心燃起新生的傲氣，宛如殘酷又醜惡的孩童，不只扯掉蝴蝶的翅膀，還對昆蟲的苦難感到欣喜。

「拉盧洛伊格。」它們彼此說道，有嘴巴的成員們則露齒而笑。

「拉盧洛伊格。」它們唱道，嗓音要不充滿空靈美感，要不便瀰漫陰森鬼氣。

「拉盧洛伊格。」它們帶著惡毒的愉悅咯咯笑道。

這是股號召口號，也是宣戰訊號，我也感到隱匿心靈不只引發了帶來恣意毀滅的衝動，這只是第一步。

「來吧。」外神們喊道。「來吧，你們這些舊日支配者，我們呼喚你們。在你們的監獄、廳室與要塞中躲藏和沉睡的地點中，傾聽我們，前來面對我們。如果你們的力量足夠的話，就阻止我們。有膽子的話，就來吧！」

外神們踏上了征途。

華生。

它們大舉集結，舉兵出征。

華生，你聽得到我嗎？

空氣中有股即將到來的衝突，和鼓聲一樣響亮。

華生，清醒點，老兄。

拉盧洛伊格是一切的核心。

它們稱呼祂為「新神」、「希望的明燈」，甚至是「救世主」。

「華生！」

＊＊＊

那個字眼像一記耳光傳到我身上。

接著我發現，**確實**有人向我的臉打了一巴掌。

我眨了眼，臉頰感到刺痛。「福爾摩斯？是你嗎？」

---

58 譯注：Tulzscha the Green Flame，出現在《魔宴》中的無名外神，日後《克蘇魯的呼喚》角色扮演遊戲擴張了它的背景與能力。

「還會有誰？抱歉打了你，老朋友，但咒罵似乎無法讓你醒來。」

卡瑟瑞亞消失了，我回到了現實世界，但我什麼也看不見。福爾摩斯的嗓音直接從我面前傳來，至於福爾摩斯本人，我卻連一丁點蹤跡也看不見。我瞎了嗎？

「你沒有瞎。」福爾摩斯說，彷彿回答了我沒說出口的問題。「只是我們待在幾乎沒有光線的地方，你的眼睛很快就會習慣陰暗了。你感覺怎麼樣？」

「很困惑。」我說。「我去了……我不曉得自己去了哪，是別的地方。」

「我敢說是魔法森林。南海、西方玄武岩柱（Basalt Pillars of the West），卡瑟瑞亞。」

「對！」我喊道。「你怎麼曉得？」

「因為我也去過那裡，華生，我看過你見到的一切。」

「但……怎麼會？怎麼可能？」

「因為我們倆都是旅行者，老朋友。有人將我們倆在非自願的狀況下送進幻夢境（Dreamlands）。」

「幻夢境？」

「你一定聽過那個地方。」

「印象很模糊，我記得讀過這個地點一兩次吧。」

「文獻中不會對此有太多記載。它的名字說得很清楚，那是人們只能在睡夢中，或是得透過某種強烈麻醉藥影響才能造訪的地方，神祕主義者們也只有在多年練習後，才能夠自由進入該地。阿爾哈茲瑞德、普林和馮．榮茲等人都不太理會這個地區，因為舊日支配者和外神對當地的影響極小。」

「你是說**曾經**極小。」我說。「如果我看到的光景屬實，那麼這一切都已經改變了。」

「沒錯，卡瑟瑞亞陷落了。在拉盧洛伊格的要求下，外神們已經佔領當地，如果它們的暴行沒有受到阻止的話，卡瑟瑞亞就不會是它們摧毀的最後一個地方，情況令人擔憂。」

「但你和我怎麼可能產生同樣的幻覺？不可能啊。」

「有多少次了，華生？」福爾摩斯吐出一口厭煩的嘆息。「我們早就不能只將事物定義為可能或不可能了，只有事實與虛構。在這個狀況下，當我們倆待在幻夢境時，都受到指引。我們見到了某人希望我們目睹的光景。」

「某人？誰？是衛特利嗎？」

「他可能曾在我們耳邊低聲指示過，影響我們在幻夢境的進程。或者，有其他更隱晦的勢力插手干預。」

「他又是怎麼對我們下藥的？是火爐裡的東西嗎？我昏倒前，曾聽到你這樣說。」

「那是某種藏在柴薪中的致幻植物，可能是賽洛西賓蕈類（psilocybin mushroom），或是毒蠅傘（fly agaric），也可能是曼陀羅花（datura）。不過，我認為是惡魔之足根（Devil's-foot root），西非地區的醫生會用它做為毒藥，燃燒它時，會產生一種獨特的甜膩氣味，一旦大量使用，會產生強烈毒性，不過少量使用的話，它便能催生鮮明的幻覺。比方說，烏班吉（Ubangi）地區的巫醫們會對即將成年的年青戰士們使用這種藥，作為成年禮的一部分。他們認為它能鍛鍊靈魂並驅逐恐懼。」

「惡魔之足根。」我說。

「聽起來，你剛想出某個故事的點子。」我的同伴觀察道。

他說得沒錯，不過還得花上幾年，那篇故事才會萌芽[59]。

「但衛特利為何對它的效果免疫？」我說。「他和我們一起待在房間裡。」

「你知道我有多討厭猜測，但如果我得猜的話，他可能透過多次暴露在這種迷幻藥下得到抵抗力了。不過，可能還有別種更巧妙的理由。」他神祕地補充道。「某種衛特利不讓我們知道的東西。」

「可以解釋這點嗎？」

「還不行，等適當的時機再說吧。」

我終於開始在黑暗中辨識出形體，福爾摩斯的鷹勾鼻輪廓在我面前微微閃動。我也察覺到氣味，大多是潮濕的霉味，但乾草的氣味也十分明顯，還有另一股我在手術室和戰場上再熟悉不過的氣味。是血味，但不只有血，那是剛切開的血肉散發的氣味，來自遭到切開展示的軀體。

「你在聞嗅，華生。」福爾摩斯說。「你的鼻子察覺到某種不祥徵兆了。」

「你也聞得到，不是嗎？」

「沒錯。」

「是你嗎？你受傷了嗎？」

「不，不過，我醒來的時間比你久，雙眼也有時間適應環境。我知道有什麼和我們待在一起，我得警告你，朋友，牠並不好看。」

59 譯注：影射《魔鬼之足探案》（*The Adventure of the Devil's Foot*）。

第十九章　籠中怪物

The Thing in the Cage

我終於明白我們在哪了，有人將我們關在用木板封死的穀倉裡。

但我依然不清楚血腥味的來源，也不太想得知氣味的源頭。我不是膽小的人，我在戰場上為人截肢過，也曾將雙手伸入男人的腹腔，試圖治療砲彈碎片造成的損傷，怎麼可能會害怕血味呢？無論如何，福爾摩斯的警告依然使我感到不安。如果和我一樣習慣血腥的他，認為某種東西「並不好看」，那東西便必定名符其實地醜陋。

「如果你想的話，我可以化解你的懸念。」他說。「我發現手邊有盞油燈，旁邊還有一盒火柴，衛特利留了這些東西給我們。」

「他真是周到。」

「我只需要點亮油燈。」

「那趕快動手吧。」

福爾摩斯點燃了一根火柴，火焰令人眩目地明亮。油燈的燈蕊很快就燒了起來，在玻璃漏斗中顯得相當溫暖。

屋內有座籠子，它佔據了穀倉一角，擁有堅固的鐵製結構，每邊長度約八英呎。它涵蓋的地面上覆滿了一層厚重的稻草。

裡頭有兩個人形物體。

其中有具屍體，那是具赤裸的男人遺骸，身上只剩下白色長袍或睡衣的碎片。腹部遭到挖開，臉孔也被扯下，四肢都沒有連接到身軀上。它周圍的乾草沾滿乾涸的血液，臟器灑得到處都是，有些完好無缺，有些已經破損。

有個生物躺在一旁，看起來也死了，但我馬上發現牠只是在睡覺。牠俯臥在乾草上，頭部枕在雙臂上，臉部特徵近似犬類，雙手類似獸掌，雙腳則是裂蹄。隨著熟睡時每次呼吸，牠的肋骨都如同風箱般鼓脹又塌下。

那個生物的鼻口部和雙臂上沾滿漆黑濕痕，一路延伸到手肘，顯示出牠對屍體造成的恐怖破壞行為。牠剛剛大啖人肉，現在就像狩獵完的老虎般，飽餐後大睡一頓。

「是食屍鬼（ghoul）。」我說，同時感到作噁又厭惡。

在過去，福爾摩斯和我曾遭遇過這種可憎的物種兩次，牠們的骯髒習性與邪惡喜好相當惡名昭彰。第一次是一八八七年，有群食屍鬼從達特穆爾的國王派蘭馬場（King's Pyland）中的馬廄裡，綁架了一頭傑出的賽馬，還吞食了牠部分身軀[60]。第二次發生在兩年後，有隻食屍鬼對水利工程師維克多．哈瑟利（Victor Hatherley）造成無法復原的小傷[61]。這兩場案例的共通點，自然是這種生物的肉食習性，牠們偏好生肉，最好是從活生生的獵物身上扯下的。這類生物並不挑剔肉的來源，如果牠想用最高等的智慧生物來緩解自身食慾，那也沒問題，食屍鬼不太明事理。

「老天呀，」我喘息道。「那隻醜陋的**怪物**一直都在那，離我們不到十英呎！」

「那隻怪物加上牠的食物。」福爾摩斯說。「不過，有人將牠安全地鎖在籠裡，牠碰不到我們。」

「就算如此，但我們居然毫無意識地躺在……藏屍處。」

60　譯注：影射《銀班駒》（*The Adventure of Silver Blaze*）的劇情。
61　譯注：影射《工程師拇指探案》（*The Adventure of the Engineer's Thumb*）的劇情。

「你太誇張了，但我懂你的意思，這確實令人不安。如果你身上還有左輪手槍的話，我們至少能夠保護自己。」

我檢查了口袋，但槍不在裡頭。「為了以防萬一，衛特利一定把它拿走了。」

「對，你的口袋少了令人安心的隆起，我的旅行皮箱也沒了，我們手無寸鐵。如果往好處看，我們可以說自己達成了任務目標，只是方式可怕且虎頭蛇尾。」

「我不懂。」

「華生，你沒發現那具屍體的身分嗎？」

「我想自己還沒注意到這件事，因為我們和一隻食屍鬼困在穀倉裡。」我的嗓音帶有一絲歇斯底里，也覺得在這個情況下，有這種反應相當合理。稍微平靜下來後，我說：「你一定有答案了，福爾摩斯，也打算說明這點吧。」

「觀察受害者的左臂。」

「怎麼了？食屍鬼把它咬爛了，和他身體其他部分一樣。」

「上頭沒有手。」

「是啊，而且我能告訴你手去哪了：食屍鬼的肚子裡。」

「真是的，老傢伙，語氣不必這麼倔強。我們之前看過這條手臂，以及截肢手臂乾淨的末端。食屍鬼沒有咬斷那隻手，手早就不見了。」

「康洛伊？」我說，一面瞥向那條手臂。

「撒迦利亞．康洛伊。」福爾摩斯點頭說道。「總之，是他剩下的部分，還有他的貝特萊姆醫院病人罩衫。夜魔把他帶來這裡，餵給食屍鬼吃了。」

我打了個冷顫。「真是可怕的下場。」

「也很不光彩。」

「衛特利，他是個冷血無情的混蛋。」

「不只如此。」

「我們是下一批受害者嗎？那是我們的命運嗎？被放上盤子端給食屍鬼享用？」

福爾摩斯聳聳肩。「除非我們任其發展。我們還活著，這就夠了，只要活著，就有希望。還有……那個。」

他用腳拍了一下，指向離我們端坐處不遠的一堆衣物，衣物位於幾綑乾草旁。

「是康洛伊的？」

「肯定是，是他首度被囚禁在這時，和逃跑並住進貝特萊姆醫院前穿的衣服。讓我感興趣的不是衣物本身，而是上頭的書。」

他走過去撿起那本書，帶著書走回油燈光源。

「這似乎是本日誌。」我說。

那確實是本以牛皮裝訂的日誌，在任何文具行都能買到。封面沒有寫字，無法判斷主人是誰，或裡面寫了什麼。福爾摩斯打開封面。

「你打算讀它嗎？」我說。

「為何不讀呢？我們沒有別的事好用來打發時間了。」

「逃跑如何？」

「我已經試過門窗了，它們封得很死。」

「我想，我們可以輕鬆踢破窗口的木板。」

「然後呢？你忘了夜魔嗎？你可以確信牠在外頭等我們，我確實相信自己有一兩次聽到牠輕聲踏步的聲音。」

「噢，噢對。」

「這種獄卒比任何監獄守衛都有用，我們還走不到十步，牠就會撲上來了。不，我們至少得在穀倉待到早上，那時夜魔一定得休息，除非衛特利先來找我們。再說，我覺得我們理應看到這本日誌，不然為何這裡擺了油燈，還把書放在明顯的位置？衛特利是為了特定目的安排了這一切。這個情況有種『舞台管理』的氛圍，自從我們到達這裡後，氣氛就非常明顯。」

「老實說，我也有這種感覺。」

「奈撒尼爾．衛特利不只狡猾，也擅長搞雙面詭計。」

「我完全同意這點。」

「我指的幾乎是字面上的意思。雙面代表有兩種要素或部分，象徵雙體或雙重，他的內在與外表不符。」

「你讓我聽糊塗了。」

「容我撥開迷霧。告訴我，你注意過衛特利的左手嗎？」

「我確實有，它似乎受麻痺所苦，或許是某種神經損傷。」

「但邁克羅夫特講述衛特利在第奧根尼俱樂部的演說時，並沒有提到這種殘缺狀況，我也確定他會提起。」

「可能是之後才發生的。」

「衛特利的房東歐文太太也沒提到這點，她看到他的時間，也比邁克羅夫特更近。更重要的是，出問題的手，居然和康洛伊缺少，或說之前缺少的手相同，你不覺得這是奇怪的巧合嗎？」

「如果某人的手有問題，而另一個人的同一隻手也發生相同問題，這種事的發生率完全相同。」我說。「所以不對，在這種條件下，我不覺得那是巧合，你顯然有不同想法。」

「衛特利跟我們說話時，你也注意到他碰自己臉的方式了吧？一次是撥開一抹髮絲，另一次則是搔自己的臉頰。」

「那就是矯揉造作，他是個裝模作樣的人。」

「你不覺得，他是在感受自己的皮膚嗎？」

「不。」

「我是這樣覺得。」福爾摩斯將注意力轉回日誌。「好了。我們該來看看嗎……？」

書裡有好幾頁密密麻麻的筆跡，字體工整，卻顯露出某種粗略的緊張感。有時作者似乎受到情緒影響，使得文字竄出印刷橫線，或是字體扭曲潦草，但依然能判讀出內容。

福爾摩斯翻過好幾頁，接著回到第一頁。

前往米斯卡托尼克河上游的航程紀錄
以及我們發現的成果
撒迦利亞・康洛伊著

書名後則是以下的開場白：

我在此寫下自白與控訴。這是真實的證詞，主要是對來自麻薩諸塞州阿卡漢的奈撒尼爾・衛特利所宣稱，並為大眾所接受的事件提出質疑。

福爾摩斯和我讀下去，他翻開書頁，我從他背後望著書。我們這樣看了幾小時，也越來越入迷，一直看到讓我們過去幾天來經歷的事情開始說得通為止（對我來說自然是如此，不過福爾摩斯早就推論出大部分真相了），我們心中一陣明朗，卻也塞滿了不祥預感。

第二部

第二部注記

這份手稿的第二部分，我完整呈現了撒迦利亞·康洛伊的日誌內容，除了插入章節段落與我自己想出的章節名稱外，內文沒有任何更動。從第三十五章開始，我將回到自己原本的敘述內容。

約翰·H·華生

關於華生醫生第二部注記的額外注解

和那位知名醫生不同的是，我更動了康洛伊日誌的內文。不過，我只是將美式英文拼法改為英式英文拼法。對此我得向美國讀者道歉，我的理由是：如果我沒有統一書中的英文拼法的話，可能會害我的編輯米蘭達（Miranda）中風。所有作者都能告訴你，大發雷霆的編輯是比莫里亞蒂教授還要兇狠的威脅；情緒緩和下來的編輯則是比夏洛克．福爾摩斯更可靠的盟友。

詹姆斯．馬修．亨利．洛夫葛羅夫

第二十章　阿卡漢的大學生

An Undergraduate in Arkham

前往米斯卡托尼克河上游的航程紀錄以及我們發現的成果

撒迦利亞・康洛伊著

我在此寫下自白與控訴。這是真實的證詞，主要是對來自麻薩諸塞州阿卡漢的奈撒尼爾・衛特利所宣稱，並為大眾所接受的事件提出質疑。我自己協同佐證了該說詞，但那是遭到奈特（Nate）脅迫下的決定，而且，當時我的身心狀況都不好。之後我接受過治療，使我的健康恢復到一定程度，現在我想收回自己至今對我們的河流航程與可怕結果所有的說法。我否認先前所說的一切，之前我那樣做，是為了滿足自己曾一度仰慕的奈特。我現在認為，自己的這種行為是由於受到誤導。我想澄清事實，我希望導正真相，責難真兇。

＊＊＊

一八九二年秋天，我從故鄉波士頓來到阿卡漢。我獲得了米斯卡托尼克大學的入學許可和獎學金，但那項成就的光彩受到近日悲劇所影響，因為我哥哥押沙龍（Absalom）於那年夏天因船難過世。他和數名朋友搭乘私人遊艇，在麻薩諸塞灣進行遊覽航行，此時忽然颳起了一股狂風。天氣原本十分晴朗，也沒有風暴跡象，當地的拖網漁船水手和捕鯨船船員事後則說，自己從沒見過那天掀起的那種暴風雨，風暴在中午左右忽然出現。紊亂的雲潮在平靜的藍天中出現，強風則從東北方吹來。遊艇快樂小姐號（*Lively Lass*）上沒有任何人是有經驗的水手。（我哥哥自然不是。）這艘船的所有人是德溫特・巴斯洛（Derwent Baslow），他是燈塔山巴斯洛家族（Beacon Hill Baslows）的家長，那是個擁有深厚政治關係的富裕家族。他的兒子傑克（Jack）和我哥哥是好友，船隻碰上麻煩時，駕駛遊艇的人正是傑克，如果小巴斯洛不只是業餘水手的話，或許就會清楚該如何脫離當下的狀況。結果遊艇翻覆，乘客也全數沉沒，再也沒有人見過船上的六名年輕人。接下來數天，沒有屍體被沖上岸，更久之後也沒有。大海吞沒了他們，且從未讓他們返回老家。

儘管喪親之痛使我遭受莫大打擊，比起我父母經歷的痛苦，這算不上什麼。他們偏愛押沙龍，他心知肚明，我也明白。儘管我父母假裝情況並非如此，還聲稱公平對待我們，卻也清楚這點。押沙龍滿頭金髮，性格開朗聰慧，是個雙肩寬闊的高大年輕人，具有學術天賦，也是個優秀的美式足球選手，在耶魯大學校隊擔任四分衛，無論在學校或老家，都擁有一群上流社會的朋友。父親特別滿意他在社會階層中自在活動的能力，因為我們康洛伊家是個式微家族，地位並不高。好幾個世代前，我們曾一度擠身城市的菁英人士，坐擁大量銀行利息，家族淵源還可追溯到五月花號[62]的波士頓婆羅門。我們保留了血脈，財富卻一毛不剩，我祖父可悲的投資已將之全數耗盡。那棟俯瞰查爾斯河（Charles River）的褐砂石房屋，是我們僅剩的財產，但建物十分破舊，也亟需我們負擔不起的維修工程。押沙龍是家族重返榮光的希望，他能恢復康洛伊家族過往的氣度。

相較之下，我是個活在陰影下的人，身高中等，滿頭黑髮，也擁有因專心追求學術目標，而帶來

62 譯注：*Mayflower*，於一六二〇年從英格蘭載著清教徒抵達北美麻薩諸塞州殖民地的客船。

的蒼白膚色和佝僂雙肩。我比押沙龍聰明，卻缺少他的魅力，我總是盡力表現自己，也相信自己表現出了社交禮儀，但我從未和我哥哥一樣有辦法迅速討人歡心。他能贏得任何出現在他視線內的女孩芳心，而如果有美人的目光轉向我，我卻經常結結巴巴。愛情之道對我而言是個謎團，不過好幾次有人跟我說，我的長相夠英俊，我猜自己少了押沙龍的磅礡自信。

如我所說，我們難以承受他的死，父母親悲慟不已。我們家總是緊閉窗簾，母親宛如義大利寡婦般穿起了一襲黑衣，我父親則鮮少離開書房，我也得遺憾地說，他開始大肆酗酒。那年夏天，原本我應該期待米斯卡托尼克大學開學，卻成了悲慘時節。事實上，當我該離家時，反而鬆了一口氣，我的馬車離開時，父母甚至沒有出來揮手道別。他們已經失去了生命中的光芒，我幾乎不會再對他們的思緒造成影響了。我是撒迦利亞，他是押沙龍，我是Z；他是A；我是奧米加，他是阿爾法；我是以掃，他是雅各[63]。幾乎能肯定地說，我父母不會想念我，新學期開始數週後，我完全沒聽到他們的音訊，甚至連一封短信都沒收到時，我就確信是如此了。假若之前我還有希望能與他們另外一個兒子競爭關注的話，現在一切都已灰飛煙滅。他在記憶中躍升為聖人，活著的我，已無法與已故的押沙龍抗衡了。

＊＊＊

我們沿著賽勒姆（Salem）道路靠近阿卡漢時，看見它的第一眼使我感到不太吉利。當時下著小雨，我透過馬車佈滿蒸氣，沾滿雨滴的窗戶，瞥見塌陷的復斜式屋頂，屋頂下是灰棕色的房屋，型態看起來不像豎立的建物，反而像蹲伏在地。道路兩旁有成排長滿紅褐色葉片的樹木，道路本身不太寬闊，自然不能與波士頓的路面相比；街道四處蜿蜒，彷彿不確定自己的走向。我相信自己憂鬱的心情，使我無法以寬宏的態度觀看這座城鎮，但阿卡漢外觀上的任何層面，都無法在我的靈魂中激起一絲喜悅。它主要的優點，在於它至少不是波士頓，因為波士頓只讓我想到悲慘與受到忽視。

抵達米斯卡托尼克大學校園，也沒有讓我的心情好過多少。陰森灰色天空下的龐大建築看起來十分森嚴，要說是學習殿堂，它更像要塞些。學生們在不停歇的雨水下低頭奔跑，他們往四面八方跑去的模樣，對我來說似乎毫不思考，幾乎像是昆蟲。我開始感到納悶，來這裡是不是個錯誤，直到當時，我都滿足於在家裡進行的科學調查與實驗，我已經自行取得了自己覺得相當顯著的生物學進展，特別是與大腦有關的部分。我解剖並仔細檢查了許多大腦（主要來自動物，或是偶爾能取得的人類大腦），用我的手術刀穿透那器官深處的謎團，胸懷劈砍灌木叢的叢林探索者般的頑強氣息。我在裡頭發現了解剖課本中未曾記錄的子器官與分離區域，也能夠將神經系統的特殊功能歸因於腦內某些區域，就連帕維亞大學（University of Pavia）的前衛義大利神經科學家卡米洛·高基（Camillo Golgi）（他的職業生涯激發了我的靈感），也沒有辨識出這些部位。我利用電力與顯微鏡術，找出組織中的神經突觸脈絡，並建立出一套腦部製圖法，和任何地理地圖同樣準確且充滿細節。我特別深愛大腦，認為沒人能教導我更多關於所謂「灰質（grey matter）」的事了。我提過自己缺乏自信，事實也確實如此，但在這個層面，我認為自己與其他人平起平坐。儘管米斯卡托尼克大學的教授們或許能增加我

63　譯注：聖經中的孿生兄弟，雅各較受父母寵愛。

整體的生物學知識，但我不認為他們能加強我對自身真正專業的了解。

因此，我抱持著疑慮與不小的悲觀心態，站在大學雄偉的校友廳前，面對它突出的鐘塔，並沉思自己即將迎接的未來。得到獎學金（再說，金額還很豐厚）並非小事，這也表示教職員對我的實力有信心。但對我而言，如果我留在家中，繼續進行獨立研究的話，儘管沒有財務優勢，在教育上卻同樣有益。年僅十八歲的我，在無人幫助的情況下達成許多突破，因此沒理由認為，我無法在同樣的條件下繼續這樣做。

在那舉棋不定的猶豫時刻，發生了兩件讓我下定決心的事。首先，一位我後來得知名叫賽魯斯·諾德史卓姆教授的男子突然冒了出來，並開始對我大吼。我不知怎麼地擋到了他的去路，我身旁堆著自己大大小小的行李，諾德史卓姆教授宣稱這些東西阻礙了他。我不是唯一身旁堆滿行李、神情無比困惑的人，校友廳的台階與前方的綠地散落著行李箱、手提箱與皮箱，但諾德史卓姆卻偏偏堅持要直接穿越我所在的短短幾平方碼位置，並選擇把我視為阻礙之物，他寧願大吼來把我趕走也不繞路。

我承認，這個老傢伙的魯莽謾罵讓我嚇了一跳。他大肆斥責我時，臉頰脹得通紅，黑色的學位長袍在他身後飄動，宛如某種巨型蝙蝠的翅膀。他質問我的名字，即使我認為自己並沒有犯錯，仍顫抖著回應，還結結巴巴地道歉。但這反而使他更為光火，彷彿道歉象徵了我承認自己犯了錯。

我不曉得自己承受了多久諾德史卓姆宛如尖銳北風的怒氣，似乎毫無止盡，數十名旁觀者將不必要的關注聚焦在我身上，那種感覺非常不舒服，此時救星以一名年輕人的形態出現。對方大約大我三四歲，他迅速插了進來，擋在我和凌虐者之間，還舉起一隻手，像是要求對方安靜。諾德史卓姆並未照做，他迅速轉向年輕人，開始馬不停蹄地斥責對方。諾德史卓姆教授針對他發出的批判，主要是對方「丟臉」的頭髮長度，以及他散發出的不敬氣息，我在此引述諾德史卓姆的話：「就像發臭的臭鼬。」

這句鮮明的譬喻，是諾德史卓姆離開前說的最後一句話，之後他便喃喃自語地走開，不久後，他又對另一個可憐的無辜對象發動一長串過分的責罵。在此同時，我轉向自己的救星，表達深切的謝意，對方則優雅地搖了頭，擺擺手表達不在意。「沒關係。」他說。「老諾德史卓姆是個暴君，但只要挺身抵抗他，他就會和所有吹牛佬一樣放棄。這是他身為榮退教授帶來的問題，他的光榮時光早已遠去，沒有能填補空閒時間的事情，所以他在校園裡四處找人麻煩。對了，我是奈撒尼爾．衛特利，但我朋友們叫我奈特，我希望你也能成為他們之一。」

＊＊＊

我對奈撒尼爾．衛特利感到有些畏懼，甚至產生了不小的敬畏。他不只英俊無比，輕鬆隨和的態度也使我覺得難以抗拒。從第一次見面開始，我就想緊跟在他身邊，就像繞著太陽轉的行星。他自願幫我拿行李，護送我到宿舍房間，接著在離開前他告訴我說，如果我需要什麼，只要去找他，他就會盡力幫助我。他住在李奇街（Lich Street）上的一間公寓，就位在校園邊陲，但他說自己經常待在生物實驗室，實驗室位於四邊形主校園的北側。當我承認自己剛好是生物系學生時，奈特咧嘴一笑，說他早就知道了。事實上，他完全清楚我是誰，也很期待和我變得更熟，根據他的說法，撒迦利亞．康洛伊早已聲名遠播，系上每個人都聽過這位大一生，他的考卷讓教職員們大感佩服，也在與招生委員會進行的面試中，為自己打造了良好的印象，不只取得了全額獎學金，還有人用「天才」之類的字眼提起此人。並不是每個來到米斯卡托尼克大學的學生，都如此受到眾人期待，奈特自然想比其他人更早認識我。他一聽到我把自己的名字告訴諾德史卓姆教授，就察覺到討好「神奇小子」的機會。「把你從老笨蛋的手中救出來，」他說，「其實幫了我自己大忙。現在你我不再陌生了，我相信，我們遲早會成為最好的朋友。」我回答說，自己想不出更好的結局了，於是，我們宛如結盟般握手後，奈特便離去。

前述對話在我的新室友希洛尼姆斯．雷克（Hieronymus Lake）面前發生，他也是生物系的大一新生，接著介紹了自己，他先前也聽說過「非凡的撒迦利亞．康洛伊」，還說自己很榮幸能和我同住。雷克來自明尼蘇達州，擁有該州居民常見的老實臉孔、玉米色的頭髮，以及速度緩慢的中西部懶洋洋腔調。在新英格蘭的長春藤盟校大學中，他顯得格格不入，就因為這個理由，我覺得自己滿喜歡他的。他說，自己的野心是一路鑽研生物學，直到取得教授職，專門研究寒冷氣候下的生物。總有一天，他想前往極圈進行探險（他不在乎是北極或南極，最好兩地皆去），研究海豹、海象與北極熊等動物，特別是企鵝。後者是最奇怪的鳥類，在陸地上顯得笨拙，在水下卻無比優雅，他也相信人類還沒發現其他企鵝目物種。他希望有一天某種企鵝會用他的名字命名，或許會叫做*Aptenodytes lakensis*，作為他畢生志業的里程碑。身為科學家，有時最重要的期望，便是使自己留名青史，成為供後人景仰的牆上標記。[64]

我同意，但我希望達到更偉大的成就。

* * *

接下來幾天，我沒有再見到奈特，不過我從其他大學生口中得知了更多關於他的事。衛特利家族在阿卡漢是個重要家族，家族分支廣布於埃賽克斯郡（Essex County）。他們的背景相當富裕，大多來自農業，當地人將他們視為某種貴族。可以將他們形容為鄉紳地主，但據說家族內部有種瘋狂傾向，那是種隱性特徵，三不五時會以惡魔崇拜、強迫性偏執或甚至是野蠻謀殺等方式顯現。我和奈特．衛特利相處的那二十分鐘內，並沒有在他身上發現這些徵兆，而是見到和藹可親又外向的特徵，讓我想起押沙龍。後來想想，奈特吸引我的原因，主要是由於他很像我已故的兄長，填補了我生命中莫大的空洞。押沙龍對我很好，成長過程中，他曾多次從惡霸手中拯救我，對方對我的書卷氣感到反感，認為粗魯對待我，並將我的書包扔進泥巴裡是恰當的懲罰方式。押沙龍會把他們打得落荒而逃，通常是打他們耳光，儘管我每每樂於見到霸凌者得到報應，卻痛恨得讓別人拯救我。我會無禮地向押沙龍說，自己可以打架，他則免不了回答說我辦不到。他用溫和且充滿諒解的微笑化解了我的怒氣，我也因此更加敬愛他，對自身有所不足的感受則變得更加根深蒂固。奈特．衛特利讓我感到同樣的情緒，卻不知怎地少了撕心裂肺的自我指責。

我和奈特下一次見面是在某天晚上，當時我在晚餐後從學校餐廳走回宿舍。雷克和我同行，我發

---

64 譯注：雷克日後於一九三〇年參加米斯卡托尼克大學的南極探險隊，並在挖出沉眠的遠古種族（Elder Thing）後遭到殺害。參見《瘋狂山脈》（*At the Mountains of Madness*）。

覺自己和他越來越意氣相投，但奈特一出現，我的明尼蘇達州朋友就彷彿消失了。奈特和我打了招呼，看也不看雷克一眼，問我晚上有沒有計畫。儘管我原本打算跟雷克一起製作信鴿腦部前端的橫斷面，以便調查那種鳥不尋常的歸巢能力，卻硬說沒有。接著奈特抓著我的手腕，要我和他走，我溫順地同意了。

他帶我到他的公寓，上樓到他的臥房，裡頭的空間大到能充當書房。這裡的架子擺滿了玻璃罐，裡頭裝滿了浸泡在福馬林裡的不同自然界畸形生物。他問我是否看過這麼多怪誕樣本，我欽羨地承認自己沒看過。我花了一小時研究這些收藏，裡頭有長滿毛的生物、多刺生物、長滿觸手的生物與我完全無法猜測所屬生物門的東西，和填滿我從不知道存在的某種演化環節的生物。奈特花了好幾年才取得這些標本，有些是他買來的，其他則是他自己從埃賽克斯郡原野和外地找來的，以及阿卡漢西邊某個名叫克拉克角的地區，該地靠近一處水庫，水庫原址曾是有人居住的山谷。自從十年前有顆隕石墜落在當地後，本地人就迷信地遠離該處，那裡不只有古怪的動物出沒，更為怪誕的植物也繁榮生長，全是地球別處找不到的生物。[65]對奈特而言，由於他對怪異動物顯而易見的興趣，當地正是令人開心的獵場。

他問我想不想研究其中一個樣本的大腦，任何我有興趣的樣本都行。我欣然接受這個機會，我們也立刻將一隻哺乳類動物身上的福馬林擦乾，牠長了高度發展過的兔子後腿，以及擁有抓握能力的狐猴尾巴，卻也有頭足類笨重的頭部。我用骨鋸切開這奇異混種生物的顱骨時，發現牠缺乏傳統的腦部，反而是前半身布滿了一連串腦部般的小型內臟葉，每個內臟葉似乎都個別控制著自主功能，共同運作時，則提供了我們稱為感知的高層次認知協調效果。我假設，這種安排的理由，是為了緩和該器官遭遇創傷衝擊的狀況。即使這隻生物有一個以上的內臟葉受到嚴重傷害，還是能夠繼續正常行動，我甚至提出理論，認為假若如此，其他內臟葉便會接替無法運作的器官，改變自己以彌補其他部位的缺損。如果這樣的話，那就成了獨特的生存機制，使這個生物能夠承受莫大傷害，具有單一不分散腦部的相似哺乳類受到這種傷時，要不死亡，要不就會嚴重缺乏行動能力，使牠無法再保護自己。

我對探索這種異類解剖感到十分興奮，並提議奈特和我去喝一杯。我通常不會狂歡，但此時的狀況似乎需要慶祝一下。奈特立刻同意，接下來的夜晚，我們在阿卡漢的酒館流連，有幾家的素質比其他間更為優秀。我們在半夜回到米斯卡托尼克大學，精神相當疲憊，奈特說他有東西要給我看。我下一件記得的事，就是我們從後門闖入大學圖書館，走在積滿灰塵的書架間，奈特帶我走到擺放神祕學與罕見搖籃本[66]的區域，取下一本名為《死靈之書》的典籍。他得意又開心地笑著，快速翻閱書頁，直到他找到一頁，上頭畫了某種叫做「夜魔」的東西。「這讓你想到誰了嗎？」他問道，因酒醉而視線模糊的我，則被迫承認畫像確實酷似諾德史卓姆教授。我想知道更多關於那本奇異書本的事，因為我之前從未看過像它一樣的書，當我看著它時，也感到一股特異的冷冽，彷彿儘管自己是盯著死氣沉沉的製造品，它卻擁有某種難以言喻的生命力。這本《死靈之書》充滿吸引力，卻也令人作噁，因此相當類似那個對我而言帶有重要科學意義的器官。因為我很清楚，大腦的緊密組織與它果凍般的質地和盤根錯節的輪廓，儘管全然缺乏美感，卻也複雜無比，它錯綜複雜的功能，使它成為絕美物品。

65　譯注：此為《星之彩》中發生的事件。

66　譯注：incunabula，泛指十五世紀印刷術首創時期到該世紀結束之間的出版物。

奈特將《死靈之書》描述為涵蓋古代知識與奧祕學識的綱要典籍，有些人相信它的內容屬實（甚至擁有力量），其他人則認為它只是無稽鬼扯。書裡有咒語能召喚冥府生靈，包括魔鬼與地獄怪物，和或許能稱之為神的邪靈，至少謠傳是這麼說的。對他而言，這是本有趣的動物寓言集，也是他研究畸形動物時經常參考的文獻。只要逮到先前沒見過的動物，或從其他收藏家手上和阿卡漢諸多古董店購入保存下來的遺骸時，他就會讀《死靈之書》，查詢書中是否有提到該動物。它常常無法給予幫助，但他依然一再回來找這本書，也向我承認，這本書對他發揮了某種他無法解釋的控制。他說，光是掃視書頁，就令他感到異常舒適，彷彿像是某種類宗教儀式。

此時，他首度說出了某個我在接下來一段日子裡經常聽到的字眼，最後我也對那字眼感到生厭與恐懼。「拉盧洛伊格。」他輕聲低語道，態度幾乎可說是溫柔，一半是對自己說，一半則是對書講。我立刻詢問那句話的意思，以為他用英語說了某句我沒聽清楚的話，由於我們兩個依然酩酊大醉，我的聽力和他的口齒都不夠清晰。「洛黎洛格？」我說。「我有聽對嗎？你說『洛黎洛格』是什麼意思，奈特？」（現在，我自然不只曉得該如何拼寫那個字，也清楚它的意義。）

他大笑出聲，我也笑了出來。我不知道自己的話有什麼好笑，或是奈特的笑聲為何令人感覺生硬且自制，彷彿儘管他心有芥蒂，卻依然開懷大笑。幽默感是種聚合，有時會傳達出與自身期望相反的效果。他感到有趣的原因，並不是因為他開心，而是由於他希望或預期如此。因此，納特和我看著那本透露著凶兆的黑皮書，開懷大笑。

* * *

我不記得離開圖書館或回到宿舍的過程，不過我確實記得隔天早上感到相當糟糕，也遭到我室友一連串的責罵。從滿腹牢騷的雷克口中，我得知自己似乎在深夜闖進屋裡，全身瀰漫酒氣與福馬林味，完全沒換衣服，就倒在床上深沉地入睡。睡夢中的我在床上掙扎，語無倫次地大聲呻吟，深陷某種醒來後完全不記得的猛烈夢境之中。

此後，奈特和我每天都會碰面。那個狂歡與分享祕密的夜晚，鞏固了我們之間的連結，我也再度得到了一度失去的兄長，只不過對方擁有全新外型，且較難以預測。我們一同用餐，互相比對自己專業上的筆記，並以狐疑的眼光審視各個教職員，特別是諾德史卓姆教授，我們認為他們頑固又愚笨，是即將被我們這種後浪推翻的前浪，我們不只擁有毫不止息的心力，還有充滿創造力的想法。我們成為了兩座外人無法推翻的堡壘，我與其他人的友誼則逐漸凋零，特別是跟雷克的關係。我從其他大一生身上察覺到羨慕之情，因為我成為奈撒尼爾·衛特利這種校園風雲人物最喜愛的同儕。我有幾位教授認為他對我帶來不好的影響，也把我帶到一旁告知此事。我一點都不在意他們的想法，認識奈特是長久以來我遇過最棒的事，而我並未察覺，他正宛如捕捉蒼蠅的蜘蛛般，無情地將我拉入網中。

第二十一章　全知網

The Omniticulum

因奈特的鼓勵而鼓起膽量的我，開始對自己的私人研究賦予更高的關注，而不是遵循學校課程。奈特說，比起只是當另一個讓教授傾授知識用的人頭，我能對世界做出更多貢獻。當我能自行闖蕩他們怯懦的心靈永遠不敢探索的領域時，又何必浪費時間聽他們說大話呢？因此，我減少聽課時間，花更多時間在實驗室。教職員們自然不贊同此事，到了學期末，系主任叫我去他的辦公室。系主任提醒我，身為學者，我對學校有責任，畢竟是學校贊助我入學的，到了交報告時間，我就該交出它們，也得維持無瑕的出勤率。他警告我，如果我不改變方式，我的獎學金就會遭到撤回，轉移給更恰當的對象。

奈特建議過我該如何處理這件事，因此我竭力求情，向系主任說自己很抱歉，未來也願意更加努力。我沒有一個字是發自內心，但系主任遭我蒙蔽，一切進行得相當順利。學期結束後，我在家中渡過悲傷萎靡的聖誕節（家裡一點節日裝飾都沒有，連紙鍊都沒擺），並在一月帶著全新的熱情回到阿卡漢。我不只樂於在假期後與奈特重逢，也急於繼續工作。為此，我開始從米斯卡托尼克大學醫學院取來遺體，更精確的說法，是屍體的一部分。由於醫學院學生只學到該如何治癒身體（皮膚、肌肉、骨骼、心臟、肺臟和小腸等器官），他們通常將大腦視為多餘的物品。對其他人而言，腦部相當多餘，對我來說，它們則是寶貴的資源。

我開始發展一種名為「顱內認知移轉」的手術，它取決於我在杏仁核和海馬體之間發現的一個小型腦部腺體，那顆小肉瘤並不比帶殼花生大上多少，我也逐漸相信它是某種管道，用於處理該器官剩餘部位中發生的每樁神經突觸事件的資訊交流點。這種腺體存在於所有高等動物體內，我將它稱為「全知網（omnireticulum）」，裡頭保存了大腦持有者所有行為、思想與話語的殘餘紀錄，或許能將它比喻為一連串感光底片，保存了上頭曝光過的所有畫面。如果用誇張的說法形容，甚至可以將它稱為魂之座。

透過小口徑鑽孔、長針皮下注射器和我調製出的可注射用血清，我能蒸餾出全知網內容物中的精華，並抽取出液態產物。我用死屍大腦練習這種技術，直到自己變得爐火純青。血清取自我自己的血液，並與酸液和試劑混合，使細胞能夠模擬其餘它們接觸過的細胞所具有的功能。裡頭有三種細胞，每個都是複雜的蛋白質、醚與磷酸鹽複合物，我賦予了它們優雅的簡單名稱：康洛伊溶液A（Conroy’s Solution A）、康洛伊溶液B（Conroy’s Solution B）和康洛伊溶液C（Conroy’s Solution C）。以這個順序注入仔細調整過的劑量後，它們就能對全知網產生作用，並將它溶解為構成細胞，這些細胞再與血清中的血球結合。可供抽取的產品是種紅色液體，量大約有半液盎司。將這種液體注入另一個生物的全知網，就能夠取代宿主腺體，將捐贈者全知網的內容物注入其中。（可以將之與覆蓋書寫本〔palimpsest〕做比較，這種文本的原文會遭到抹除，新文字則覆於其上。）這自然是單向過程，因為得徹底摧毀捐贈者的全知網才能移轉。如果這種手法可行的話，好處是比起直接手術移植，交換過程的侵入性與致死率都較低，再來，它可以在不同物種間施行。

為了示範這種技術，並徹底證實理論，我在一八九三年二月對一隻鸚鵡和一隻卷尾猴進行了顱內認知移轉，這是我首度利用活體進行實驗。注射開始前，我用氯仿讓後者失去意識，但前者好鬥且愛亂啄，完全不讓我迷昏牠，我只好在牠清醒且完全保有意識下進行手術。奈特自願擔任我的實驗室助理，他用夾子將鸚鵡固定在桌上，受到如此屈辱的對待時，鳥兒大聲哀鳴，全力抵抗，即使被扣住而動彈不得，牠的尖鳴依然刺耳。鑽頭鑽入牠的頭顱底部，好幾根皮下注射針頭接二連三地插入，每根針筒都含有一小劑血清，此時牠的叫聲依然沒有減弱，而針頭得在原處放置精確的秒數，配方才能發揮效用。桌上散落著血液和羽毛，到了最後，鸚鵡只是尖叫扭動著，宛如先前樣貌的空殼。

我將鸚鵡全知網的蒸餾物注入失去知覺的卷尾猴體內，之後只需要等待這隻小靈長類醒來就好。在此同時，奈特自行處理了那隻鳥。他將鳥從夾子中取出，將牠握在雙手之中，準備扭轉牠的脖子。鸚鵡明亮的小眼珠在眼窩中轉動，鳥喙張了開來，笨拙的黑色舌頭也從口中伸出。牠的喉嚨發出柔和又可悲的尖鳴。儘管難以在智慧相對低的動物身上定義理智，我會說這隻鸚鵡已經瘋了。至少，牠原本所剩不多的個性，已經蕩然無存，彷彿奪走牠的全知網後，我也奪走了讓牠發揮腦部功能的要素，也就是讓一切連結起來的「黏膠」。全知網的消失，留下了無法復原的空洞，整體大腦已無藥可救。總之，這是我的推論，後續的實驗證明了這點，現在得處理掉那隻鸚鵡，更敏感的人會說「讓牠解脫」，奈特負責下手，將牠的頭往一邊扭，再把身體往另一邊轉，便發出了脊椎分裂的喀啦聲。

猴子在一小時後恢復意識，並幾乎立刻做出非典型行為。牠試圖用嘴整理自己，但似乎沒發現牠沒有喙或羽毛，因此不斷讓只咬到空氣的牙齒喀噠作響。牠發出不悅的啼聲，儘管聽起來無疑就是猴子，卻擁有熱帶鳥類鳴叫的音色與尖銳。接著牠企圖飛行，拍打著自己的雙臂，從地板上跳起來，卻丟臉地發出砰的一聲掉回地上，小臉龐上的困惑表情令人感到值回票價。猴子無法理解為何自己飛不起來，牠又徒勞無功地嘗試了好幾次，之後便縮到角落，思考自己為何忽然無法飛行。對奈特和我而言，這些模仿鳥類的失敗怪異舉止太有趣了，我們開懷大笑，直到淚水從臉頰上流下，幾乎難以喘氣。我在過程中感到的緊張，源自於對實驗失敗的恐懼，現在則以某種歇斯底里的狀態從我心中泉湧而出。儘管奈特似乎也從猴子笨拙的處境中，取得了某種殘忍的滿足，但他無疑也有相同感受。

「好了，老傢伙撒迦。」他說，一面拍拍我的背。「你辦到了，你真的辦到了！」奈特是唯一我允許能喊我撒迦的人，就連押沙龍都沒有這種親暱待遇。我從來就不喜歡那種簡稱，覺得那降低了自己的地位，在牧場騎馬的牛仔才會這樣做，但我讓奈特．衛特利成為例外。

我們將卷尾猴放在鸚鵡的籠子裡，那隻靈長類似乎在裡頭感到相當自在。牠硬擠到小型棲木上，雙臂伸到背後蹲了下來，彷彿把手臂當作翅膀；對牠而言確實如此。給牠鳥類的基本食物葵花籽時，牠就用嘴做出啄食的動作，將葵花籽從地面銜起，而正常的猴子本該使用牠靈活的雙手。

除了賽魯斯．諾德史卓姆教授，又有誰會破壞這勝利的一刻呢？這老頭闖進房內，長袍在身後飄動，氣得滿臉通紅。他聽說實驗室傳來轟然巨響，彷彿有生物遭到虐待，這時他的目光落到死鸚鵡上，我們還沒時間把牠扔到垃圾桶裡，接著他轉向猴子，猴子在棲木上困惑地看著他，一面把頭歪向兩側，並用雙腳蹦跳。他質問道，奈特和我進行的實驗是否有獲得授權。我們有取得教職員的同意，才進行活體解剖嗎？有些規則一定要遵守。我在他眼中察覺到明確的幸災樂禍之意，他心知肚明，自己當場逮到我們觸犯校規，簡直不敢相信自己的好運。

奈特和我氣急敗壞地反駁，但我們**確實**違反了規定。我們沒有取得必要的允許，解釋說這種要求不可能獲准，因為教職員們對我們倆的評價並不高。我已經將自己抵達時圍繞身旁的滿滿善意消耗殆盡，奈特則被視為丟臉的對象，他能留在米斯卡托尼克大學的原因，只是因為他自己支付學費，也由於大學和當地許多機構一樣，數年來都受到衛特利家族的慷慨贊助。再者，系主任來自敦威治（Dunwich），和奈特的舅舅諾亞．衛特利（Noah Whateley）是同一間共濟會會所的成員。即使他們已分道揚鑣，兩人之間仍有共濟會的弟兄連結，這也使得奈特在米斯卡托尼克大學得到一定的豁免權。不過，奈特逐漸將豁免權逼到極限，使得系主任覺得無法再給他相同的待遇了，簡單來說，我朋友只差一步就會遭到退學。諾德史卓姆清楚這點，也覺得自己有辦法能從此將奈特趕出這間大學，再說，我不認為他原諒過秋季開學時，奈特為了我挺身對抗他的事。

他確實向系主任報告了我們的行為，我們遭到嚴厲懲處。奈特懇求系主任，拜託對方給我們倆一次機會。他說，我們被熱情沖昏頭了，我們的問題，在於年輕氣盛和缺乏良好判斷力。他的舅舅諾亞也一樣，不是嗎？他經常毫無理由地大發脾氣，不只使他的鄰居感到不安，他的妻子也死於疑點重重的事件，更別提還引來警方關注了。他還得到了「巫師」的綽號，因為他會在靠近城鎮的某座神祕丘頂的石圈中，做出怪誕舉動[67]。系主任同意地點頭，但說至少諾亞有辦法提出自己為何會有怪異舉止的理由，因為那時他父親奧立佛（Oliver）遭控施行巫術後，敦威治鎮民動用私刑將他處死，在這樣可怕事件的籠罩下長大，必定會扭曲一個人的心智。奈特又有什麼理由呢？

無論如何，奈特依然成功了。他對系主任施展了花招，我們得到了一次警告，且在永久記錄上留下了污點。系主任建議我此後最好不要再惹事，我保證自己會照做，假惺惺地表現出誠懇態度，但說服力強到差點連自己都信了。我變成的這名甜言蜜語騙子究竟是誰？怯懦溫順的撒迦利亞．康洛伊，怎麼會演變成自在放縱的叛逆份子？答案顯而易見：奈撒尼爾．衛特利。

＊＊＊

諾德史卓姆教授的計畫受阻，但並未就此失利，他還留了一手。下個週末的《阿卡漢公報》刊登了一份關於我的嘲諷文章，上頭還參雜了諾德史卓姆本人的說詞。他和記者都做足了功課，但我從未找到那名記者的名字。文中提到了顱內認知移轉，也詳細描述了我那隻擁有鸚鵡心智的猴子。我一看到這篇文章就直接去找奈特，他對此輕描淡寫，說米斯卡托尼克大學經常引來《阿卡漢公報》尖酸的評論。阿卡漢與米斯卡托尼克大學一直保持著一種特殊的分歧關係，將大學視為聲望來源與糟糕的怪胎聚集地。在所有常春藤盟校大學中，米斯卡托尼克大學吸引了最大量的怪人，其中許多人受到此校吸引的原因，是由於這座城鎮本身錯綜複雜的過去，它是在一六〇〇年代早期由自由思想家們所建立，不久後便受到從鄰近的賽勒姆傳來的焚巫熱潮所影響。阿卡漢不喜歡想起陰暗的起點，即使當地的海洋貿易已好景不再，但仍偏好自視為成功的海港，後來則成了繁榮的工業城，可能還算是埃姆斯伯里（Amesbury）或哈佛希爾（Haverhill）的競爭對手。和我有關的文章，只是該城鎮對這座小小學術場所進行的一連串輕微打擊中的最新一波攻勢，這些攻勢自然包含了不少自我抨擊。奈特說，我應該忽視這點，這不會有任何好處。

真希望他沒說錯，但系主任卻再度把我叫去，這次懇求和懺悔都救不了我，那篇文章使系主任再也無法忽視我的不良行為，大學得維護校方尊嚴。我宣稱自己的猴子實驗，並沒有非專業眼光看來那麼愚蠢，它代表了更偉大的事：更令人難以置信的真相，我只是需要時間來深究這點，不只是時間，還不能受到干擾。系主任說，可惜的是，他兩者都不能給我，我有權留在米斯卡托尼克大學，校方也

67　譯注：此處影射諾亞是《敦威治怪談》（*The Dunwich Horror*）中主角威爾伯・衛特利（Wilbur Whateley）的外公，曾企圖讓猶格・索陀斯的子嗣降臨人間。

相當歡迎我待下，但不會有資金了，換句話說，我的獎學金遭到撤銷，處分立即生效，當然了，如果我的家人願意為我支付學費，或是如果我能找到其他贊助人的話，我的求學之路就能正常進行。他讓我決定該如何繼續。

連「心力交瘁」都無法形容我的感受，那份衝擊幾乎像是物理感受，我痛不欲生、暈眩且震驚。我父親已不需為押沙龍付耶魯的學費，我清楚他付得起我的大學費用，但我不願問他。對我哥哥死訊的哀慟，已加深了我和父母之間的裂隙，將它從尷尬的代溝，化為不可踰越的深淵。我從米斯卡托尼克大學拿到的獎學金，或許是我在他們眼中唯一的可取之處，我也把這點拋到一邊了。當我顯得如此不可靠時，父親不太可能願意從口袋裡掏錢，但我依然寫信向他求情，他的回答和我預料的一樣冷淡無情。「如果你無法守住高等學府好心提供的收入來源，」他說，「那我為何要幫你？」

我絕望地去找奈特。他開了瓶葡萄酒，勸我喝點酒，直到我冷靜下來。接著他說，或許我的困境是個轉機。我問他是什麼意思，他回答說自己正在處理一項計畫，也需要一位意氣相投的人參與，得是他知道自己能夠相信與仰賴的人。普羅維登斯似乎給了他這麼一個人，因為好運，這個人剛好有空了。「面對現實吧，撒迦。」他說。「你待在米斯卡托尼克大學是浪費時間，這間大學沒辦法教你任何你不懂的事，而你可以在世界上學到更多。何必花三年，對智慧比你低的教授唯命是從呢？別的地方還有更好的機會。」我想知道他的提議，他的回答則是「一場旅程」。他補充道，但這段旅程獨一無二，將會敞開我對科學疆域的眼界，也比任何文憑來得更有實際價值。

產生興趣的我，除了要求知道更多外，又能怎麼做呢？

第二十二章　印斯茅斯美人號

The Innsmouth Belle

有好一段期間，奈特都在準備一趟河流航程。注意了，這不是單純的航程，而是盡可能從阿卡漢往米斯卡托尼克河上游航行的科學探測行程。他希望檢查河畔的野生動物，特別是因超出林奈正常分類、而使他抱持特殊興趣的物種。鑽研《死靈之書》某些段落後，他作出結論：米斯卡托尼克河的上游在那方面不尋常地富饒，因為那條河經過的深邃密林與山區，充滿了與古怪野獸有關的傳說與民俗故事，其中許多生物都符合那本駭人黑書中記載的描述。

他已經雇了艘小型艉外輪蒸汽船，上頭也有一組船員，上層甲板還有一間空艙房，他馬上就能讓我住進去。再者，我能自由使用船上設備齊全的實驗室，也能在那裡不受阻礙地繼續進行顱內認知移轉開發，沒人會干涉我的工作，而我工作過程中唯一的停頓時間，就是加入探險，上岸捕捉樣本。奈特說他樂於讓我加入這些行程，因為他可能需要我的廣泛知識和敏銳智力。

這聽起來好到不像事實。有件事情奈特確實說對了：我在米斯卡托尼克大學無處容身。我開始認為錄取我是學校走運，而不是我的好運，撤銷我的獎學金，則是系主任不識好歹的舉動，更別提他的無知了。多年後，米斯卡托尼克大學會對和我有關而感到驕傲，並滿懷榮譽地稱我為校友。好吧，那機會飛了，撒迦利亞．康洛伊會成為一名科學偉人，宛如牛頓和達爾文再世，米斯卡托尼克大學將只不過是我一生歷史中的一小段附注，內容微不足道。它將永遠被視為那間曾有優秀天才跨入校園門檻、卻無從培養對方的學校。

但這項探險真的是我合理的下一步嗎？我向奈特拋出了諸多問題，他預期這段航程會進行多久？會危險嗎？他之前為何不提這件事？

奈特準備了答案。他估計我們會離開兩個月，頂多三個月。他無法擔保不會有風險，但我們武裝齊全，也不會讓我受到傷害。至於先前沒提，只是因為他在等待恰當時機，他已經處理好探險所需的大多基本手續，但他打算在確認出發日期、計畫也更詳盡後，再告訴我這件事。他不曉得我在米斯卡托尼克大學會碰上麻煩，那自然是場悲劇，但從他的觀點看來，卻也相當幸運。他想不出有誰比自己最好的朋友更適合和他一同進行探索，對方還是世上最棒的生物學家之一。

我聽到「最好的朋友」後，就清楚自己上鉤了。奈特和我握手並打開一瓶酒，接著又開了一瓶。當晚我最後一次睡在宿舍房間，隔天早上，我收拾行囊和雷克道別，他說看到我離開，令他感到遺憾，但從他簡短的道別來看，他對此應該不怎麼難過。我搬進奈特公寓中的一間空房，他為我支付了房租，我們熱切地一同準備旅程。

＊＊＊

隨著一連串活動，接下來幾週飛也似地過去，有許多事需要策畫，我也自行擔起了計劃者的責任。我想對奈特證明自己投入了這項目標，也很感激他邀我同行，若是少了這項機會，我不曉得該拿自己怎麼辦才好。夾著尾巴逃回波士頓老家從來都不是我的選項，我覺得從現在開始，最好將自己視為孤兒，父母對我而言，跟死了沒兩樣。這讓我感到有些後悔，同時也使我振作起來，更為我注入了一股自立自強的決心。

我們得買補給品，包括乾貨、實驗室材料、武器彈藥和適合我們將會碰上的氣候與地形的衣物，加上幾樣小東西，像是玻璃首飾和彩色蠟筆，因為我們可能會在途中遇見印地安人，需要用來交易鮮肉等補給品的物品，或是用來賄賂對方，以便在危險地區中安全通行。我對遇見野蠻印地安人的可能性感到不安，我清楚有些地區性部落惡名昭彰，不喜歡見到「白臉」闖入者。但我也很興奮，我很快就要踏上一場冒險，這是我人生中鮮少出現的事。我認為當自己從米斯卡托尼克河上游的探險回來後，會變得更為成熟睿智，也有不少引人入勝的故事可說。總而言之，這是一次經驗。

我在阿卡漢碼頭首度看到奈特雇用的明輪船時，熱情便稍微消退了些。她已風光不再，可能已經有數十年的歷史了，船殼需要把舊漆刮掉重新上色，木板間的接縫處也該補上新的防水填料。她的舷邊因諸多微小撞擊留下了撞痕與擦傷，上層結構（位於甲板中央的兩層樓）令人擔憂地傾斜，彷彿隨時都會斜向斷裂並倒塌。同時，明輪上看起來半爛的木板，則裝設在大致生鏽的鐵框中。她的尺寸頗大，從船首到船尾約莫六十英呎，船樑十分寬闊，但我不太相信她能在河上航行。水底礁石、沙洲或湍急的水勢，都可能造成顯著損傷，使她無法前進，甚至可能在船身撞出破洞。我安慰自己說，我們只是在河上航行，不是在大海中央，如果發生災難，只要游一小段距離，總能抵達河岸與安全處。我想，自己心裡所想的，是押沙龍與他的海難，我不需害怕遭遇相同的命運，但我甩不掉某種擔憂。

這艘蒸汽船名叫印斯茅斯美人號（*Innsmouth Belle*），船名用時髦卻褪色的字母，醒目地印在船首上。她的船長名叫艾伯納．布倫曼（Abner Brenneman），「斑白」一詞可能就是為他發明的。他六十多歲，並（他的新英格蘭腔濃厚到使我有時聽不懂他的意思）對我說，他打從小時候就在蒸汽船上工作，主要沿著內陸水道和埃賽克斯郡的海岸水灣航行。他於一八八一年擁有了美人號，將她作為貨船使用，在像馬布爾黑德（Marblehead）和洛克波特（Rockport）相距這麼遠的地點之間拖運貨物。他相當熟識米斯卡托尼克河，至少從金斯波特（Kingsport）到馬卡迪瓦湖（Lake Makadewa）這段路程是如此，他從來不需要去更遠的水域。他從一位印斯茅斯人手上買下這艘船，認為自己「撿了便宜」。

「其實那傢伙急於將她脫手。」他說，一面拿從不離身的小酒壺喝了一口。「還跟我抱怨自從一八四六年的瘟疫後，印斯茅斯就不太對勁了。從那之後，那座城鎮就陷入了衰敗與墮落的狀況，它和周圍幾乎所有地區都一樣：魔鬼礁（Devil's Reef）、曼紐瑟特河（Manuxet river）與李子島（Plum Island），都成為**怪物**的居所，那些是無可名狀的生物，走路方式像人，卻又不是人。比起陸地，它們待在水裡還比較自在。他告訴我，當地沒有工作適合理智的正常人類，因此他才賣掉美人號，到伊普斯威治（Ipswich）退休，如果他再也不用聽到『印斯茅斯』這個字眼的話，就能快樂地歸西了。」[68]

偏好被稱為「船長」的布倫曼講述這件軼事時，從雜亂的鬍鬚中發出輕笑，似乎只把賣家的言論視為謬論，但他混濁的蒼老雙眼則流露出不同的氛圍。他帶我們參觀蒸汽船，驕傲地列舉出她的各種優點，不只是她載運量可達五英擔[69]的動臂式滑輪，她有二十馬力的引擎，能夠抵抗米斯卡托尼克河的水流，即使是春天，融雪使整條河化為急流時也行。他說，幸運的是，上個冬天相對溫和，沒有下多少雪，所以我們不需要太過擔心這點。他顯然很喜歡美人號，但程度不夠讓他願意注重保養這艘船。我覺得他認為自己跟這艘船是一起的，卻對她感到不耐煩，就像個不開心地娶了潑辣老婆的丈

68 譯注：影射《印斯茅斯暗影》（*The Shadow Over Innsmouth*）中提到的事件。

69 譯注：hundredweight，一英擔為四十五點三六公斤。

夫，卻也試圖從這場婚姻中找出優點。

大副是他的兒子，大家都叫他二世（Junior）。三十多歲的他，看起來完全是父親的翻版，如同老布倫曼的內在特質化為某種扭曲混亂的壞脾氣，且在二世身上變得更加惡劣。從他精明的雙眼、土狼般的笑容、寬闊的步伐與說話時痞子般的冷笑長聲調中都能看出這點。等到他抵達他父親的歲數時，不會像他父親一樣討人喜歡，他會成為更尖酸刻薄且難以信賴的版本。

最後一名船員，是個名叫查理（Charley）的高大黑人。他在美人號上沒有明確角色，似乎算是雜工：身兼水手、廚子、燒炭工與瞭望員，看情況需求。我父母有黑人女僕，因此我已慣於與他這種人應對，不過，和鮮少跟我對上眼的哈瑞特（Harriet）與蘇珊娜（Susannah）不同的是，立刻讓我對查理產生印象的一點，是他熱情且喋喋不休的個性。我和他握手時，他還拍了我的肩膀，儘管我覺得這代表他親切過了頭，卻也準備好原諒他，因為他擁有富感染力的迷人笑容，還散發出一股和藹的氣息，因此這三名船員，查理成為我最信任的對象，他也對我非常有禮貌，另外兩人則得到了我的敵意。

＊＊＊

到了三月下旬，我們已準備完畢。接著下起了大雨，使米斯卡托尼克河的水位漲到危險的高度，好幾處河畔湧到岸上，淹沒了相連的農地。我們等到河水退潮，但直到四月初，布倫曼船長才終於宣布我們可以出發。

我們出航當天一早，天氣明亮晴朗，米斯卡托尼克河的水質混濁，但狀況並不嚴重。我和奈特走上跳板時，一大股黑煙從印斯茅斯美人號的煙囪中飄出，腳下的甲板隨著空轉的引擎而震動。船上備齊了所有能讓我們度過接下來數百天的物資，我也得承認自己登船時，心中的期待有三分急切，一分憂心。我們並非往未知的領域前進，這稱不上路易斯與克拉克的行動[70]。米斯卡托尼克河一路到源頭的河道都已有地圖記錄，河畔也有不少聚落，甚至過了馬卡迪瓦湖都還有，不過當地聚落較為貧瘠。但河道沿岸依然存在只有當地印第安人進入過的地區，像我們這樣的文明人，還沒探索與馴服過那一大塊荒野。

奈特和我並肩站在船首，二世拋下繩索，操舵室中的船長將美人號從碼頭邊開走。奈特用一隻手臂環住我的雙肩，臉上咧開莫大笑容。「開始了，撒迦。」他說。「這花了我兩千塊美金，但我知道一切都值回票價。」

我點頭，也相信這是事實，因為當時我相信奈特說的一切都沒有錯。

70 譯注：Lewis and Clark，這兩名美國軍官曾於十九世紀從北美洲東岸橫越到西岸進行來回考察。

第二十三章　拉盧洛伊格小問題

The R'uhlloig Peccadillo

阿卡漢到馬卡迪瓦湖的航程相當平穩，米斯卡托尼克河寬闊又平順，印斯茅斯美人號表現良好，不過有時會鬧點脾氣。她的引擎效率不佳，布倫曼船長得到甲板下，想辦法讓她再度全速前進，工具則是一根板手和一連串髒話。天氣依然晴朗，但空氣中有股涼意，使夜晚變得冷冽。我們經過河邊小鎮（其實算是村莊），以及綿延的森林，林中樹木的樹枝散發出閃爍的綠色光澤，春天的陽光吸引山核桃木、橡木、山茱萸和樺木的葉片欣欣向榮地生長。我們的進度不錯，平均前進速度約為四節，比輕快的走路步伐稍微快些，船長說有必要的話，美人號還可以更快。「但我不想催這位老姑娘，」他補充道，「她這年紀可催不得，不太恰當。再說，那也不安全。」

我在占據了船上客房的實驗室中忙碌。我們帶了大量動物上船：老鼠、鴿子和來自阿卡漢收容所的流浪貓狗，我在牠們身上做實驗。牠們待在船艙，查理負責餵食牠們，以及清理牠們的籠子，他開心地進行這些工作，說他很喜歡「小動物」。他太過喜歡牠們，導致每次我要他帶隻動物上來讓我使用時，他都不太情願，有時我得從他手中將動物拉過來，不然他會樂得不斷撫弄牠們。我再三提醒他，這些生物僅僅是科學實驗品，不應該對牠們產生感情，查理明白，但他臉上的同情從未消失，事後得處理掉實驗後的屍體時，這點更為明顯。他將癱軟的小軀體抛到船外時，我相信自己不只一次聽到過他低聲禱告。我或許應該更嚴厲地對待他，並責罵他的過度感性，但我覺得這個行為出奇地令人感動。

隨著每次實驗，我都讓顱內認知移轉變得更完善。我逐漸將康洛伊溶液的層次提升到藝術般的水準，每次等待溶液生效的時間也變長了，不過，怪異錯誤還是會發生。當我在一隻老鼠身上注入貓的全知網後，牠就立刻發狂。牠的體內產生了某種不協調狀況，也無力調適，因此老鼠像隻毛茸茸的小火箭般在實驗室橫衝直撞，不斷尖叫並撞翻設備。最後我把牠逼到牆角，用瓷杵揮出一擊，結束了騷動和牠的生命，但老鼠先前已咬了我的手好幾次。不過，大部分實驗都進行得不錯，當移轉發生在貓狗之間時，過程似乎特別順利。顯然，兩個物種彼此越類似，當一方的全知網血清注入另一方腦中時，就適應得越好。最後我製造出了幾隻人類所知最聽話且忠心的貓，以及傲慢且獨立的狗。

我甚至讓其中一隻貓活了下來，送給查理當作寵物飼養，這使他非常開心。他把那隻虎斑家貓抱在懷裡，牠則搖起尾巴，並未展現出貓的不耐煩，反而顯露出狗的熱情，並舔了他的臉。查理把牠取名為貝西（Bessie），從那刻開始，他們倆就形影不離。貝西和查理睡在他的臥鋪，整天都跟在他後頭，吃他盤裡的菜屑，甚至還跟他用一根小棍子玩起你丟我撿。「我不曉得你對那隻貓做了什麼，康洛伊先生，」他對我說，「但她是我遇過最棒的同伴了。」

奈特每天都來看我好幾次，他想了解關於我發明的一切，我也急於和他分享自己的知識。有一次，我們討論到了商業應用，我得坦承，自己從未想過那點，對我而言，科學本身就是莫大獎勵了。不過，奈特覺得我的技術可以發揮在某些帶有潛在利潤的用途上，比方說，如果能將顱內認知移轉用在人類身上的話……

我嚇了一跳。我從來沒想過在人身上進行試驗。好吧，老實說，我**確實**想過，但我立刻反對這個想法。把某人的心智裝進另一個人的大腦？誰想要這樣？在哪種狀況下，才會有人考慮這種事？

奈特提出了一項可能的狀況。假設有個將不久於世的生病老人；假設他不打算接受「甜蜜恩澤」，寧可繼續活下去；假設他找到了一具能供自己的意識移植的恰當宿主身體。那件事不能發生嗎？更重要的是，那位將死之人不會準備大筆金錢（你想到的任何數目都有可能），就只為了讓這件事成真嗎？

「對，但有道德問題，」我抗議道，「還有法律考量……」

奈特點頭，但繼續這個話題。宿主軀體自然得來自更年輕的人，老人不會想住進年齡相仿的軀體，他會想要輕盈且充滿活力的軀體，能繼續乘載他的存在，也還剩下多年的肉體壽命。但要如何找到願意放棄自己性命、以延長他人壽命的年輕人呢？小孩或許會願意為父母這麼做，但那不太可能，犧牲通常都會反其道而行，由上一代為下一代奉獻。但萬一宿主軀體屬於陌生人，是某個不再需要身體的人呢？

我想知道，他說的是否是某個浪費了人生的窮人，這個人對世界貢獻甚少，世人也不會想念這個人。奈特回答說，這是個有趣的可能性，不過得確認這名窮光蛋的健康狀況良好，也沒有過度摧殘自己。比方說，如果酗酒使他罹患肝硬化或心肌症，他就不可能是首要選項。奈特提出了不同的建議：失去理智的人的身體。對方得是個瘋子，是喋喋不休的神經病，瘋癲症狀無可救藥，沒有康復的機會。療養院裡擠滿了那種人，即使精神狀態過度受損，但身體狀況可能還不錯，基本上等同一座空屋，等待新房客遷入並控制這具軀體。

我可以看出這個建議的邏輯，但也能看出問題。要如何取得瘋子的允許，更重要的是，要如何讓他的親人同意？奈特說，有錢能使鬼推磨。那假說中這名瀕死老人呢？目前為止，顱內認知移轉都有一項不變的副作用：捐贈者會變得毫無心智可言，這幾乎是物理上的狀況，記得那隻鸚鵡嗎？

奈特聳聳肩作為答覆，表示這沒有好處，但也沒有損失。實驗之前有個流著口水的廢人，之後則得到另一個廢人，得失因此平衡，唯一的差異在於，老瘋子取代了年輕的瘋子。有些人可能會說這是個好交易，因為老瘋子會比年輕的另一人更短命，因此花在照顧他上的金錢與心力也會比較少。

我說，這聽起來很好，但依然有一個無法克服的問題，我不曉得這項實驗是否能在人類身上生效。比起動物大腦，人腦的複雜度高出了好幾個層級，誰知道是否能在毫無損失或劣化的狀況下，成功移轉全知網包含的一切呢？

「我相信你能解決這項挑戰，撒迦。」奈特說。

「或許可以，但我想做嗎？」我回答。「在人類身上動這種手術……要怎麼找到一對適合的實驗對象？要如何和當權者解釋這點？不，奈特，有太多理由阻礙了這件事。」

奈特相當平靜。他說自己只是想出了個點子，就稱這是思想實驗吧。我當然有權阻止這件事，沒什麼大礙。

＊＊＊

當晚我無法入睡。印斯茅斯美人號靠在河畔旁，她的繩索綁在插入地面的木樁上，我們不在入夜後航行。我在甲板上踱步，傾聽蒸汽船船身旁的潺潺水聲，以及知更鳥和北美夜鷹的啼叫聲，牠們似乎在河流兩側的棲息處彼此爭論。類似的爭論也在我腦中響起，剛剛和奈特進行的談話，襲上了我的心頭。一方面，我拒絕支持他的提議，那不只是違背道德，還是泯滅良心的事；另一方面，為何不做呢？我想像那種情況會是如何：擁有力量，能讓人類超越原本的壽命長度。死後的生命——那確實是我實驗的成果，誰不會對此躍躍欲試？除了那些充滿虔誠宗教信仰的人以外，對他們而言，死亡只是通往永恆樂園的大門，其他人都會對此多加考量，就連宗教人士可能都會再三思索。我可以靠這件事賺進數百萬元的財富，只要我謹慎地取得專利，並將和我那康洛伊溶液有關的細節當作祕密，令肆無忌憚的侵占者無法進行再製就行。愛迪生根本無法與我相比，我會成為當代最偉大的科學先鋒，更別提成為最富有的人了。康洛伊這個名字將再度在波士頓備受崇敬，也不只是在波士頓，而是全美國——甚至是全球！

我在甲板上再次急轉彎兜圈時，注意到奈特的艙房下透出一絲光線。由於已經過了午夜，我以為自己是唯一醒著的人，似乎並非如此。我決定去敲他的門，繼續我們的話題，不過，我走近房門時，聽到他的嗓音從另一側傳來。他在和某人交談，至少我剛開始是這麼想的，但當我繼續傾聽時，發現艙房中顯然沒有別人。房裡只有一股嗓音：他的嗓音。

不過聽起來依然像是交談。奈特會開口說話，再停頓一陣子，之後再度發言，感覺像是某個練習獨白的演員，並為其他演員的台詞留下空白。我聽不清楚奈特說的所有內容，只能聽到隻字片語，中間夾雜了不合理的字句：

「我照你說的做了……你順從的僕人……拉盧洛伊格……你所應允的……你是偉大的領袖，拉盧洛伊格……等時機到來……完成你的願望……敵人……造就混亂……勝利的一方……」

我聽了兩分鐘，不過只聽出這些話語。偷聽奈特這件事讓我感到不安，但我無法逼自己離開。「拉盧洛伊格」這個字眼讓我待在原地，因為我朋友細讀《死靈之書》時，我曾聽到他低聲說出那個字眼（我還將它錯認為「洛黎洛格」）。從他唸出這個字眼的方式，它只可能是某人的名字，那確實是他那位無聲交談者的名字。有那麼一瞬間，我以為他偷渡了某個人上美人號，我猜，拉盧洛伊格那種名字只可能屬於印地安人。或許這名拉盧洛伊格今晚才上船，以進行某種事前安排好的會面。不過，這無法解釋奈特去年秋季為何在大學圖書館提到那個名字，除非他碰巧將思緒轉移到現在這場會面上，但這也無法解釋奈特順從的口氣。

我迷失在自己的思緒之中，沒注意到艙房中傳來一連串快速的腳步聲，直到聲音出現在門邊。下一秒，房門就冷不防地打開，奈特則站在門口。憤怒的神情扭曲了他的臉孔，但他一看到我，那表情便迅速消失，不過取而代之的笑容相當不安，不太像是真心的微笑。

「撒迦！天啊！你在我房外幹嘛？」

我焦急地想讓自己看起來不像是躲在門外，聽我朋友和某個叫拉盧洛伊格的人進行單方交談。我結巴地說了類似自己睡不著，又看到他艙房飄出光線，想問他要不要一起喝一杯的話。奈特看起來彷彿在權衡這個藉口，評估這是否屬實，我希望藉口中的真相讓它聽起來夠可信了。

「你偷聽到什麼了？」奈特說。

「什麼都沒有。」我回答。

「別開玩笑了，撒迦。你聽到我說話了，對吧？我想，你站在外頭一陣子了。」

我說自己以為他跟別人在一起，所以才猶豫要不要現身。我假裝窺入他艙房，注意到裡頭沒有其他人，以便告訴他說，自己顯然搞錯了。

此時，我的目光落到艙房一角的小書桌，更明確地說，我注意到的是書桌的一道抽屜，因為半開的抽屜中有個令人熟悉的物品。那個物品往外露出一截，我推測奈特是在開門前才匆匆忙忙地將它藏進去。

當他順著我的目光看去時，臉上的神情證明了我的猜測：怒氣和惱怒混雜在一起。不過他依然盡力應對，並若無其事地笑了一聲。

「啊，我真不小心。」

「奈特，你帶**那個東西**來這裡幹嘛？」

我說的東西就是《死靈之書》。奈特走到抽屜旁，取出了那本書。書本仍保持原樣：漆黑裝訂，壓製在書封上的書名，以及比周圍皮革還要漆黑的字母。我問那是否是他自己的副本，但我心中不知怎地早就曉得答案了。奈特直接了當地回答說，那不是自己的書。《死靈之書》是本出奇罕見的書，現存於世的可能只有十二本，大多都在私人收藏家手上，這本英文譯本就更稀少了，我在看的自然是米斯卡托尼克大學圖書館的副本。

「你有辦法把它借出來呀？」

奈特搖搖頭，態度有些傲慢。「《死靈之書》不能離開館內，我……未經許可就把它帶走了。」

問題很清楚：他為何要把書帶上印斯茅斯美人號？對於這點，奈特則唐突地說：「當然是為了參考，還有什麼原因呢？」

我不曉得是什麼推動我詢問接下來的問題。我猜自己認為奈特不該對我隱瞞任何事，我對他沒有祕密，我讓他知道自己在實驗室中的所有進展，他也應該報以同樣的態度。

「拉盧洛伊格是誰？」我說。

奈特的臉扭曲了起來。表情中包括失望和自責，甚至還有一絲偷偷摸摸的罪惡感，彷彿我控訴他幹下某種傷天害理的事，他則不曉得該如何應對。在那令人憂心的一刻，我還以為他會打我。

接著他的神情平緩下來，流露出冷靜的朦朧感。「這與你無關，但拉盧洛伊格是其中一名外神的名字，這名字經常在《死靈之書》中出現。我在研究這本書，並練習它的發音，它很難念，不是嗎？拉盧洛伊格、拉盧洛伊格、拉盧洛伊格，根本是句繞口令。」

我思考著這項解釋，這無法完全解答我剛剛聽到的話語，因為我敢發誓，奈特曾跟這名拉盧洛伊格**說話**，不只是試念那個名字。最後，我決定姑且一信，畢竟，他是奈特，我的贊助人、我的同事，也是我的朋友，我把這件事歸咎於他的怪癖。

這件事就此結束。我們閒聊了一兩分鐘，接著我就返回艙房。隔天早上，一切彷彿沒發生過。

第二十四章　弗雷德理克斯堡

Fort Fredericks

我們繼續往上游航行。米斯卡托尼克河依舊寬闊蜿蜒，人煙罕至。有時我們會遇到划艇或駁船，或是跨河渡船，但那頂多稱得上是好看一點的木筏。大部分時間，我們都獨佔了河道。米斯卡托尼克河並非商業水道，無法與哈德遜河和波多馬克河（Potomac）相比擬，它充滿曲折彎道和寬大的傾斜河岸，看起來出奇地孤寂，在暮色下則顯得怪誕，因為當時河面上的死寂感，就像是屏息靜氣；太陽西下時的隆重光景，宛如放入墓穴的棺材。

我們往馬卡迪瓦湖東邊航行一天後，首度見到印地安人，有兩人正划著一艘獨木舟。他們的衣著比我想像中更樸素：鹿皮外衣和長褲邊緣上飾有流蘇，腳上穿著鹿皮鞋，黑色長髮用珠串繫在後腦勺，但他們沒有羽毛頭飾，也沒有作戰彩繪。印斯茅斯美人號嘎嘎作響地經過時，他們停止划槳，眼神無感地盯著我們，並未表現出挑釁的態度，也不好奇。如果他們對明輪蒸汽船和船員們有任何感覺，也沒有表現出來。

相較之下，布倫曼二世表達自己對印地安人的感受時，卻更為外顯。他咳出一大口痰，響亮招搖地往船身外吐，他深怕第一次印地安人沒搞懂其中的意思，便又重複了一次。他也向美人號比手畫腳，一面喊道：「該死的紅蕃，你們在天殺的現代就該搭這種東西，沒人像穴居人一樣用樹幹划船了。」

偏偏此時美人號發生了小故障，彷彿要破壞他的論點，她的引擎熄火，開始減速，查理接手掌舵，布倫曼船長前去處理這個問題。等到我們再度順利航行，印地安人與他們的獨木舟已經從視野中消失了。

＊＊＊

二世瞧不起的種族不只印地安人，他也輕視黑人，這使他和查理一同擔任船員時產生了問題。只要提到對方，他就使用帶有種族歧視的字眼，無論在對方面前或背後都經常如此。儘管這些字眼不讓我反感，但他的使用頻率很快就令人感到厭煩，不過查理本人似乎毫無怨言地接受這一切。我有次問他，是否在意二世對他說話的態度，他只聳了聳肩，並說：「對此我無能為力，康洛伊先生，因此我沒必要生氣。我已經在美人號三年了，二世先生從沒改變過他的態度，我已經不聽那種話了。我猜他不討厭我，只是想讓我知道自己的地位，如果他討厭我的話，早就會做出更糟的事，不只是罵我而已。再說，就算我想捍衛自己，他爸也還是船長，我不想冒惹毛老闆的風險。」

我非常仰慕這種氣度。查理隨和的個性如同甲胄般保護他不受攻擊，他具有某種沉靜的自制力，我覺得那難得又可敬。

隔天早上，米斯卡托尼克河將我們沖進馬卡迪瓦湖，我們停在河口處的弗雷德理克斯堡（Fort Fredericks），補充補給品。殖民時期，這個地方曾是軍事要塞，現在周圍依然保有殘餘的高聳木製圍欄。內部居民不超過五十人，由三個大家庭和一些獨居的毛皮獵人和戶外活動者組成，所有人散居在好幾座木屋。美人號的船員是他們的熟面孔，因此船長得以用相對低廉的價格，向他們購買一些供我們食用的鮮肉、麵包和水，他們會對陌生人敲竹槓。

我在小鎮上閒晃時，發現困在船上幾天後，能在陸地上行走，令自己感到怪異卻出奇的愉悅，我察覺到，弗雷德理克斯堡的人民急需新血。到處都能看到基因侷限產生的徵兆，從壺型大耳和鬥雞眼等輕微問題，到更嚴重的畸形，像是馬蹄內翻足和駝背，在更極端的案例中，對方還多長了一根手指，沒人向他們解釋過血親和純合子[71]基因的危險。我預估他們的未來，只會出現更多畸形狀況，健康狀況也會惡化，最後完全絕育。

我經過時，有名肯定已經七十歲的老婦攔住我，用雞腳般孱弱的手揪住我的袖子，對我露出醜怪的鬼臉，嘴裡只剩下兩顆搖搖欲墜的牙齒。我以為她要錢，便把手伸入口袋中，看看自己有沒有一兩枚硬幣，我願意付出任何代價趕走她。

不過，老婦只想談話，而在呼嘯般的喘息聲之間，她說出了某種責備話語。我想不起她確切的用詞，因為她是用露出牙齦的噁心嘴巴匆促地說話，但意思大致如下。她聽說我和同伴們要渡過湖泊，重返米斯卡托尼克河另一側。她說，如果我們堅持要去，就得儘快一口氣跨越湖泊，因為現在是年度的產卵期，此時弗雷德理克斯堡的居民會遠離湖泊。交配熱潮結束、湖水平靜下來前，都不會有人到湖上釣魚。

我自然問她是什麼生物在產卵，又為何這會對航行造成危險。老婦嚴肅地搖頭，彷彿詳述真相就會帶來災難。她只告訴我要注意她說過的話，如果上帝有眼，我們的船就能迅速渡湖，也不會引起麻煩。

我將她不祥的胡言亂語告訴船長，他說過去聽過類似的傳言，但並沒有多加理會，主要是因為他先前沒有渡湖的理由，弗雷德理克斯堡一直是他航程最遠的地點，不需要去更遠的地方。他推測老婦提起的產卵期，是大西洋鮭魚年度遷徙的衍生產物。如果聚集的魚群數量夠大，他猜牠們的怪異舉止可能會使湖泊無法通行，因為蒸汽明輪船無法穿越翻騰的大量魚群。總而言之，只要美人號以最高速前進，也沒有遇到障礙的話，我們應該就能在數小時內橫渡湖泊。在這麼短的時間內，會出什麼差錯呢？

＊＊＊

顯然有很多差錯。我們一離開岸邊，就起了場大霧，離我們身後不到五百碼的弗雷德理克斯堡，已從視野中完全消失，一切都化為漩渦狀漸逝的白霧。布倫曼船長原本考慮回頭，但最後打消了這個念頭，他宣稱湖霧通常會迅速消失。

於是我們繼續前進，航越和玻璃一樣平靜的水面。「馬卡迪瓦」在阿爾岡昆語中代表「黑色」，這個名字對湖泊來說也非常貼切。我從未見過這麼漆黑的水域，看起來深不見底，就像是在無星的純粹黑夜上航行。

一小時過去了，操舵室中的船長充滿自信地掌舵前進，三不五時檢視著自己的羅盤。我想在實驗室中工作，但是太過心煩意亂而無法專心，老婦的警告在我耳邊迴盪。我站在船首，望向霧中幾碼內可見的水面，奈特過來找我，很快就察覺到我的擔憂。他問起原因時，我開玩笑般地隨口提起了交配的鮭魚。

「鮭魚？」他思忖道。「真有趣。就我所知，有某種截然不同的水生物種在這座湖中居住。」

「你知道些什麼，奈特，你聽說了什麼？」

他壓低音量，用講述機密般的語氣告訴我，我們這段航程的時間點剛好對我們有益。如果我們離開阿卡漢的時間沒有因豪雨而延後，可能會太快抵達馬卡迪瓦湖。然而，我們剛好在正確的時間抵達，如

71　譯注：homozygosity，擁有相同等位基因的染色體。

果我們夠幸運的話，或許就能目睹自然界某種獨一無二的現象，甚至可能有機會抓到第一個樣本。

在湖中產卵的生物顯然十分異常，即使此事觸發了我的興趣，擔憂卻也逐漸加重。我更仔細地監看四周，有時我覺得自己看見水中有動靜，但那只是因霧氣變濃或變薄所引發的動態錯覺。

接著美人號的引擎開始顫抖，不久後它就發出悲傷尖鳴，高聲噴發出嘶嘶聲，隨後轉為靜默。此刻我們在水上滑行，速度逐漸減緩，明輪翼旋轉地越來越慢，直到推動力徹底消失，一動也不動地停在水上。布倫曼船長罵了一聲，就到甲板下的機房去。霧氣飄過我們身邊，湖水如同上百根不耐煩的手指般拍打著船殼。除了水聲與船長工具的悶響外，周圍安靜無聲。

我變得更加不安，也想起老婦說我們該「一口氣」跨越湖泊，我們卻反其道而行，因缺乏動力而無法前進。這對我們代表著什麼意義？我希望什麼都沒有，但我不禁覺得，美人號越快再度出發越好。

接著，狗兒般的貓貝西開始發出嗚咽聲。查理將貓抱進懷裡，牠則在查理懷中發抖，一面哀傷地往四處窺視，雙耳也塌了下來。

「貝西不開心。」查理觀察道，這話顯得有些多餘。「外頭有東西，她不喜歡那種東西。」

「或許她那樣喘氣，是因為討厭全身沾滿他的臭味。」二世說。

我叫大副閉嘴，他不懷好意地看了我一眼，但依然照做。

事情在此時發生：某個東西突破水面時，一股輕柔的潑濺聲傳了過來。我們全都轉向聲音來源。

「那是什麼？」二世說。「水獺嗎？還是河狸？」

「不。」奈特說。「查理，去船艙幫我拿網子來，要大網。」

第二十五章　黑水，紅蛭

Black Water, Red Leech

布倫曼船長從機房探出頭來，宣布次級低壓汽缸上有個閥門爆開了，得花上二十分鐘或半小時修理。奈特說，我們在這段期間一定能找到事做。

船長低身回到甲板下時，響起了另一股潑濺聲，這次的位置比上次還近。發出聲響的不是魚，就算是魚，也遠比任何我知道的淡水魚類還大，體型絕對大過海豚或鼠海豚，或許是某種異常巨大的鯰魚？第三股潑濺聲從右舷旁傳出，我們一同跑到欄杆邊，卻只看到水面遭到突破後的結果：漆黑的水面上湧出了翻騰的白色浪花。從水波的大小看來，我對那生物體型的估計大致正確，水花則以減弱的同心圓型態，迅速向外擴散。

查理去拿網子時，將貝西和我們留在一起，此刻牠發出了傷心欲絕的悲鳴。布倫曼二世暴躁地踢了貓一腳，牠迅速跑開，躲在一只大水桶後方。

印斯茅斯美人號周圍開始響起潑濺聲。我透過迷霧，瞥見濕黏的形體短暫地從湖中升起。牠們呈暗紅色，那是血液凝固後的顏色，擁有可怕的光滑質感，十分類似將葉狀觸手收縮起來，呈現水泡狀的海葵。

「搞什麼……」二世喘息道。

查理跑了過來，手中拿著長柄網。它的網格由堅固的絲織細線構成，甚至能容納嬰兒，但我猜它裝不下任何一隻在我們周圍雀躍蹦跳的生物，至少無法穩穩網住。

「我們需要更大的網子。」我對奈特說。

「我們沒那種東西，」他回答。「只能用手邊的工具隨機應變了。」

越來越多生物冒了出來，美人號周圍的水面因牠們而翻騰，像是沸騰的燉湯。漂浮不動的船身似乎成了吸引牠們的集合點，我看到牠們在水面下扭動，還經常翻滾到水面。牠們看起來像蛇，但全身都是肌肉，而非鱗片，軀體寬闊，頭部粗短，另一端則逐漸縮為狹窄的錐形頂點。其中一隻在我的站立點下方浮出水面，咧開圓形的嘴巴，我看見宛如吸盤般的肥厚嘴唇，周圍長了呈螺旋狀的成排牙齒，銳利的牙齒彎曲且往內彎。忽然間，我知道這些野獸的身分了，或至少知道牠們類似哪種生物。

「水蛭，」我說。「牠們是巨型水蛭。」

「對，」奈特說。「來幫我，撒迦，我要傾身出去，試著抓一隻。抓住我的腰帶，看在老天份上，無論你要做什麼，都別放手！」

奈特在舷緣旁屈身，我緊緊抓住他的腰帶，彎曲膝蓋，固定雙腳的位置。我的朋友將網子往下伸到水中，水裡滿是鮮紅的水蛭。牠們到處都是，成千上百隻水蛭蠕動翻騰，彼此纏繞，進行著熱鬧又噁心的黏滑群交。我看不出牠們是交配中的成年個體，或是剛孵化的幼體。我希望是前者，如果是後者，那麼這種水蛭的完整成體便確實是龐然巨物。

奈特將網子掃過閃爍陰森光澤的環節動物群，但每次網子撈到一隻水蛭，奈特將牠從水中拉起時，牠就會再度直接滑出去。就算他伸長了手臂，網子的末端卻只能碰到湖面，難以控制網子，施力點也不對。他說自己要往外傾一點，我找查理來幫忙，因為我知道自己無法獨自負荷奈特的體重。高大的黑人和我將他往欄杆外傾身，讓他從腰部上下顛倒地吊著，上半身幾乎垂直下垂，雙腿在半空中彎曲，我們倆則緊緊抓住他的腰帶。如果我們放鬆，或是他的腰帶斷裂，他肯定會一頭栽進那團吸血蟲中，也不會有人再見到他了。

網子前後甩動，奈特費勁地發出咕噥聲。其中一隻水蛭終於擠入網子中，奈特趁牠再度扭動前，將網子從水面移開。

「快點！快點！」他喊道。「把我拉上去！趁現在！」

我們用力拉扯，奈特滑進欄杆內，雙手全力抓著網子握把，下定決心不放過他的戰利品。他腹部朝下摔在甲板上，水蛭落在他身旁，在漲大的絲網中收縮。牠噁心的口部開開合合，宛如燃起無聲怒火。我們帶著程度不一的作嘔感低頭看牠，只有奈特的雙眼流露出某種近似愛慕的情緒。

接著，隨著突如其來的一陣扭動，水蛭迅雷不及掩耳地掙脫了網子。還沒人來得及反應時，牠就用驚人速度滑溜地竄過甲板，直接衝向布倫曼二世。他呆站在原地，驚嚇到無法動彈，水蛭在他面前揚起頭撲了過去。牠把嘴巴附在他的腿上，隨即發出剪刀般的撕裂聲，接著二世放聲尖叫。

「牠在咬我！老天爺，這個該死的——在咬我！快來人幫忙！」

我衝上前去。儘管我不想碰水蛭，卻只能抓住牠的尾部試圖扯下牠。不過，此舉幫了倒忙，因為二世的尖叫聲反而變得更尖銳。他叫嚷著說我在扯他的腿，我則明白水蛭已將牙齒深深扎入他的肌肉，除非咬下一整塊肉，不然牠不會鬆口。我放開那個生物，焦急地轉向奈特，此時卻在他臉上看到我從未見過的表情。奈特完全不關心二世，當他倒在甲板上的落地處時，反倒是用手肘撐起身體，脫離現實般地觀察大副的處境。他不只冷靜，還散發出平靜的愉悅，彷彿樂於見到人類受苦的樣貌。當人們想像充滿報復心的神明，對某個可憐凡人施加天罰時，神明可能就會露出這種神情。

我不大喜歡二世，但我不想看到怪物般的水蛭榨乾他的生命力。那隻生物確實打算這麼做，鮮血在二世的褲管上擴散，水蛭嘴邊噴出紅雲般的血霧，身體顫動收縮著，進食般地不停蠕動。我們得想辦法從他身上取下水蛭，不然他一定會死。由於奈特似乎毫不在意大副的狀況，我便轉向查理，希望能懇求他幫忙，此時我才發現他不見了。我以為這幅可怕的景象嚇壞了他，他跑到某處躲了起來。

我錯得離譜，下一刻，查理就拿了一桶食鹽衝出廚房。他打開並倒置桶子，將裡頭的東西倒在水蛭身上，水蛭立刻萎縮冒泡。牠放開二世，倒在甲板上，皮膚浮現油膩的氣泡，並隨之爆裂，把剛吞下的大量血液吐出。隨著鹽繼續發揮乾燥效用，水蛭變黑並萎縮，像是在火爐中燃燒的柴薪。牠痛苦無比的垂死掙扎很快就停了下來，只剩下一條和棒球棍一樣細長、還緩緩冒泡的黑塊。

有好一陣子，我們只能大口喘氣，等待自己急促的心跳減緩速度。

接著布倫曼船長再度從機房艙門探出頭來。「好了。」他說。「什麼？我錯過什麼了？」

＊＊＊

印斯茅斯美人號再度啟動引擎後，產卵中的水蛭就對她失去了興趣。轉動的明輪似乎驚動了牠們，於是牠們再度消失。沒過多久，湖面就變得和之前一樣平靜，接著霧氣開始消散，半小時後，地平線上便出現了一條細黑線，那是遠方的河岸。

奈特直接解剖起被殺死的水蛭，並為他的發現寫下大量筆記。我察覺到他有些不滿，因為這隻生物大致上遭到摧毀了，他比較想得到完整無缺的樣本。同樣的，由於第一隻水蛭為我們帶來的不愉快經歷，他也不想從湖裡釣第二隻水蛭上來。科學上的好奇心顯然僅止於此。

儘管二世的傷相當難看，但僅是皮肉傷。我為他塗上藥膏，再包上繃帶，並要他讓腿休息，也得讓傷處保持乾燥。他沒理由無法徹底康復，運動上也不會有影響，不過疤痕的面積很廣。

這件事發生後，美人號的氣氛就變得劍拔弩張，包括我在內，每個人都無比焦躁。我以為遭遇巨大環節動物已經夠糟了，但當我們進入米斯卡托尼克河下一道河段後，狀況越趨惡化。

第二十六章　米・格探險

The Mi-Go Expedition

腦筋清楚的人可能會推測，機智的黑人前來援救後，布倫曼二世對查理的態度會有所改善，至少他應該對查理展現出某種感激之意。

可惜的是，事情恰好相反。二世對這位船員的態度反而變得更尖酸。我想，他對查理成了拯救自己的英雄一事感到憤怒，因此他對那位大個子的迫害行為，變得更加惡劣，甚至可說是報復。他從未錯過任何斥責或侮辱查理的機會，查理則是用堅忍不拔的態度坦然接受一切，但他的雙眼與駝起的雙肩持續散發出怯懦，像是等待著無可避免的下一記鞭撻的人。

我帶船長到一旁討論他兒子的事，希望透過父親的溫和規勸，控制住二世的毒舌。讓我失望但不太訝異的是，老布倫曼和他兒子站在同一陣線。他說，儘管自己清楚二世令人不悅的個性，那孩子已經成年，超出父母能管教的範圍了。再說，血畢竟濃於水，船長無法將對查理的考量擺在家人之前。他相當尊敬查理，不只是因為對方工作勤勞，但總歸一句，他終究只是個水手。

「在給他工作這件事上，我可能犯了錯。」他說。「二世有些習慣一直改不過來，或許我不該讓他日日夜夜和黑人在同一個空間生活。我以為這對他有好處，讓他知道不管哪種膚色，人就是人，讓他開點眼界。顯然，如果三年後他沒有改變，就永遠不可能改了。我猜如果情況對查理太糟，他隨時可以辭職。我不想失去他，但更不想失去兒子，你懂嗎？」

我不這麼認為，但船長似乎和他兒子一樣不願意改變，所以我沒有繼續逼問他。

＊　＊　＊

在馬卡迪瓦湖西邊，米斯卡托尼克河逐漸變得狹窄，周圍出現更多丘陵，樹林也生長得更茂密。荒野的氛圍似乎將我們勒住，聳立的樹木更高大，碩大漆黑的針葉樹數量也持續超越落葉林，並在河上撒下鋸齒狀的修長陰影。我們有時得繞過河流中央突出的岩石，石塊只離左舷與右舷幾英吋之遙。布倫曼船長利用他身為船夫多年的經驗，熟練地將美人號輕巧地駛過這些岩石障礙。查理也幫了忙，當明輪蒸汽船太靠近可能撞破船殼的危險物體時，就使用船鉤將它推開。二世除了用傷腿跛行和抱怨外，沒做多少事，傷口讓他只能做最輕鬆的差事，也讓查理扛起了他的工作量，這位黑人對此毫無怨言。事實上，這並非沉重負擔，因為二世本來就沒多少事得做，他在船上的地位徹底象徵了裙帶關係，我認為他父親讓他擔任船員，只是由於這個傢伙在別的地方難以掙錢罷了。

湖上事件發生後的第三天，奈特要求我們停靠在北方河岸，讓他能往內陸進行探險。船長依了他的意，奈特和我帶著各式設備出發，主要是一條繩索、一小瓶福馬林和一把溫徹斯特連發步槍（Winchester repeater）。等我們遠離美人號，奈特才說明了我們這場行程的目的。據說，有人在這些地帶看見大小似人的野獸，外型像是有翼甲殼類動物。目擊證人聲稱曾碰到這種生物的單一個體，無意間碰上它們時，該生物要不躲入灌木叢，要不就用翼手目生物般的翅膀飛上空中。個別出現時，這種野獸十分膽怯；不過集體出現時，它們便經常顯露出侵略性，有時甚至會致命，因此奈特才攜帶了上膛的溫徹斯特步槍，以防萬一。

這些怪物名為「米・格（mi-go）」，也催生出不少印地安當地傳說。它們來自群星之間，從侏儸紀開始造訪地球，以開採宇宙中其他地方無法取得的某種礦物，再將這些礦物運回它們稱為家園的遙遠星體。佩恩納庫克人（Pennacook）族國、佩諾布斯科特人（Penobscot）、阿本拿基族（Abenaki）

和休倫族（Huron）等部落的人都這麼說，有鑑於那些部落之間的差異與距離分布，這些傳言的一致性便十分值得注意。對奈特而言，這代表民俗知識可能是經過觀察與佐證的事實，而非傳說。再者，儘管有動物般的外表，但米．格並不是動物，它們是真菌的聚合體，能夠移動並透過頭部溝通，表達感受和傳達資訊時，頭部會改變顏色。據說，它們也能透過基礎聲帶發出人類言語[72]。

奈特宣稱，如果能抓到其中一隻，就會是莫大的成功。能抓到一隻米．格，再將它擺上解剖台，挖出它的祕密的話，便是科學的一大勝利。真菌要如何取得感知能力？米．格其實是數種演化出共同合作能力的不同真菌嗎？難道每隻個體都是一個小型合作性群體，之後再組成更大的社會嗎？它們用穴居人般的勤奮態度挖出的礦物，究竟是拿來做什麼用途？它是食物嗎？燃料？想想成為探索這些奧祕、並找出答案的人，會是什麼感覺？

奈特的雙眼充滿興奮，我相當了解那種對智能發展抱持的熱情。我們爬上山丘和走下河谷時，他的興致都使我感到士氣高昂，也減低了我的憂慮。我們走過的數英哩路似乎涼爽了點，微風也變得更強，在颳過不毛之地時發出悲傷的颯颯嘯聲。奈特建議我豎起耳朵，應該特別注意某種微妙的低語聲，聽起來像是蜜蜂的嗡嗚，其中可能還參雜了英語，因為米．格至少對當地居民的語言有一定的熟悉度，或許是透過某種心電感應能力所得知，除非那只是八哥鳥般的模仿叫聲。據說它們會用這種陰險的低語聲，誤導並引誘闖入其領土的迷途入侵者，就像凱爾特神話中的「小矮人」一樣。

奈特希望儘可能活捉米．格，先迷昏它，再用繩子將它拖回船上。無法活捉的話，帶走屍體也行。他讓我握著步槍，並示範板機功能，將彈匣中的一顆子彈移入後膛，再重新調整擊錘。他抓著氯仿瓶，瓶蓋鬆垮地套在頂端，一面躡手躡腳地前進。

我們在那崎嶇的無人地帶應該走了有三、四個小時，隨時注意任何不祥聲響和微小的動靜。我經常以為自己聽到怪異的低語聲，後來卻發現那只是風讓葉片發出的顫動聲。我的眼睛也一再瞥見某種在視野中迅速晃過的**東西**，最後那只不過是野兔或花栗鼠。我的食指一直靠在溫徹斯特步槍的板機上，準備好在米・格抬頭時立刻開槍，而不是等奈特用氯仿迷昏那個生物。誰知道麻醉藥是否對這種生物有效？如果有效的話，生效時間又有多快？在我看來，死的樣本跟活的樣本差不了多少，當然還更安全些。

當奈特終於放棄時，太陽已經掠過天頂了，米・格在附近肆虐的傳聞，似乎只是誇大其辭。我們開始往回走時，我鬆了口氣。奈特坦承對探險成果感到失望，但依然保持樂觀，也說下次我們的運氣可能會更好。對我而言，儘管能「逮到」一隻怪異的真菌生物肯定是驚人之舉，我卻不因這趟探險最後毫無成果而感到難過。由於缺乏我朋友的強悍性格，我安於接受這場失敗。

我們回到河邊時，暮色已經落下了，此時我們發現，印斯茅斯美人號上的狀況已變得殺氣騰騰。

72　譯注：參見《暗夜低語者》（*The Whisperer in Darkness*）。

第二十七章　禁地

Forbidden Places

一陣躁動傳到我們耳中：那是憤怒的叫喊聲。我們一登上跳板，就發現二世和查理正在船尾爭吵，布倫曼船長則擋在他們之間，努力想分開兩人。這兩名年輕船員看起來已經準備好撕開對方的喉嚨了。

我們迅速查明了問題肇因，簡而言之，二世殺了貝西。他堅稱那是意外，那隻貓擋了路，他不小心踩死了牠。查理的說詞截然不同，當時他在廚房準備晚餐，耳朵卻聽見可憐的哀鳴聲，隨後甲板上發出一連串跺步巨響，彷彿有穿靴子的腳不斷往下踩。他衝了出去，在艙房靠船尾的位置看到貓兒血淋淋的遺骸，二世蹲在一旁，因用力過度而雙眼圓睜，臉色也一片潮紅。

高大的黑人在指控時流下熱淚，二世則挺起胸膛，以嘲弄的姿態瞪著他。我自己毫不質疑後者的罪狀，用這種惡毒的報復手段對付查理，完全是他做得出來的事。

但在他和查理的說詞相互對照下，他的父親無疑還是偏袒他。船長命令查理後退，也說自己不會容忍抗命行為，如果二世說這是意外，那就是意外，沒什麼好多說的。

查理拒絕接受。他衝向前，緊握拳頭想揍二世。由於他的強大蠻力，奈特和船長花了好一番工夫才制住他，最後他冷靜下來並退下，眼神低垂咕噥著回到自己的艙房去。此時二世宣稱貓兒的死「不算多大的損失」，那隻動物「不正常」，一開始就不該存在。他直接指著我，控訴說我在實驗室幹些不良勾當，惡搞了大自然，還製造出自以為是狗的貓，他所做的，僅僅是修正了一個錯誤。他急著補充說，自己當然不是故意下手的。

我感到心中湧上一股怒火。原因出自對查理感到的不平，以及在專業領域上受辱，二世摧毀了我的作品，還只把牠當成孩童的玩具——那是我最偉大的科學成就之一。儘管我從未動粗過，卻發現自己握緊雙拳，還產生了向大副揮拳的衝動。他那自以為是的滿不在乎令人難以忍受，我認為一拳打向他的鼻子，剛好能抹去那種表情。阻止我將那個念頭化為現實的原因，是因為我害怕自己的拳頭派不上用場，儘管二世受到腿傷阻撓，卻依然能對我回以老拳。

總之，這件事變得毫無意義，因為當時有人從河岸向我們打招呼。

＊＊＊

那裡有五個人。那群帶著弓箭的印地安紅蕃想要登船，而他們的發言人（其中最高大也最有威嚴的成員）向我們說話時肅穆又禮貌的態度，似乎代表他們不接受拒絕。奈特讓布倫曼船長做決定，美人號是他的船，他也應該判斷有誰能踏上甲板。但船長又把責任推回奈特身上，是奈特出了這趟旅程的費用，這應該由他決定。

奈特詢問印地安人，他們是不是以和平的態度前來，發言人則回答：如果他們不懷好意，我們早就死了。他的族人們覺得這句話相當逗趣，奈特慢了一拍，尷尬地笑了一聲，回應他們的大笑。他揮手要印地安人們上船，此時，我注意到他望向溫徹斯特步槍，步槍靠在我登船時擺放它的位置，靠在欄杆旁，離他的手並不遠。在此同時，船長則偷偷摸摸地用一張防水布的邊角遮住貝西的遺體。

印地安人們登上美人號和我們見面，他們那位說著一口優秀英語的發言人立刻自我介紹。他是阿莫斯·羅素（Amos Russell），他的人民稱他為疾速棕熊（Swift Brown Bear），他也是波卡賽特人（Pocasset）的酋長，那是萬派諾雅格人（Wampanoag）部落的分支之一。他和我們所有人握手，他的手掌觸感宛如皮革，手勁也相當有力，二世不情願地回握對方溫和的手，還隨即將手在褲子後頭抹了抹。對此，羅素什麼也沒說。船長問他是不是前來交易（或許是想用貝殼串珠換取煙草），羅素搖了搖頭，說自己只是想給點建議。

萬派諾雅格酋長轉向奈特和我，並用低沉沙啞、宛如低吼的嗓音，告訴我們說，我們踏進了自己不該去的地方。他和同伴們出外狩獵時，發現我們從其中一處「禁地」的方向走出森林。我們回頭往船走時，他們隔了一段距離跟著我們，也決定向我們發出這項警告，以免我們打算再度前往同一地點。人類在某些地方不受歡迎，會造成傷害的「惡靈」居住在當地。萬派諾雅格人和當地其他印地安族國都盡力遠離這些地點，我們也應該照做。我們所能做出最合理的舉動，就是掉頭回去，把船開回下游，回到我們的來處。對我們這種人而言，麻薩諸塞州這塊角落中的東西並不安全，白人們不清楚世界的祕密法則，會一頭闖進危機，愚蠢地相信我們的科學與火藥能保護自己。

羅素說出「火藥」這個字時，便滿不在乎地往溫徹斯特步槍揮了一下手。他注意到附近的槍枝，但這似乎不讓他心煩，他似乎有些合理地覺得，自己和四名同伴不需要畏懼我們。除了溫徹斯特步槍外，我們沒有攜帶任何武器，印地安人則帶了弓和插在腰帶上的戰斧。再說，他們結實靈敏，在他們眼中，就連歷經風霜的硬朗老船長，看起來也就是個文靜的紈褲子弟，就算查理在場，儘管他身材高大，我也不覺得他會嚇倒他們。

奈特顯然帶著敬意聽酋長說話，這讓我感到訝異，因為我以為他會瞧不起酋長，或是直接嘲諷對方。他告訴羅素，自己了解對方的責難與良善的意圖，會照對方的要求做，接著他邀請萬派諾雅格勇士們和我們喝一杯。他帶了些單一麥芽威士忌，是「頂級火水」，喝過一兩杯後，就能鞏固白人與紅蓄之間的友善關係，就像液態的和平煙斗。

後來想想，我才看出這並非表面上的寬宏舉止。大家都知道烈酒對印地安人帶來的問題，由於他們天生對酒精沒有抵抗力，容易受到酒精的有害效果影響，就像水痘與流行性感冒使他們死傷慘重一樣。奈特一定清楚這點，我現在也明白，阿莫斯．羅素在回答前猶豫不決，是因為他察覺奈特隱藏在邀請下的狡猾侮辱。酋長黃玉般的雙眼短暫露出了冷峻的眼神，彷彿正在評估是否該痛斥奈特。最後，他用我朋友的手法反其道而行，以貴族名人般的世故態度，遺憾地婉拒邀請。

一等萬派諾雅格勇士們離開，無聲地走進森林，消失得無影無蹤時，奈特才開心地叫出聲來。「哈！你有聽到他說的話嗎？你有聽到嗎，撒迦？大酋長阿莫斯剛剛說了我們需要知道的事。」

我坦承自己十分困惑。羅素只說附近有危險，我們也並非完全不清楚此事。我補充說，根據邏輯，我們應該聽他的話。我並不是在要求返家，只是我們之後的行程得更加小心。

布倫曼二世此時插了話，說「印地安佬」開始大談惡靈之類的廢話時，白人不該理會，那是他身為文明人與基督徒的責任。船長和奈特都同意，但後者否定羅素警告的理由更明確些，因為他當晚稍後私下向我說明了此事。酋長似乎洩漏了自己沒打算說的事，他說：「對你們這種人而言，麻薩諸塞州這塊角落中的東西並不安全。」，奈特從這句話中推論，這裡有更多像米．格一樣的東西，更怪誕的東西，和更神奇的東西。從他閱讀《死靈之書》的過程中，也猜測過這點，阿莫斯．羅素則對此做出確認。「禁地，」奈特補充道。「不只一個區域。撒迦，我們今天或許撲了空，但我真心相信更上游的地帶藏有豐富的機會。之後會有更多探險，也不會全部徒勞無功。」

第二十八章　朦朧國度

A Realm of Twilight

接下來幾天，印斯茅斯美人號在河畔停靠了好幾次，讓奈特和我到附近探索。我們每次都無功而返，只讓腳變得痠痛，但這並不代表我們什麼都沒發現。我們不只一次追逐某隻生物，且穿越了龐大又毫無通路的森林，卻在將對方逼到角落時，才發現那只是麝鼠或鹿。相同的是，我們也常碰上某種野獸的足跡，看起來完全不像任何正常動物留下的痕跡，行動模式也不同。即使到了現在，在我忍受過其他恐怖事件後，一想到那些讓我們努力穿越陡峭山谷的滑溜生物，就不禁打起冷顫。牠總是走在我們前頭，一直在視野之外，卻又用怪異的嘰喳叫聲引誘我們，並留下閃爍且黏稠的足跡，就像是蝸牛的痕跡。我們從未追上牠，或親眼目睹牠的身影，對此我從不感到遺憾。還有隻長了飛蛾般翅膀和發光雙眼的類人猿，牠住在樹頂上，我們利用溫徹斯特步槍把他打下來的計畫徹底失敗。牠似乎在高處的巢穴上嘲笑我們，並為了回敬我們的步槍子彈，向我們投擲宛如凱徹姆手榴彈[73]的松果。我也應當提到那隻大步行走的狼形哺乳類，我們跟著牠回到巢穴，那是座深邃的山洞。奈特往裡頭走了二十步，我則謹慎地待在外頭，要不是洞穴最深處傳來陰森的嚎叫聲，奈特還不斷聞到濃烈到使他滿眼淚水的辛辣怪味，他可能還會往更深處走。我依然不確定，我們那天碰到的是否只是某種先前沒人記錄過的狼，但這無法解釋山洞中的怪聲和臭味，或是我在那生物背上看到的聳立尖刺，看起來很像豪豬的刺。

隨著我們往前進，米斯卡托尼克河變得越趨窄淺，我們也超過了美人號這種明輪蒸汽船能航行的合理距離。她的吃水線相當淺，不到三英呎，就算如此，她的龍骨依然經常摩擦到河床，布倫曼船長也開始抱怨她可能會擱淺。奈特願意拋棄船艙中大部分的獸籠，將它們留在岸上，以減輕船隻負擔，因為當時我已用罄了船上的測試動物，不需要這些籠子了。船長斷定這會有幫助，因此奈特、查理和我只留下三只最大的籠子，將其餘籠子搬下船。進行這項差事時，查理依舊陰沉寡言，自從貝西死後，他就一直如此。他的雙眼失去了光彩，他那一度精力充沛的龐大身軀，現在對他而言似乎過大了，就像是座備有多個房間的豪宅，卻只有一位住戶，這幅光景令人感到惋惜。

總是在水上漂浮得略高的美人號，繼續在低沉水聲中向前進。拋棄籠子，讓我們多爭取了一點時間，但船長想到我們在不久的未來得處理的另一項問題：如果河道變得更窄（這點很可能成真），那麼船隻遲早會無法掉頭返航。假設米斯卡托尼克河持續變窄，那我們或許只能再航行兩天，頂多三天。奈特問，上游是否可能有更寬闊的河道？水流在該處或許曾侵蝕土壤，創造出池塘或潟湖。船長則堅稱，儘管他的河道圖並不精準，但上頭並未顯示出這種可能性。

因此我們有了時間壓力，也有了無法超越的屏障。我從奈特身上感受到一股焦急，到目前為止，這趟旅程浪費了時間、金錢與勞力，至少對他來說是如此。對我而言則很有成效，因為我磨練並加強了顱內意識移轉，進行這項手術對我來說，已經習慣成自然了。我擁有能供借鏡的大量經驗，每次成功與失敗，都對我的知識與專業做出貢獻。我相當肯定，一旦自己進行下一步，也就是如奈特所提議的，試圖將人類的全知網移植到另一人的全知網中的話，我一定辦得到。唯一能阻止我的，就是道德界線，當然了，還有找到恰當病人的實際困難度。

奈特轉向《死靈之書》，在書中尋找線索。我偷聽到他在艙房中大聲地翻閱書頁，且低聲說話。「拉盧洛伊格」這字眼不意外地從他口中出現一次以上，《死靈之書》宛如某種記載怪誕事物的地名

73 譯注：Ketchum grenade，美國南北戰爭時經常使用的手榴彈。

字典，讓奈特深信能得到成果，至少狀況看似如此，但到我們的旅程接近終點時，他卻連一隻異常動物都抓不到。

他的頹喪感非常明顯。一天接著一天過去，他把自己關在艙房中，只在用餐時間時出來，態度散漫地進食，也只用一兩個字眼和我們其他人交談。看到他的心情如此低落，也令我感到沮喪（對我而言，奈特．衛特利是無比樂觀的代名詞，宛如活生生的颶風，能將面前一切障礙轟成碎片），但他聽不進我的鼓勵言語。

第三天開始了，而就連我這種探索河流的新手，都看得出米斯卡托尼克河現在的寬度僅能讓美人號在或許前後只剩一碼的空間下，做一百八十度迴轉。我詢問船長，我們是否能照舊前進，等到時機到來，我們再用逆向推進的方式往下游航行，直到我們抵達可供迴轉的地點。他輕笑了一下，並解釋說明輪蒸汽船幾乎不可能逆向航行，特別是艉外輪船，她會像磚塊一樣文風不動。「老實說，現在不走就來不及了，康洛伊先生。」他說。「得由衛特利先生做決定，但繼續往前的話，我們就有可能擱淺。等他終於現身時，我也會這樣告訴他。」

不久後奈特就走出艙房，如同奇蹟般，才過了一晚，他的態度就完全改變，此時他和我以往所見的一樣開朗又堅決。他輕快地拍了一下手，說今天是個吉利的日子。根據他的消息來源（我也不需問消息來源為何），離此處一英哩外，我們就能找到一個資源豐富的地點。布倫曼船長認為，一英哩對美人號來說沒什麼差別。「但聽好了，僅此為止。衛特利先生，除非你願意和運貨馬匹一樣套上鞍具，再把她拖回老家。」

奈特把我拉到一旁，低聲告訴我說，他和我會擔任先鋒小隊，前去探勘周遭環境。如果我們找到他意料中的東西的話，就得帶更多成員同行，至少要四個人，或總共五個人，以取回那個東西。

「我們追尋的不是尋常生物，撒迦。」他說。「別搞錯了，如果我對《死靈之書》的理解正確，我們已經越來越靠近世上最可怕魔物的巢穴了，你聽懂了嗎？而且，活捉這個東西將是我的生涯高峰。想想我能寫出哪種論文！我不用把這整場冒險視為失敗了，反而覺得，這是超越預期的成就。」

＊＊＊

或許我只是累了，也或許我對奈特的莫大景仰依然有其極限，不知怎地，我覺得他那股興奮似乎是硬擠出來的，我也不如之前一般感到振奮。有可能這股幻想破滅的感觸，先前就已有跡可循，那時我剛聽到他和《死靈之書》說話，也對他的理智抱持質疑。先前種下的疑心種子，現在已長出茂密的枝枒。

接著，當我們穿過樹林時，我便經常滿懷質疑地斜眼望向奈特，並質問自己：自己選來拖拉事業馬車的這匹純種馬，是否其實是匹不受控的野馬呢？他口中那「可怕的魔物」究竟存不存在？或許那只是妄想出來的虛構事物？這是否是我們在失敗前的最後一搏，就為了追趕某種朦朧不明的混種野獸嗎？我對奈特的信心瀕臨崩潰，我的朋友，我的英雄，我的替代大哥，最後還是和其他人一樣充滿缺陷且背離準則。我不曉得這為何使我感覺受到打擊，但情況確實如此。

我們在一小時內抵達了森林中的黑暗地帶。我在字面上與隱喻上都使用了「黑暗」這個字眼，樹木緊密叢生，擋住了大部分的陽光，但狀況不只如此，裡頭有種感覺，或是某種氛圍，很難描述這點，不過我在先前的探險中認出了這種感受。當我們靠近這些難以分類的生物其中一隻的藏身處時，我的後頸毛髮就會豎起，神經也相當緊繃。或許是我心中某種原始本能發揮了效用，觸發了深埋心底的古老警覺。簡而言之，當我們接近其中一處阿莫斯．羅素口中那些禁地時，我總會察覺出來，但我不清楚自己是如何得知這點的。

物理與心理雙方面的黑暗逐漸變深，我們周邊的森林則變得安靜無聲。不只鳥鳴消失，樹枝的沙沙聲也靜止了。接著我們抵達了林間空地。

那是個幾近完美的半圓形區域，半徑約有半英哩，上頭沒有任何樹木。它後頭有座峭壁，那是座陡峭的花崗岩斷崖，高聳地直入天際，由於它坐東朝西，也有一側面對北方，便將空地籠罩在陰影之中，即使時值仲夏，我也不認為會有大量陽光觸及此地。這是處陷在永恆日蝕中的區域，也是座朦朧國度。唯一蓬勃生長的植物是野草，它們長得到處都是，濃密的雜草掩蓋了一切，使我們無法立即察覺底下的廢墟，直到奈特和我花了整整兩分多鐘檢視當地後，才注意到這點。我們剛開始誤以為是土丘或長滿灌木的突起處，結果卻是建築物的遺跡。這裡有根石柱的碎裂基座；那裡有某座房屋的角落；這裡又有某種神殿或廳堂的坍塌外部結構。我們在長滿植物的石造結構之間走動，充滿興奮之情，卻又帶著一絲敬畏。這裡是——曾是——一座城鎮。這座城鎮位在荒野中央，沒有道路通往當地，周圍環繞著難以通過的森林，也經歷了些歲月。

的確很難判斷這座城鎮的年齡。從我們觀察茂密植被間的石造結構判斷，它由花崗岩建成，材質和峭壁相同，而且，建築工法擁有優秀品質，因為不同磚塊之間的空隙緊密且無黏合用的灰泥，空隙細到無法將紙張插入其中，不過磚塊的外層邊緣已遭到天候磨損。我們看得出這並非出自任何印地安部族之手，儘管美國的紅蕃會打造石牆，卻不會建造巨石城。奈特推測這座建築擁有馬雅或阿茲特克文明的工藝，但這些大型中美洲帝國並未拓展到新英格蘭這種極北區域。我想知道，建築者們是否來自某個遭遺忘的石器時代文明，是某種握有當時無與倫比石雕技巧的原始種族，且擁有世上其他地方找不到的工具。我不太認真地得出這個推論，但也不完全出自戲謔口吻。「這令人大開眼界。」奈特做出結論，儘管他形容的只是瓦礫堆，卻沒有說錯。

我們可以從崩塌的岩石間，辨識出漫長的空隙，那必定曾一度是街道。它們從半圓形直線邊緣的中心點，宛如輪輻般向外擴散，而那條邊緣自然就是岩壁。城鎮有座樞紐，我和奈特受到一股心照不宣的好奇心所驅使，努力穿越大量藤蔓和匍匐植物，尋找路線走向它。「黑暗」的感覺在這裡非常強烈，比我先前感受到的更強勁，像是股無形冬風颳過我的皮膚，使我起了雞皮疙瘩。儘管如此，我心中依然燃起了一股驚奇之火：那是智慧帶來的熱情。

樞紐區是緊靠岩壁底部的一座廣場，奈特和我推測它可能是市集、聚會所或其他場所。我們的目光受到岩壁吸引，並在高聳的山壁側翼上發現了一道裂口，幾乎已遭到茂密的植被所掩蓋。要不是裂口頂端有雕刻出的門楣，我們倆可能完全不會注意到它，上頭雕有符文記號，讓我覺得有些類似梵文，但型態更加粗糙潦草，缺乏梵文的優雅曲線。奈特說那種文字應該是被稱為拉萊耶語的語言，《死靈之書》經常提到它。他說，拉萊耶語比蘇美語（Sumerian）和阿卡德語（Akkadian）等已知的最古老語言還早出現。它的起源籠罩著謎團，但大多數人認為地球最早期的居民使用過它：那些生物可能是從群星間來到地球的。

我提出了一些駁斥，但態度較為平淡。如果這座城鎮廢墟的居民是外星種族，那確實就能解釋，他們為何能用同時代人類無法辦到的方式雕刻石塊。如果他們擁有能穿越星際深淵的科技能力，那麼以極度精準的方式切割岩石，自然也稱不上問題。

儘管我還在思索奈特那驚人且或許稍嫌荒唐的主張，他已經開始跨越雜草，往裂隙走去。他在門楣前蹲下，往內窺視，黯淡的日光無法照進深處，但他說自己能看見裡頭的廳室。我加入他的行列，也看見荒涼門口無法讓人聯想到的大型廳室。視野中剛好能窺見後方牆面與天花板，每道牆緣都約莫有一百英呎遠，還能看見廳室正中央有個基座，那是只橢圓形的石塊，上頭雕滿了拉萊耶語符文。

我不想跨越門檻，另一方面，奈特對此則毫不在意。他走了進去，躡手躡腳地繞過從外頭伸入室內的藤蔓枝枒，這些枝枒形成了長滿葉片，且逐漸變細的三角形。自從城鎮因某種原因遭到廢棄，並逐漸凋零後，他或許是數千年來首位踏入這座寬敞洞穴的人，也是頭一個打攪了它肅穆古老的完美狀態的人。他走近基座，並繞行它後，在另一端停下腳步。他用平靜清楚的嗓音說：「撒迦？過來，你得看看這個。」

儘管我心不甘情不願，卻依然照做。我小心翼翼地走到基座另一端的奈特身旁，他華麗地揮出手臂，像個變出最終把戲的魔術師，讓我目睹他發現的東西。

第二十九章　坑中怪物

The Thing in the Pit

坑洞的直徑有七英呎，深度則有十四英呎。它的牆面是赤裸又光滑的岩石，是個在地底挖出的完美圓柱型坑洞。裡頭並非空無一物，在坑底，幾乎佔據了整座圓形底部區域的，是一大團漆黑物體，表面長滿塊狀結構、分枝與突出部位。這個物體一動也不動地倒著，使旁人無法判斷它究竟是動物、植物或礦物，得透過從廳室入口透進來的微弱陽光，才能勉強看出它的輪廓。它的外層顯然具有彈性，我也覺得自己看到了某種開口，可能是某種呼吸系統，或許像是皮膚上的毛細孔，但也類似葉片背部的氣孔，或是昆蟲的幾丁質外骨骼上的氣門。還有許多皮上外肢，有些像是囊腫，其他則宛如細菌的纖毛，還有疑似偽足或觸手的部位。

然而，除了大致呈球體狀外，那個東西似乎沒有固定形狀。儘管它靜止不動，我卻感到它正不斷改變。奈特和我彷彿望著某種活動著的照片，像是海浪頂端的泡沫，或是疾馳馬匹的鬃毛，凍結在時間之中。如果還活著的話，這個無名物體就會像朵有血有肉的黑雲，因無形的壓力而翻騰。

幾分鐘後，我才重拾說話能力，但我不記得自己說了什麼有意義或合理的話。奈特把一隻手擺在我肩膀上，止住了我的胡言亂語。「終於呀。」他說。「我們辦到了，撒迦，我們找到東西了。跟這個戰利品相比，其他逃出我們掌心的東西都不值一提。我們找到了一隻修格斯。」

這個盤根錯節的球莖狀黏稠物體，就叫這名字：修格斯。那本瀆神聖經《死靈之書》如此寫道，而透過它的旨意，我們抵達了失落的古老城鎮。

但修格斯是死是活？它看起來肯定毫無生氣，沒有東西能如此靜止，卻依然保有生機。或許自從這座城鎮遭到棄置後，修格斯就躺在坑裡，但倘若如此，那它早該腐敗到一點都不剩了。除非它還活著，否則不可能維持這麼良好的保存狀態，甚至沒有一絲腐朽跡象。

或許它石化了？我向奈特提出了這個問題。石化作用就能解釋它完好無缺的樣貌，廳室中空氣的某種特性，可能和土裡的礦物產生反應，引發了矽化或石化現象。

奈特回答，他無法在修格斯身上觀察到總會伴隨那類現象的粗糙暗沉和僵硬，他自己的觀點是，這隻生物處於休眠狀態，那是更高等的冬眠行為。它所有的生理功能都降低到可察覺的最緩速，像是一年只發出一次心跳。（前提是修格斯擁有心臟，他當然只是在譬喻。）那生物停滯於生死之間，並未全然邁向其中一方。

不過最讓他感興趣的，則是它待在坑中的理由。坑洞似乎是刻意打造出來的，由此看來，整座廳室似乎是設計來容納修格斯所用。他說出心中的疑惑：這裡究竟是囚禁室或祭拜所，或兩者皆是？畢竟，這兩種行為能夠並存。我們身後俯視坑洞的基座，和傳統的教堂祭壇有許多共通點。這座城鎮的居民是否曾一度崇拜修格斯？甚至是將它奉為神明？

這種褻瀆的想法十分醜惡，當他說出這個想法時，我打起了古怪的冷顫。我希望駁斥這種說法，但它卻具有駭人的可信度，如果我們能解讀基座上的拉萊耶語銘文，其內容可能已說明了真相。不過，它的存在似乎使奈特的推測增加了說服力，因為除了宗教目的或為了保有官方法規，鮮少有人會將文字刻在石頭上。

一時間我有點暈眩，便離開廳室呼吸新鮮空氣。奈特急忙跟在我身後，確認我是否沒事，我很快就恢復了心理平衡，但隨即發誓，無論為了任何理由，自己都不會再踏進那該死的廳室一步。我無法忍受它帶來的壓迫感。

奈特回答說，這很可惜，但他明白。他想，自己可以在不需要我的狀況下完成任務。帶走修格斯看起來需要四個人的力量，但他知道有差不多三個體力充沛的人幫忙，應該就能完成這項任務。

＊＊＊

於是一天後，奈特和我回到遭遺忘的城鎮，查理與布倫曼父子則跟在我們身後。我們徵用了印斯茅斯美人號上的每條繩索，加上一部分提燈和一些木板、釘子、一把鋸子和一把槌子，我在廳室入口處看著四人聚集在坑洞旁。前一晚，奈特花了點時間，讓船員們準備好面對即將碰見的東西，他說，修格斯並不危險，不過是一團了無生氣的原生質，他不認為粗魯地將它從坑洞中拉出時，會讓它從睡夢中甦醒。他如此肯定地斷言，使得沒人想質疑他，甚至當三人在提燈光芒下首度見到那個生物時，也沒發出半句怨言，因為奈特早已小心翼翼地做好準備。布倫曼二世罵了幾句髒話，他父親則劃了個十字，並從酒壺中喝了一大口酒，但他們的臉上都流露出驚奇的恍惚神情，這份感受似乎蓋過了其他感受，就連查理的臉似乎也露出部分相似的神情。船長抓了抓後腦勺說：「老天呀，衛特利先生，當你在幾週前告訴我，你打算帶一些古怪生物回家時，我承認自己不太相信那套。我以為那只是鬼話連篇，但你付了錢，所以我有什麼好在意的？而現在，我親眼看到了這個東西……就連費尼爾司．泰勒．巴納姆，都會願意付出任何代價看到它。」

船員們隨即搭建了臨時的滑輪系統，將我們帶來的木板組成牢固的三腳鷹架，查理將大量木板擺到正確位置，二世打入釘子，船長本人也親自監工。他們花了一整天才將這台裝置組裝完成，於是我們回到船上過夜，早上再回到城裡，開始進行計畫的下一階段：將一個人放入坑內，把繩索綁在修格斯身上。

由於二世是我們之中最輕的人，也對綁繩結技術駕輕就熟，因此他「自願」接下這份差事。他在腰上纏了條繩索，查理則緩緩讓他往下降。我發現，這是這名黑人理想的報仇機會，他只需要假裝手滑，二世就會摔到坑洞底下，很可能會摔斷手腳或撞破頭骨。不過，就算他心中曾有衝動，也抗拒了誘惑，二世安全抵達坑底，開始在修格斯的大型軀體上綑綁繩索。他用明確的言語讓每個人知道，自己一點都不想這麼靠近這隻生物，也提到，它的身體摸起來很溫暖，質地也怪異地柔軟，像是太妃糖。但可敬的是，他撐了下去。儘管我不喜歡二世，卻無法否認：像他一樣降入坑中綑綁修格斯，是需要膽量的行為，我自己絕對辦不到，我永遠不敢。

另一條繩索降入坑中，二世則將繩索末端連到他在修格斯身上纏繞的複雜繩結上。接著查理將他拉出坑外，三名船員開始吊起修格斯。那毫無知覺的生物從它的休息處一吋接著一吋上升，三人隨著船長的命令一同出力拉扯，當支撐用繩索緊緊滑過木製鷹架頂點時，鷹架因承受壓力，發出了嘎吱聲且顫動著。最後，修格斯終於在坑洞上空擺盪，奈特靠過去，將它移轉到地面，船員們則緩緩放開支撐用繩索。透過這種方式，修格斯輕柔地停靠在廳室地面。

它倒在地上，身上遭到繩索纏繞的部位鼓脹起來，就像網袋中的布丁。我估計這生物有七英呎寬，高度也差不多，不過引力對它的膠狀結構造成影響，使頂端變得有些平坦，成為扁圓形的橢球體，而非完整的球形。我原本擔心粗暴移動會驚醒它，但現在已鬆了一口氣，即使剛剛經歷了粗魯對待，修格斯依舊呆滯不動，這對我們計畫的第三階段有利：將它運到船上。

＊＊＊

儘管我說運送修格斯穿越森林的過程平安無事，但並不輕鬆，我指的是，除了我們幾乎快累死以外，沒有不祥事件發生。為了搬運這個生物，我們拆卸了鷹架，將木板重新搭建成粗糙的雪橇，將修格斯滾到上頭。接著，查理將自己綁在雪橇前端，如同拖車馬般拖著雪橇，我們其他人則在後頭猛推，於是我們開始費力地將戰利品推出城鎮。大家辛苦地將雪橇一碼接一碼推過雜草堆，接著穿越森林地面。過程痛苦又緩慢，中間還經常停下腳步，讓二世的傷腿休息，也讓我喘口氣。要不是查理驚人的力氣，我們可能永遠無法達成目標，肯定無法在一天內辦到這一切。另一項幫上我們的狀況，則是隨著我們接近河流，地面開始傾向下坡，因此修格斯的龐大軀體開始對我們有利，而不是阻礙我們。儘管如此，我們抵達美人號時，夜色已經落下，眾人也同意等到白天再將修格斯放進蒸汽船的船艙。

於是我們將那依然遭五花大綁的生物留在河岸上，疲憊地吃了頓晚餐，接著邁出沉重腳步走回艙房睡覺。

不過那晚，沒多少人睡得著。

第三十章　修格斯之夜

Night of the Shoggoth

白天的辛勞耗光了我的精力，使我一碰到枕頭就立刻呼呼大睡，但斷斷續續過了幾小時後，我忽然驚醒。有個東西喚醒了我，是某種聲音。它似乎屬於夢境：那是恐懼的尖叫聲，等到它再度傳來時，我知道那是真正的叫聲。附近有人發出充滿痛苦的嚎叫，聲音充斥著令人肝膽俱裂的恐懼，使我全身發起抖來。

我想跳下床調查狀況，又想用棉被蓋住自己的頭。尖叫聲第三次響起，這次裡頭夾雜著嘶啞的懇求聲調，彷彿尖叫者正口齒不清地求饒，還聽到腳步聲，那是穿著長襪的雙腳跑過我的房門時，所發出的輕柔敲擊聲。我無法判斷腳步聲往何處跑去，但似乎有人前往幫助尖叫者，使我感到膽子大了點，於是我把頭探出門外。

我第一個看到的東西是奈特，他駐足在自己的艙房門口邊，面露好奇，卻也流露出特殊的鎮定。我問他是否知道發生了什麼事，他搖搖頭，我們倆以縱隊方式出發，奈特帶頭走在前方，兩人往船尾傳來尖叫聲的位置走去。

我真想忘記我們在抵達印斯茅斯美人號船尾時見到的光景，真希望有某種印度橡膠製的精神橡皮擦，能將那段回憶從我腦中抹去。

月光籠罩著一切。剛開始，我難以理解自己看見的景象。二世躺在甲板上，遭到某個抖動著的漆黑形體攻擊，那東西包覆住他的雙腿，一路延伸到大腿處，彷彿有一大群濃密的蒼蠅撲到他身上。接著我發現，其實是那個東西在拉扯他，這個黑色形體將無助的大副拖向船身與河岸相連的一側。它的拉扯過程費力但無比強韌，呈現出某種滑膩翻滾又有如黏液般的動作。二世緊抓觸手可得的任何東西，以阻止自己遭到綁架，但一切徒勞無功。漆黑形體比他還強壯，也十分無情。

河岸上空蕩的繩圈散落在雜草之間，修格斯醒了過來，掙脫束縛，再爬上美人號，抓住了一名受害者。起初發出驚慌不已的尖叫後，二世正企圖全力掙脫。他嚴肅地緊咬牙關，不會輕易放手。

我知道自己應該想辦法幫他，但我猶豫不決。看到活動中的修格斯，激起了我心中的噁心，當它的膠狀身體如同黑色奶油塊般發出潺潺波動時，那種純粹的**錯誤感**使我卻步不前。我全身每條肌肉都感到作嘔，但不知怎地，我依然鼓起勇氣，往前踏了一步。

有隻手抓住了我的手臂，奈特則在我耳邊用氣音說道：「不，撒迦，別出手。如果你珍惜自己的生命或理智，就別動。」我反駁說，該有人**做些什麼**，他則回答：「那不該是你，不該是我的好朋友，我不能讓你為了布倫曼二世這種微不足道的人渣冒險。我有個主意，但你得在這等，別靠近那個東西，你能發誓嗎？」我點頭，感到有些罪惡感地鬆了口氣。奈特允許我不插手，因此，我不採取行動並不代表懦弱，而是責任。

奈特迅速跑回他的艙房時，蒸汽船上層結構的另一側出現了一個人影。那是查理，他看了布倫曼二世的處境一眼，似乎想也不想，就抓起一把船鉤撲向修格斯，將工具高舉到頭頂。我向他大喊，想警告他不要衝動，但查理一定沒聽到我的聲音。

就在此時，修格斯抵達船邊，直接往外掉落，依然拖著二世。大副邊喘氣邊抓著欄杆，但依然被迅速拉到船外，途中還失去了好幾塊指甲。修格斯撞上河岸，發出笨重又四散開來的碰撞聲，但它毫髮無傷，二世則摔得更嚴重，他的身體如同鞭子般劇烈地撞上地面。由於骨頭碎裂，當場便傳出了一股爆裂般的喀啦聲，這股衝擊使他發出的尖叫聲和之前不同，充滿了純粹的痛苦。

查理晚了一秒抵達欄杆邊，來不及用船鉤攻擊修格斯，不過，他並未放棄。他一手撐住自己，翻過船邊，一等他落到河岸上，就立刻用船鉤用力敲打修格斯的甲殼（或是皮膚，或是稱呼它外皮的任何名字）。這對那個生物並未產生任何顯著效果，但他堅持追趕修格斯，它則繼續用黏膩的蠕動方式在地上滑行，像是某種巨大的球形蛆蟲，還夾帶著仍在尖叫的二世。那個邪惡生物抵擋了攻擊，用麵團般柔軟的彈性吸收打擊力，直到它忽然間似乎覺得受夠了。它停了下來，同時伸出十幾隻觸手，這些肉質附肢往外甩，抓住船鉤並將它從查理的手中抽出，輕鬆地像從嬰孩手中奪走棒棒糖。不過，修格斯並不僅僅滿足於解除敵人的武裝，它伸出更多觸手，用這些觸手包住查理的四肢。有一瞬間，我以為它也會開始把黑人拖走，但修格斯似乎對他另有打算，它將查理捲了過去，直到他的臉離它的身體只有幾英吋。他掙扎扭動，但無法逃脫那個生物的掌握。

接著它身側張開了某種東西，就像擴張開的括約肌。那是我先前推論為氣孔或氣門的孔洞，現在我覺得它有截然不同的功能。那是某種門口，是修格斯與周遭世界互動的媒介，外人能透過這道裂隙，從外界環境來回穿梭它體內最深處。旁人或許能稱它為嘴巴、眼睛或耳朵，或甚至是鼻孔，但這些說法都錯了，它不僅僅如此。它在查理面前張開，他則望進孔洞深處，接著他開始尖叫，那股顫抖的高頻嚎叫聲，和他平日說話時的低沉嗓音完全不同，那是首恐怖詠嘆調，彷彿他的靈魂像沸騰茶壺飄出的蒸氣般逃走。他的身體顫抖，雙眼往上翻，直到只露出眼白，就連滿溢絕望情緒的二世都變得安靜，因另一人遭受更強烈深切的凌虐而震驚不已。

我無法準確判斷，查理究竟那樣子尖叫了多久，他尖銳的悲歌劃破了夜空，我只知道等到奈特重新出現，那股醜惡又刺耳的哀嚎才終於停止。他帶著《死靈之書》，並開始大聲朗誦，我無法理解那些文字，聽起來是糊在一起的音節與聲門塞音，我認為（奈特日後確認了此事）那是以發音方式轉譯為羅馬字母的拉萊耶語，它們構成了一股吟唱（奈特後來也確認這是咒語），並對修格斯產生了強烈影響。在奈特持續念出咒文下，那個生物放開了查理和二世，它似乎不適地畏縮且變得乾癟。修格斯逐漸蠕動離開，顯然相當不情願，留下受傷在地的二世，查理跪在他身旁，雙臂頹軟地垂在身體兩側。那個生物立刻抵達樹林邊界，接著消失在漆黑的森林中，夜影則將它完全吞沒。

在隨後的寂靜中，唯一的聲音只有布倫曼二世的啜泣聲，直到我身旁傳來一陣高聲咒罵，我轉身一看，發現船長終於跌跌撞撞地起床了。我不曉得他是如何在騷動中繼續呼呼大睡的，不過他身上飄出的酒臭味提供了一點線索。他眼色朦朧地盯著受傷的兒子和毫無反應的水手，接著望向奈特說：「衛特利先生，你得回答我一些問題了。幫我把那兩個人搬上船，接著我們就會啟航，不管什麼時間了，我連一分鐘都不想待在這。」

＊　＊　＊

船長啟動蒸汽引擎，讓美人號做了大迴轉，留下我和奈特照顧傷者。二世的情況很糟，他的骨盆碎裂，一側肩膀脫臼，最糟的是，他好幾根肋骨都已折斷，而從他不斷咳出的血來看，其中一根肋骨斷裂的一端往內插入，刺穿了一邊肺臟。同時，我覺得查理的身體狀況良好，不過，他的心智狀態則截然不同。他躺在我們將他安置其上的床鋪上，雙眼空洞地盯著天花板。他三不五時會動起嘴巴，彷彿企圖想說話，但口中並未飄出任何字眼，只發出毫無意義的潮濕喀噠聲。他的雙眼和陶瓷娃娃一樣空蕩又水亮。

黎明時，我們已經離開修格斯攻擊現場，往下游航行了數英哩，船長盡可能在那條蜿蜒且滿布障礙物的河道中加速，還經常停船，走到底下的機房重新啟動鍋爐。查理的狀況並未改變，但二世則狀況不佳。我幫他施打嗎啡以減輕他的痛苦，但他咳出越來越大量的血，儘管我不是醫生，卻也確定如果他沒有得到恰當治療，就會在數小時內死去，就算地平線上奇蹟般地出現醫院，我也不覺得他的存活機率很高。簡而言之，由於我們距離最近的文明還有數天的路程，二世必死無疑。

此時奈特提出了一項提議。

第三十一章　陌生領域

Uncharted Waters

「命運，」奈特說，「為我們帶來了絕佳的機會。」於是，他以不假思索的委婉說法，跟我談起了這項話題。他繼續說，我們擁有自己希望得到的一切，都在這艘船上，這多少和我們先前討論過的準則相仿。

我極度疲勞，仍因前晚的事件而感到暈頭轉向，大腦似乎無法理解奈特想說的話。接著他的話中意義滲入我的腦中。

我立刻表示反對，他說的是顱內認知移轉。他提議我們將實驗提升到下一個層次，用人體進行實驗。也就是說：我們將二世的意識從瀕死的身體中移出，將之植入查理受創的腦部。

奈特說，畢竟查理幾乎已失去感官功能。無論修格斯對他做了什麼，無論修格斯外皮上的開口讓他暴露在哪種恐怖事物之下，都已奪走了查理的智慧。他的心智現在是一塊白板，我們能在上頭寫下全新內容，用二世的腦部精髓在上頭留下印記，我們或許永遠無法得到像這樣的機會。奈特不久前想出的狀況，已由於獨一無二的好運而成真，如果我們錯過，就太愚蠢——不，簡直是瘋了。

「想想看。」他堅持道。「就目前的速度看來，布倫曼二世不可能熬過今天，而儘管查理的身體狀況良好，我們卻已失去他了。透過用其中一人空蕩且健康的身體，繼續維繫另一人的精神存在，就像寄居蟹住在別隻軟體動物捨棄的貝殼中一樣，我們或許能給予二世新生命。」

我回答，我們不曉得查理昏迷般的譫妄症狀只是暫時狀況，或是會永久持續，直到能確定這點之前，我們都不該貿然行事。再來，還有尊嚴問題。我們怎麼能將某個公開歧視他的人的意識，輸入他的身體？那彷彿是某種殘酷的玩笑，在他從二世手上經歷過這麼多虐待後，這會成為最終的羞辱。我認為查理是位君子，光是考量讓他經歷手術，就已經是極度缺乏尊重的惡行了。

我補充道，再說，我們進行手術之前，肯定需要二世近親的允許，因為傷患本人意識不清，而我不認為船長會答應這件事。

至於那點，奈特說他不認為會是問題。他能想辦法讓船長明白事理，並取得對方的同意。他宣稱，我的拒絕是比船長更大的阻礙，但沒什麼不能解決的事。

說完，他便自在地走進操舵室，留下我一人繼續照顧失去意識的二世。過了一陣子回來後，他看起來十分滿意。布倫曼船長似乎已經同意了，剛開始他猶豫不決，也感到相當質疑，但奈特說服了他，舌燦蓮花的奈特，連鳥都能從樹上騙下來。最重要的是，船長不想失去他的兒子，如果奈特確實能幫二世活下去，就算是活在另一個人的軀體之中，對船長而言，也沒什麼選擇餘地。特別是在另一種情形下，二世便得承受漫長又痛苦的死亡過程。

我向船長表達抗議，但他心意已決，感覺就像是對牛彈琴。他喝得酩酊大醉，並在我堅持己見時變得暴躁起來。「滾開，你這滿嘴鬼扯的——！」他怒吼道，一面向我揮舞沾滿煤灰的拳頭。「就算你不明事理，不過衛特利先生還是有腦筋的！那傢伙很有骨氣和野心。你讓貓變得和狗一樣過，不是嗎？你有常春藤盟校的腦筋，現在用你的腦袋救我兒子！」

如果布倫曼二世是個稍微善良一點的人，查理也多了一絲邪惡的話，我可能就會屈服，並遵從奈特的計畫。但我無法讓自己這麼做，也覺得只要繼續抱持異議，事情就會胎死腹中。我以為自己對這件事還有影響力。

結果，我根本沒有。當我告訴奈特，遑論船長的意願，我依然不願意進行手術時，我朋友只是嘲諷地笑了出來。

「你為何覺得我需要你？」他說。「我一直很清楚你實驗的演進流程，以及它們所有成功與失敗，和裡裡外外的細節。我和你一樣了解全知網和顱內認知移轉，簡單的說，撒迦，你是多餘的人手。現在呢，你可以幫我或滾開，你想選哪條路？」

他的表情嚴峻，語氣高傲且滿是輕蔑，這是我不認識的奈特．衛特利，這名奈特．衛特利拋開了友善有禮的外表。在這本回憶錄的別處，我曾將他比喻為颶風，現在則發現自己只是塊任他襲捲扯碎的障礙物，任何自認我對他有特殊意義，像個弟弟或靈魂伴侶的想法，都成了幻想。我騙了自己嗎？奈特騙了我嗎？

我垂頭喪氣且心碎，但依然堅持己見。我告訴奈特，我不會幫他進行手術，事實上，如果他堅持動手，我會積極阻止他。

當他輕蔑地問我要如何實踐自己的威脅時，我犯下了將意圖告訴他的錯誤。我說自己會去實驗室摧毀必要的化學藥劑與工具，有必要的話，還會毀了我的筆記，這樣就會讓一切畫下句點。

「噢，撒迦，撒迦，撒迦呀。」奈特說，一面同情地搖頭。他的神情變得嚴肅。「你真的以為自己能給我最後通牒？我，奈撒尼爾．衛特利？你真的那麼衝動嗎？」

我挺身站好，自己只比他矮了幾英吋，並對他說出挑釁般的「對」。

我接下來感受到的，則是疼痛，我的眼前閃出一股強光，接著是深沉且將一切包覆的黑暗。

＊＊＊

我回過神來時，感覺下顎十分疼痛，頭部也暈眩無比，還有一股噁心感。過了好一陣子，我才有辦法從原本躺著的床上起身，又花了點時間，才踉蹌地站直身子。我在自己的艙房裡頭，我試圖開門，不過房門從外頭上了鎖，接著我用拳頭用力敲門並大喊，但沒人過來。

我回到床鋪仔細深思。印斯茅斯美人號仍急速往東方的下游航行，景色從舷窗中掠過。已經過了下午三點，我昏迷了五小時，我最好的朋友把我打昏，因為我膽敢反抗他。

五個小時足已讓奈特為查理和布倫曼二世進行手術。手術成功了嗎？我承認自己悄悄生起一股想得知結果的好奇心。我心裡有一部分對奈特的企圖感到驚駭，另一部分則豎耳傾聽，那部分代表了我心中的理性科學家，也並未與我表面上的性格大相逕庭。新知識即將到來，這項前所未見的成就，擁有誘人的前景。

最後，快要六點的時候，奈特過來開門釋放我。他關切地看著我，注意到了我下顎上腫脹的雞蛋大小瘀青，還道了歉，但口氣中毫無真切的愧疚之意。

我不由自主的想對他怒吼，卻只說出這句話：「成功了嗎？」

「過來看吧，撒迦。來看看我們的成果。」

＊＊＊

二世死了。他的屍體倒在床上，有張被單蓋住了他的臉。查理則恰好相反，他起身走來走去，態度手足無措。他站在自己的艙房中，盯著自己的手，眉頭深鎖，不斷翻轉雙手：從手背轉到手掌，再從手掌轉回手背，彷彿首度看到它們。我跟他說話時，他似乎認不出自己的名字，不過當奈特喊他「二世」時，他的頭扭動了一下，彷彿聽到遙遠窗口傳來的熟悉歌曲片段。

奈特告訴我，手術進行得很順利，沒有發生任何問題，兩名病人（雙方對此都無法發表意見）都乖乖地接受麻醉。測量三種不同康洛伊溶液所需的成分，是項驚人的挑戰，但我的筆記非常詳盡（可說是鉅細靡遺），因此不太可能調配錯誤。現在我們只需要謹慎觀察病人，看看狀況如何發展就行。

我們讓查理（或二世？）獨自休息，接著去奈特的艙房喝杯葡萄酒慶祝。暮色籠罩米斯卡托尼克河時，布倫曼船長把船停到岸邊，並加入我們。奈特明顯的愉快心情，回答了對方急於詢問的問題。

「所以一切都沒事了，對嗎？好吧，這才讓人放心。我有點想知道答案，卻也不想知道，不曉得這合不合理。我現在可以去看他嗎？」

「幹嘛不去呢？」奈特說。「記好，他或許依然神智不清。他的心智得習慣全新的生理構造，他的身體並非自己三十幾年來習慣的軀殼。這種情況沒有任何明確規範，我們涉足了陌生領域。不過，讓他看到你的臉可能有益，那是能引領他走出困惑迷霧的燈塔。」

狀況並未如此演變。查理的暗棕色雙眼一望向船長，口中就發出一股呻吟。他對老人比手畫腳，同時繼續呻吟，那是股動物般的渾厚喉音，像是牛鳴與豬隻的呼嚕聲混合在一起。他伸出雙手，彷彿在問問題，我能從他臉上讀出問題內容：**發生什麼事了？我是誰？**

船長不知所措。他好幾次不太熱情地對查理伸出手，彷彿想碰觸對方，又隨即放棄了這個念頭。他臉上的皺紋逐漸變深，直到整張臉皺在一起。這齣情緒激烈的場面，一直持續到船長突然轉身離開艙房。我到外頭追上他，他正拿著酒壺激動地喝酒。

「那是我兒子嗎?」他說。「我是說,外表看來肯定是查理,但態度和以前不一樣。他有點往前駝背,就像二世以前一樣,我也知道他試著溝通,但說不出話。我不確定我們做了對的事,康洛伊先生。」

我儘量安慰他。我重申奈特的比喻,跟他說,這是個陌生的領域,先前沒人嘗試過這種行為,我們只能監控病人的進展,並保持樂觀。

「保持樂觀?那太困難了。我只能說,你們最好沒錯,不然啊,先生,我們就等於害了我兒子的靈魂,也覺得我們同時把自己給拖下水了。」

第三十二章 「你們這些狡猾傢伙做了隻怪物」

"You Cunnin' Fellas Went An' Made Yerselves a Monster"

隔天，查理（或是佔據了查理身體的二世）並沒有改善多少，後天也是，要說的話，情況反而每況愈下。他不願意進食，很少睡覺，待在自己的艙房中，時而對自己輕聲呻吟，時而啜泣，但大多時間裡，他都維持沉默，這種深邃的無聲狀態反倒令人不安。我不禁認為這個行為代表憂鬱，甚至是絕望，但查理臉上典型的空白表情，讓外人只能猜測他的情緒。

顯然我們不能將二世的屍體無限期地留在美人號上，於是我們將它放入米斯卡托尼克河中，用床單作為裹屍布，加了石塊讓它沉入水底。屍體沉到水面下時，船長低聲念出他記得的葬禮禱文片段，一滴淚水則沿著他長滿鬍鬚且滿布微血管的臉頰流下。奈特試著用安撫的語氣說，這對二世而言並非盡頭，而是新的開始，船長瞬間轉向他，看起來彷彿要痛罵奈特一頓。不過，老人只是悲傷地搖搖頭，便疲憊地走開。過了一會，蒸汽船的引擎就隆隆作響，我們再度往下游航行。

手術後第三天，發生了我們視為突破的狀況。查理（我依然認為他是查理，也決定繼續這樣想，直到二世的意識明確出現）踏出艙房，在甲板上繞了個圈。他沿著上層結構繞圈後，就回到房裡，整天都待在裡頭。他也喝了幾口湯。我覺得他正嘗試為自己建立某種正常習慣，但依然有所掙扎。他的動作緩慢沉重且不協調，就像個夢遊者。

奈特說（這似乎可信），他只是需要時間。他指出，畢竟並不是我用於實驗的每隻動物，都會立刻適應自己的新狀況。有些動物會先經歷一段靜止期，類似某種結蛹階段。

我沒有提醒他說，有些動物完全沒有適應，像那隻老鼠體內的貓就發了瘋。我急於看到查理／二世互換成功，我務實的一面堅持己見，儘管我並未促成此事，也沒有逆轉它的能力，卻依然想讓這個莽撞行為成功。這是對我一生事業的平反，但必定也預告了難以計量的財富與名聲。如果我想留名青史，關鍵取決於查理的康復，或是查理體內那二世的意識最終是否浮現。

＊　＊　＊

一只破鏡率先指出事情正在發生中。查理一拳打上掛在他艙房中的穿衣鏡，讓他手上出現好幾道深邃的撕裂傷，我則盡力幫他包紮。打鏡子前，我曾看到他盯著鏡子好幾分鐘，我想知道，他是否試圖要辨認出自己。

同天稍晚，他在吃晚餐時忽然勃然大怒。後來想想，我發現刺激他暴怒的原因，是由於他在餐刀刀刃上看到自己的倒影。他把盤子扔到房間另一頭，開始捶打牆面，力道強得使木板搖晃。我輕柔安撫地對他說話，他也冷靜了下來。

不過，我感到不安。奈特只輕描淡寫地把這些事形容為發脾氣，但對我而言，這些事證明了更深層的問題。表面下，查理的體內正在累積壓力，奈特認為蛹體即將破繭而出，這經常是痛苦的過程。他說，成體浮現後，就不負出現時經歷的苦難了。

查理在大半夜砸爛了他的艙房，他把每座家具砸得稀爛，舷窗也被砸破。我們將他送到二世的艙房，他在那似乎自在了點，周圍環繞著小布萊曼少數破爛紀念品，像是一只故障的黃銅鬧鐘，和她母親的褪色濕版攝影照片。

但平靜狀態並未持續太久。他再三發怒，每次怒火都越來越高漲，發生間隔也縮短了。查理依然無法說出明確言語，他會在艙房裡大鬧時低吼，或在安靜時發出可憐的嗚咽聲，但語言對他而言顯得陌生，是他所遺忘的技巧。奈特和我花時間給他看不同的日常用品：鞋子、書本和鋼筆。我們大聲又清晰地向他重述物品名稱，希望重新點燃他內心的智慧火花，但徒勞無功。這些簡易教學經常使他再度發火，彷彿覺得我們在嘲諷他無法言語的狀況，我們也得迅速撤退，直到他氣消為止。

最後，我們只好將他鎖在艙房中隔離。奈特和我都覺得他會帶來人身危險，目前查理只會對無生命的物體或自己宣洩怒氣，會摳抓自己的臉，或擊打側身和大腿，但是不是再過一陣子，他就會把怒氣發洩到別人身上？

在此同時，布倫曼船長變得越來越苦惱鬱悶，也更仰賴他的酒壺。奈特承諾會讓他兒子回來，他卻得到了一個笨拙粗暴的巨漢，身上看不出多少二世的特質，幾乎毫無跡象。從黎明到黃昏，船長都待在操舵室中，努力驅策印斯茅斯美人號，只有在將煤炭鏟入鍋爐時，才暫停航行。他彷彿想逃離某種東西，但在地獄般的情節轉折中，他想逃離的東西，卻和他一起待在蒸汽船上。無論他如何嘗試，都無法遠離那個東西。

船隻並不喜歡自己遭受的待遇。煙囪中排出的煙霧變得更為濃密漆黑，引擎發出了沉重吐息般的聲響，以及支氣管炎般的嘎嘎聲。我們走走停停的航程似乎對她造成了負擔，她那年邁的機器並不喜歡短程暴衝，而是樂於在長途旅程中平穩地運作。為了幫忙，我自願擔任鏟煤工，但布倫曼船長只是向我柔軟瘦弱的雙手，和窄小且前駝的雙肩看了一眼，對我冷嘲熱諷。他說，像我這樣的小子一輩子都沒幹過苦力（這並不準確），他敢用大錢賭我在機房裡連「半小時」都待不下去，這差事需要勞動用的馬匹，而不是表演用的小馬。

於是美人號辛苦地往下游開去。

* * *

手術後的第六天晚上，印斯茅斯美人號在夜晚剛停好船時，查理便完全發狂。

當時奈特負責觀察他，照他的說法，他差點無法活著逃出艙房。前一刻，查理還坐在床上，望向一段距離外，下一刻，他就成了狂吼的瘋子，雙手扣住奈特的脖子。奈特全力抗拒他，但直到他摸索著的手指碰到二世的鬧鐘，才取得能打破僵局的武器。他把黃銅鬧鐘用力砸向查理的頭骨，第三下不只毀了鬧鐘，也震得讓查理放開他。奈特立刻逃出房間，隨後將門鎖上。

騷動害我和船長跑了過來，我們站在艙房外頭，聽查理用力捶打房門，使門板在門框中嘎嘎作響。另一側傳來的叫聲令人畏懼：不受控制的嚎叫，之間穿插著聲音低沉，一邊滴著口水的吼叫。

布倫曼船長無助地緊握雙手，奈特和我則爭論著該怎麼做，如果查理繼續攻擊門板，遲早會把門打破。最後我們認為別無他法，只能將他更嚴密地封鎖在艙房裡頭，我們用木板和釘子，將房門封得更緊。不過彷彿為了應對我們在外頭進行的木工工程，查理也增強了力道，門框開始碎裂，接著是房門本身。我們在門上釘的木板強化了防護，他的逃跑企圖也因此失敗，但我們清楚這只是權宜之計，除非他放棄（他完全沒有這麼做的跡象），否則他遲早會破門而出。查理腦中肯定有東西斷線了，他滿懷敵意，思維上甚至有些失去理性。狂怒情緒可能會自行消散，但也可能不會，除非他對我們其中一人或所有人造成嚴重傷害，否則他不會滿意。

我提議迷昏他，但奈特否決了這個想法，我們要如何將泡過化學藥劑的手帕貼到查理臉上？船長提出了最直接的解決方案。「我們得殺了他。」他說。「這是唯一的方法，在他殺掉我們前，先殺了他們。無論在裡頭大鬧的怪物是誰，都不是查理，也不是我的二世。你們這些狡猾傢伙做了隻怪物，他得死，如果你們倆都沒膽下手，我猜就該由我動手了。」

船長不顧我們的抗議，便去奈特的艙房拿溫徹斯特步槍。我們清楚，自己只有不到一分鐘的時間能挽救局勢。我不想讓查理被殺，他的死代表了實驗徹底失敗。但是，除非能用某種非致命手段安撫他，不然有什麼選擇呢？

奈特立刻抓住其中一塊擋住房門的木板，往後傾身，開始扯下木板。「快！幫幫我！」他催促道。「如果我們不管查理的話，他就必死無疑。船長只需要在門外對他開槍，一切就結束了。不過，如果我們放他出來的話，他就還有生存機會。」

「你要把他**放出來**？」我驚駭地說，但接著我看出了個中道理。遭釋放的查理或許能夠逃走，他或許會拋下美人號，跑進荒野之中，我們可以等他冷靜下來再把他帶走，前提是他確實鎮靜下來。只要查理還活著，人類之間的顱內意識移轉就依然有可行性。只要他活著，實驗就還沒結束，我的大好未來也尚未化為泡影。

後來想想，我看得出這一連串思緒有多缺乏邏輯，很少有如此適合「抓緊救命稻草」這句俗話的情境。不過，在危機發生的當下，我焦急慌亂的大腦只想阻止希望之火熄滅，無論要花上什麼代價，就算是冒上我們送命的風險也好，成功對我而言，比生命還重要。在米斯卡托尼克河上來回航行的某個時刻，我似乎失去了所有客觀思考能力，或許，也失去了一部分的理智。

我和奈特一起拔掉木板。房門持續因查理的攻擊而顫動，它撐不了多久了。

船長再度出現，並拿出奈特的溫徹斯特步槍。此時我們已經扯下最後一塊木板，他看到我們的行為，立刻就明白了背後的動機。他咒罵我們，並在門前擺好射擊姿勢，將槍托靠在肩膀彎曲處，壓下槍機，瞄準另一側查理身軀的位置。

「別想阻止我。」他對我們吼道。「如果你們插手，下一顆子彈就會打在那個人身上。一切即將在此終結——」

他沒能說完那句話。房門往外爆開，從門框上完全脫落，落到甲板上。受驚的船長失去平衡，並射出一發子彈，但瞄準得亂七八糟。下一刻，查理就衝了出來，他的臉因毫無心智的怒火而扭曲，雙唇沾滿了唾沫。他直接撲向船長，對方則慌張地按壓溫徹斯特步槍的槍機，但已經來不及了。查理抓住步槍，用駭人的寫意將步槍從對方手中奪走，並用步槍毆擊他。衝擊力讓船長倒在甲板上，查理便開始無情地用連發步槍毆打他。步槍不斷落下，頻率宛如鐘擺動作，每次擊打發出的聲響，都比上一次更為柔軟潮濕，因為布倫曼船長的頭顱已在攻擊下解體。他在某個時間點不再發出絕望的叫聲，接著只剩下槍托打中他的頭時發出的碰撞聲，而那顆頭已化為醜陋肉漿。查理繼續擊打，直到步槍接觸到木質甲板，溫徹斯特步槍開始在他手中解體，槍托與槍管徹底分離，槍機結構也四分五裂，此時他才停手。

奈特和我呆若木雞地目睹這場屠殺光景，等到查理拋下溫徹斯特步槍，我們才遲緩地後退。那雙曾充滿生命力與同情心的黑人雙眼，現在只充斥著惡毒殺意，眼神中沒有任何查理的跡象。如果從那雙狂野又滿布血絲的眼球中瞪視外界的是二世，那也是全然缺乏理性與道德觀的眼神。

第三十三章　災厄徵兆

A Foretaste of Damnation

我們逃向船尾，發狂的查理笨拙地追在後頭。船尾並非死路，因為那裡還有跳板，儘管晚上會把跳板收起來，但如果我們有時間和餘裕的話，就可以將它滑出欄杆外，擺好位置。在這個情況下，我們的選擇只剩下跳到岸上，冒著摔斷一隻腳踝的風險跳入米斯卡托尼克河，游到安全處，或是拚死一搏。

我贊成游泳，我們不曉得查理會不會追到水中，或許在瘋狂狀態下，他已經失去了游泳能力。他可能不敢跳水，不然可能會直接沉到水底淹死。

奈特勇敢又或許過於急促地選擇面對查理。他抓起一只小木桶，用力將它拋向走來的巨漢，木桶從查理胸骨上彈開，讓他失去平衡。他跌倒時，我瞥見了一道生機。老實說，我敢說當時自己的行為，是我做過最大膽的舉止，至今我依然不曉得自己著了什麼魔。情急之下，我與生俱來的怯懦性格消失了，我推測，這是自身利益與利他主義結合後的心態。身陷危機的不只是我，連奈特也是，在捍衛他人時，人們經常都會抱持更多勇氣。

總而言之，我衝向查理，像個教學比賽中的美式足球線衛般低著頭。我撞上他的側腹，他失去僅剩的平衡，跌到船外。由於運氣使然，這發生在連結河岸的那一側，因此他掉落到地面上，而非河裡。他用力摔下，卻也立刻起身。他往欄杆跳去，顯然想把自己拉回船上，但儘管他人高馬大，船身的邊緣卻太高了。他不斷嘗試，同時氣憤地大叫，但一切都無濟於事。

我為我們取得了一點額外的時間，而奈特沒有浪費這個機會。他解開了停泊繩索，讓印斯茅斯美人號漂開。受到米斯卡托尼克河緩慢但持續不斷的水流推擠，蒸汽船開始遠離河岸。查理發出一聲憤怒的尖叫，沿著河岸追逐我們。他要追上船隻並不難，即使被岩石或懸在河上的樹木所阻撓，也不會耽擱太久。他跌撞涉水又繞路，一開始落在後頭，但等他抵達毫無障礙物的漫長河岸線時，就迅速追了上來。

光靠漂浮，我們的速度似乎無法比他快，我怕查理會無止盡地騷擾我們，不知疲勞為何的追逐我們。而目前我們無法控制蒸汽船，萬一某種古怪的水流將我們沖上河岸，或讓我們在低窪處擱淺呢？

我說，我們必須啟動美人號並駕駛她，這是我們唯一的希望。奈特說他在操舵室中看過船長怎麼做，裡頭有舵輪和能調節蒸汽船速度的板手，另一根板手則能將明輪切換成前進或逆行。熟悉這些控制方式應該不算什麼挑戰，而剛升起的月亮儘管是下弦月，卻依然灑下足以讓我們導航的光線。

於是我們到甲板下的機艙啟動鍋爐，我終於知道鏟煤工的生活有多麼辛苦了，而且確實辛勞無比。脫掉外衣的我很快就變得骯髒，皮膚上黏了一層由煤塵和汗水混合而成的汙垢。我的雙臂痠痛、背部疼痛無比，肺臟發出喘息。無論如何，鍋爐繼續運作，美人號憑靠自己的蒸氣前進，奈特則擔任控制船身的船長。

我以為我們辦到了，由於船隻的速度增快，水流也幫助了我們，應該很快就會快到能拋下查理。

我真是愚蠢又天真，竟以為我們能如此輕易地逃離復仇女神。

* * *

我認為當問題發生時，只過了一小時左右，平穩地航行了一小時後，備受壓力的引擎就開始嘶嘶作響。我想知道我們是否做錯了什麼，也許我們在急於逃跑下，不經意地虐待了引擎，我不曉得，我只知道，印斯茅斯美人號正發出埋怨。她從船艄到船尾每吋結構都發出嘎吱聲，還不斷顫抖，無論出了什麼差錯，狀況都非常緊急，也正在惡化。她似乎已盡量承受一切壓力了，幾個星期以來的累積，使她瀕臨耐力的極限，我們還強迫她超越那條界線。

我從梯子爬上甲板，和奈特討論。我告訴他，我們得停下來，他聽不出這艘船正在哀鳴嗎？他**感覺**不出來嗎？

他當然感覺到了，但他懷抱著一種肅穆堅定的目的，使他不願面對現實。查理依然在追趕我們，即使在美人號不祥的轟隆聲中，我們也能聽到他從後方幾百英呎外傳來的尖鳴與嚎叫。我們還沒達成理想中的領先進度，奈特命令我回底下繼續鏟煤，我照他的話做，但依然抱持著猶豫。機房非常可怕，已成了充滿高溫與噪音的煉獄，發出鏗鏘巨響和嘶嘶聲，煙霧瀰漫其中，鍋爐中的紅光照亮一切：可以將這幅景象形容為災厄的徵兆。我這個受苦的可憐人，則再度回到崗位上。每次我從煤斗中，將滿滿一鏟子的燃料拋進鍋爐的大嘴時，都在心中咒罵奈特的名字。我責怪他造成我們的困境，但知道自己也得負責，問題在於，他和我之間究竟是誰更狂妄。我認為他是我們之中更有罪的人，但也只有些微之差。

我完全不記得爆炸，甚至無法肯定它確實發生過，但證據無庸置疑。我只需要看我的左手，或應該說我左手原本該在的位置。我只需要看鏡子一眼，目睹我扭曲毀容的半邊臉，也只能從綳緊又起皺的眼窩中，看到我的左眼。我身上的疤痕確切證明了猛烈爆炸，我則是距離最近的受害者，但當我試圖回憶當下時，腦筋卻一片空白。我不記得一股如雷巨響，或突如其來的強烈震盪，或是我整個人被拋過機房，直接撞上艙壁。我知道這一切都發生過，但我腦中只有一股堅不可破的失憶現象，永遠為那個事件蒙上一層屏幕。我想，我應該覺得感激。

我記得這件事：前一刻，我正辛勤地鏟著煤，下一刻，奈特便拖著我離開起火的船，從跳板一路跑到河岸上。我暈頭轉向，意識混亂。我不知怎地清楚自己正承受著莫大痛苦，但我並沒有感覺到這點。我完全脫離了現實，狀況似乎超出我心智能夠承受的範疇。

我躺在河岸上，用一隻眼睛望著奈特跌撞地爬回美人號上，快步趕回他的艙房（由於某種原因，另一隻眼睛拒絕睜開）。我記得曾自問，半艘船已經陷入火海，船身還往右舷傾斜了，他為何要回到船上？就算只是考慮登上這種明顯即將遭殃的船，都是瘋狂之舉。但奈特正在進行某種緊急任務，等他從艙房中出來，腋下夾著一本黑色大書時，我才恍然大悟。看來《死靈之書》實在太過珍貴，不能拋下它。

我肯定曾短暫失去意識，因為我記憶中的下一件事，便是看到兩頭都起火的美人號整體傾斜的模樣。河水已熄滅了一半的烈火，蒸氣則形成一大朵雲霧，但停留在水面上的船身繼續劇烈燃燒。起火木板的隆隆吼聲與劈啪聲震耳欲聾，黑暗中的火光也亮得炫目。

我又昏厥過去一陣子，接著我察覺奈特在搖晃我，他的嗓音非常慌張。「撒迦，撒迦！你得醒醒。你得起來了，他來了，他來了，他很近。」

我不需要問「他」是誰，是查理，他追上來了。從樹林間傳來的獵犬般吠叫聲聽起來，他只在幾百碼外的距離。

我試圖站起身，但失敗了，就算有奈特協助，也徒勞無功。原本察覺不到的痛苦，開始滲入我體內，就像逐漸變亮的油燈。我望向自己的左手，看到一片血肉模糊。當時我放聲尖叫，我的尖叫聲中包含了痛苦、失落、憤怒與恐懼。我不斷尖叫，直到胸口陣痛，喉嚨也感到乾裂。

當尖叫減弱為啜泣時，我才有辦法控制自己，此時我抬頭一看，發現奈特已經不見了。他一句話都沒說，也沒有試著繼續幫我，便拋下了我。

接著查理衝出灌木叢。起火的美人號照亮他的側身，使他成為陰影與搖曳橘光交織下的形體，就像是黑暗中的惡魔。我很確定自己的死期到了，我無法起身、無法奔跑，無法用任何方式保護自己。查理緩緩走向我，臉上咧開可怕的笑容。我終於察覺他體內的意識，那是布倫曼二世，我很確定。那股愉快的眼神中有二世的影子，不過是更為扭曲又備受凌虐的版本。顱內認知移轉摧毀了他的理智，抹去了他的理性，只剩下一丁點殘餘意識：剩下的是他最糟糕的部分，包括所有的恨意、暴虐、偏見等惡劣性格。

這全是我的錯，是我和奈特的過失。我接受這點，而在我無助又痛苦纏身的狀況下，當我看著二世（那肯定是二世）緩緩走近時，我幾乎坦蕩地迎接即將面臨的下場。讓他赤手空拳殺了我，我活該。

二世搖晃了一下。他往下看了看自己的胸膛，有根箭矢從上頭冒了出來。第二根出現在旁邊，插入他的胸腔，裝有箭羽的末端顫動著。接著是第三根，第四根……

二世又往前踏了幾步，接著絆了一跤。四根箭矢深深插進查理強大的身體後，便讓這具軀體逐漸失去效能。第五根箭從眼窩插進二世的頭骨，他的頭往後一折，搖搖晃晃，倒了下去。他倒在僅離我幾英吋的位置，像塊遭到伐木工的斧頭砍下最後一記後，重重摔落地面的紅木，身上插滿箭矢，徹底死亡。

我再度昏厥。

第三十四章　怪物的動機

What Motivates a Monster

剩下的事沒什麼好說的。我指的是，接下來的事件能夠總結為：我得救了。

我的救星是萬派諾雅格印地安人，也就是我們兩週前碰過，並與之談判的波卡賽特人勇士。我欠他們一條命，特別是他們別名疾速棕熊的酋長阿莫斯．羅素。我說得非常明確，首先，羅素先用以野櫻莓樹皮製成的藥膏塗抹我的傷口，再進行包紮，那種藥膏會幫助治療，並避免感染。（這種古老的當地療法，和任何現代醫藥同樣有效，效力可能還更強。）接著他命令同伴用樺木樹枝和毛毯搭建了一座雪橇，將我用皮索繫在傾斜擔架上，一路將我拖到弗雷德理克斯堡，那段步行路程花了四天半。奈特和我們同行，但他從未處理雪橇與乘客的重擔，只有印地安人接下了這份差事。奈特只帶著《死靈之書》，用大衣裹著它，像抱嬰兒般將書扣在胸口。

讓我再度重申：萬派諾雅格印地安人救了我們，也救了奈特。因受到美人號沈船時的騷動吸引，他們及時抵達，並看到我遭到查理體內的二世威脅。他們致命的插手行為不只救了我的命，也救了奈特，等我們的敵人解決我之後，一定會追上奈特，讓他遭受同樣的下場。印地安人的勇氣與精準的箭矢，使我們得以倖存。

奈特先前清楚這點，現在也是。我知道當他拋下我獨自面對二世並逃跑時，沒走多遠就發現了印地安人。他目睹他們殺死二世和照顧我，也明白這些人是讓他得救最佳的希望，於是他走出藏身處，向他們求饒。儘管當時我沒有意識，我也能想像出他在接近他們時，帶著夾雜傲慢與怯懦的態度，也只有他有辦法這麼做。

當然了，現在他讓所有人都相信，萬派諾雅格人得為米斯卡托尼克河探險的災難性結果負責。在並未遭到挑釁的狀況下，印地安人忽然對我們發動攻擊，只有奈特和我倖存。他們殺死了美人號的三名船員，並放火燒了蒸汽船，奈特和我設法逃跑。這是我曾一同宣傳的誹謗言論，我現在感到相當後悔，也得特此收回先前說過的話。我要撥亂反正，這段說法的內容才是純粹且毫無偏見的真相。奈特・衛特利撒了謊，我也撒了謊，但我們之中，只有一人對說謊一事感到愧疚。

* * *

將我們送到弗雷德理克斯堡大門後，印地安人隨即離開，但阿莫斯・羅素離開前對我們說：「我不曉得你們在上游做了什麼，我不想知道。不過，由攻擊你們的人形惡魔看來，你們忽視了我的建議，踏進不屬於你們的領域。你們付出了慘痛代價，我也相信你們學到教訓了。真希望白人能被關在保留區，就和我們印地安人一樣，這樣他們就能待在安全地帶，也不會對自己和他人造成傷害。」

留下那段尖酸責罵，並肅穆地揮了揮手後，酋長和他的同伴們就此離開。直到他們走到聽不見的距離外，奈特才嘀咕說起一些關於野蠻人不懂規矩的難聽話。

弗雷德理克斯堡中一位毛皮獵人，擁有能擔任業餘醫生的一點醫術。檢查我時，他判斷必須切除我剩餘的手臂，以免壞疽滲入體內。他也擔心我的左眼，但認為還有救。等到眼睛周遭的燒傷組織康復，我應該就能重新開眼，不過只能稍微睜開。

他繼續給我威士忌，直到我醉到幾乎無法移動。我微微察覺這名外型粗獷幹練、臉頰紅潤的人把我綁在桌上，並在我左臂手肘上方綁了止血帶。接著傳來刺耳的切割聲，我花了點時間才明白，那是一把鋸齒大刀切過我手腕骨頭、肌腱與肌肉的聲音。粗糙的手術過程帶來的痛楚十分嚴重，不過，更糟的則是隨之而來的拉扯感，我手臂遭受的對待，彷彿像是屠夫砧板上的肉。

我至少能說，他做得不錯，在這種情況下，這位毛皮獵人兼外科醫師（如果我曾聽過他的名字的話，現在也不記得了）表現得很出色。他留下一小塊皮，並用它包覆斷肢，再用棉線將之縫起，而幾個月後的現在，當我看著完成品時，感到它更為緊實，也不那麼難看，在別種情況下可能會更糟。我們位於波士頓的家庭醫師查普蘭醫生（Champlain），說這是他見過最佳的「居家截肢」案例。

奈特找了下一艘前來前哨城鎮的補給船送我們回去，我們在這艘樸實的船隻上共享一間擁擠又貧瘠的艙房。在前往阿卡漢的路上，我不只一次質問過他，為何在我有需要時拋下我，當時我無助痛苦地倒在地上，且二世充滿威脅地站在我面前。奈特說了些理由，解釋自己跑去找武器，或許想找根能用來趕走二世的樹枝，我想相信他，卻辦不到。我非常清楚，他只想救自己的小命。

然而在旅途中，奈特說服了我，來佐證與我們經歷的冒險結果截然不同的說法，在這個版本，我們倆都沒有犯錯，而災難的始作俑者則是印地安人。他說，我該想想揭露所有意外會帶來的丟臉後果，那無異於職業自殺。當外界得知我們放出的東西後，有誰會贊助我們未來的計畫？我們的名字將遺臭萬年，我們會成為笑柄，或許還會被判刑。最好堅稱那項儘管錯誤，卻至少有些事實基礎的故事，以免除我們的責任。畢竟，我們確實見過萬派諾雅格印地安人、確實與他們產生某種歧見，也確實目睹他們殺了我們其中一名同伴。這些事無庸置疑，所以何不誇大一點呢？除了印地安人，沒有任何生還者能駁斥我們的說法，就算有人找到印地安人，要他們提供證詞，也不會有人相信他們。我們的說法對上他們的說詞？比都不用比。

我所有的直覺都與這件事背道而馳。我現在看清奈特了：貪腐且天性狡猾，對他周圍的人，都帶有魯莽草率的破壞性。我差點因為他的行為而死，查理、二世與船長則**確實**因為他的行為而死。我知道自己該去找當局，把真相告訴他們，無論自己會碰上哪種後果。

但這個該死的人，他的話有些合理，且當他再三吹捧自己的主張，聽起來就越有道理。最後，我壓抑內心疑慮，同意了他的提議。以某種方式而言，我是他的共犯，也是他的犯罪同夥，而我最不想要的，就是成為賤民。我和奈特的靈魂永遠都會有汙點，但如果只有我們倆清楚這件事，不是比較好嗎？

一等我們回到阿卡漢，我就到醫院待了一段時間，也在院內接受警探訪談。訪談結束後，對方看了看筆記，似乎感到滿意。事實上，他說這項訪談只是必要流程，我對事件的說法，在所有層面都與衛特利先生告訴他的一致，因此在他看來，這件事已經結案了。警探祝我早日康復後，就離開了。

我痊癒到能出院時，第一個去找的人就是奈特，他沒有來醫院看我，而我對此感到有些受辱。不過，我在他的住處發現他正在打包行囊，我抵達時，他剛將最後一批畸形生物收藏裝到一輛有蓬貨車上。看到我似乎使他感到訝異，我也覺得他的態度鬼鬼祟祟。

我在他幾近空蕩的房間中，問他要去哪，他則閃爍其詞。他只說要「和親戚一起住」，並追加了幾句閃爍的言詞，說「此後要搬去歐洲，最可能是去英格蘭。」

「奈特，」我說，「你居然想不告而別，讓我感到很難過。同樣使我難過的是，當我衰弱地待在醫院時，你從沒來探過病。就連雷克都來見過我，他和我甚至還鬧翻了。」

「我很忙。」奈特說。「我心裡當然總掛念著你，撒迦，但我對我們的河流小冒險和不幸的結果想了很久，也覺得對我最好的辦法，就是讓自己和阿卡漢之間保持距離。唉，這代表我和你也得保持距離，我對此感到遺憾。」他聽起來並不遺憾。「就連看到你，」他說，「都使我感到痛苦。這提醒了我們得更小心，我們不該莽撞行事，顱內認知移轉並不安全，這對現在的我來說更是顯而易見。由於我們的放縱，使得你受到比我更嚴重的苦難，也得終生背負傷痕，但別忘了，我也受了苦。光是財務上——」

我破口大罵。「財務上？我少了一隻手，奈特！我終生毀容了！我這張臉過去並不醜陋，現在則會引來他人的作嘔畏縮，和充滿憐憫的愁眉苦臉，甚至從你臉上，我都能看見這種表情。我是個令人反胃又同情的東西，也會永遠這樣。你清楚那種感覺嗎？你有一絲一毫的理解嗎？我不覺得，現在你居然把我當成壞掉的玩具丟到一旁，如果我沒有剛好過來，你就會在我不知情的狀況下離開阿卡漢。我以為你是我的朋友，我究竟犯了什麼大錯？」

他想安撫我，但我完全不領情。「而且，」我罵得滔滔不絕，「當我在醫院病床上時，有很多時間可以思考。有很多時間能思考探險中的事件，特別是修格斯甦醒攻擊那晚，那就是最重要的一刻，是一切走下坡的時刻。」

我在心中一再重演那場事件。我特別專注在二世開始尖叫後，自己聽到的腳步聲。當時我以為，那是某個前去幫忙二世的人傳來的腳步聲，因此我才鼓起勇氣離開艙房。但當然了，當奈特和我抵達船尾時，那裡除了遭到修格斯攻擊的二世以外，沒有任何人。當時我沒注意到這件事不尋常之處，而在當晚的混亂恐懼，和接下來數天的分心狀況下，對此我沒有多想。

但當我在醫院有時間思索時，就明白那股腳步聲必定屬於奈特，也只可能來自他。腳步聲傳過我的艙房，但並沒有飄向二世，而是往相反方向的奈特艙房傳去。當我走上甲板，看到門口前的奈特時，他並不是要離開，而是要**回去**。換句話說，他先前曾待在某處。

「修格斯怎麼會醒來，奈特？」我問。「它怎麼會掙脫束縛，還爬上船？它是怎麼找到二世的？」

「誰知道怪物的動機呢？」奈特輕快地說。

「修格斯是自行甦醒——還是有人喚醒它的？或許有人唸了咒文，唸出特定書籍中的文字，刻意將它從睡夢中叫醒？同樣的人接著是否喚醒二世，用某種理由把他引到外頭，之後則把他留給修格斯處置？」

「這些話是愚蠢的指控。你知道自己在說什麼嗎，撒迦？聽聽你口中的話，一派胡言！」

這些抗議言論中的怒氣，以及奈特急於袒護自己清白的急躁，只讓我更相信他感到良心不安。

「你安排了這一切。」我說。「你設計了整件事，這樣我們才會有人類實驗品能用。我真是個盲目的蠢蛋，沒有早點發現這件事。這根本就不是『絕佳機會』。你自行創造了機會，儘管我抗議，你也照樣進行了手術，是你對我做出這種事！」我向他揮舞截肢的手臂。「你毀了我！」

奈特問，他怎麼可能同時讓修格斯對布倫曼二世造成致命傷，還使查理陷入無可救藥的瘋狂狀態，那需要異於常人的預知能力和好運。

「那是魔鬼帶來的好運。」我駁斥道。「或許拉盧洛伊格幫了你。」

我知道自己說中了，因為奈特拉下臉色，隨即變回先前平和的愉悅神情。

「對，你寶貴的拉盧洛伊格。」我說。「惡魔、主人、密友，管它是什麼，那就是你透過《死靈之書》作為媒介進行交談的對象。它可能不存在，可能只是你腦中的噪音，但有鑑於當我們在那條該死河流上航行時，我所看到的一切，我開始認為拉盧洛伊格確實存在。你心裡有某種東西，某種不正常也不正確的東西，那是黑暗的東西。紅蛭攻擊二世時，我瞥見了那東西，而那晚你在艙房門口嚇到我時，又再度看到那東西，霎那間，你彷彿要打我。我相信你受到不屬於這個世界的妖魔控制，它附在你身上，它引導了你。當然，我相信這一切聽起來荒腔走板，不過……」

「荒腔走板？」奈特說，眼神流露出嘲諷般的光芒。「哎呀，你明白那點真好，撒迦，因為你當然可以和任何人分享這項發現。把我和拉盧洛伊格的事告訴人們，看看你會有什麼下場。你想，得花多久時間，他們就會宣稱你瘋了？人們有多快會聽說撒迦利亞・康洛伊在河上不只失去一隻手，還失去了他的神智？指控奈撒尼爾・衛特利和某種異域神靈合作，對你完全沒有好處。即使在怪事連連的阿卡漢，你也等同於作出了越軌行為，更別提整個麻薩諸塞州會如何看待你了。你的最後一絲名聲將完全遭到褫奪，永遠不會復原。」他靠得更近，五官中的每一絲和藹都已蕩然無存。「想摧毀我的話，撒迦，你只會毀了自己。」

「我從沒……我從沒說要告訴任何人。」我結結巴巴地說。

「你也不會講。無論是你自己對我猜測的一切、或自認猜測出的事，你都會守口如瓶。如果你清楚，怎麼做對自己才好的話，你也會對米斯卡托尼克河上發生的事繼續保密。你在這裡沒有勢力，撒迦，我才有勢力。你微不足道，只是隻跳蚤。當世界改變時——注意聽好，它即將改變，變化也會比你想像得更為劇烈。像我這樣的人會擁有一切，而你這種人則會在我們勝利後，跟在我們屁股後頭。

那就是未來，你最好記住這點。」

* * *

這就是奈特對我說出的最後幾句話。我依然不瞭解這些分道揚鑣前的話有什麼意義，我甚至不曉得，是誰在最後說出那些傲慢的告別詞句。是奈特嗎？還是他的陰影自我（shadow self）拉盧洛伊格，宛如使用木偶發言的腹語師般，透過奈特說話？他描述的「未來」是什麼？從他的說法聽來，感覺十分不祥，聽起來像是對全人類的威脅。

黑暗時期隨之降臨。我無精打采地回到波士頓父母家，他們迎接我，但不像是榮歸故里，反而像是把我當成遠親。我父母都無法忍受看著我，也暗示我，他們認為發生在我身上的事理所當然，這代表我人格中的某種缺陷以實體方式浮現，而押沙龍命不該絕，因為那違背了他的美德與願景。我的靈魂感到壓迫，寂寞與自責在我心中相互糾纏，並受到最深沉的背叛之情所籠罩。我酗酒，變得陰沉又孤立。我哪裡都沒去，誰也沒見，什麼也沒做。接著發生了那椿和窗簾繩索和掛衣鉤有關的蠢事，結果沒發生意外，但這確實促使我父母做出決定，將我送進了韋斯特伯勒州立醫院（Westborough State Hospital），這座療養院離鎮上有三十英哩。他們說這是為了我好，但我猜也是為了讓他們得到心靈平靜，這麼一來，他們才能趕跑我這病態的存在。好幾個月來，我接受了可信賴的精神治療，最後終於能夠出院。此時我已經構思出了一項計畫，我的思緒再度變得清晰，生命中也有了目標。我知道自己得做什麼。

我會找到奈特。無論他去哪，我都會找到他，也會為自己討回公道。他擁有，而我卻缺少的東西，將會屬於我。我會重整平衡。

我會成功，我一定會成功，即使這將是我的末路。我在此發誓。

撒迦利亞·康洛伊
一八九三年十一月
麻薩諸塞州波士頓

第三十五章　諸神的可怕傲氣

The Terrible Arrogance of Gods

夏洛克．福爾摩斯闔上用牛皮裝訂的日誌，態度深思熟慮。

「好啦，老朋友。」他說。「你怎麼想？」

「讀起來很吃力，」我說。「也很駭人。儘管康洛伊的用詞過度修飾又笨拙，有些段落中描繪的鮮明恐怖場景，卻讓我感到毛骨悚然。」

「我不是要你當文學評論家。你心裡的作家可以休息一下嗎？我要問的是，你對故事中的內容有什麼想法，不是風格。」

「我相信它，每字每句都信。如何？滿意了嗎？」

「即使是和全知網有關的內容？當我們讀到故事中那段時，我聽到你迅速倒抽一股冷氣，彷彿康洛伊的主張與你的醫學專業不符。」

「比起訝異，更像是饒富興味。」我說。「我不曉得有任何腦部腺體符合他描述的器官。比方說，我不記得在《格雷式解剖學》（*Gray's Anatomy*）中看過它的圖畫。不過，這並不代表全知網不存在。大腦或許是身體中我們最不了解的器官，它充滿了謎團。從勒內．笛卡兒（René Descartes）到顱相學家弗朗茲．約瑟夫．加爾（Franz Joseph Gall）都推測過，靈魂居住在我們的灰質中某處，康洛伊可能辨認出了那個位置。」

「嗯，對我而言，我也相信這本日誌，每字每句都信。難怪當衛特利對邁克羅夫特和達貢俱樂部演說時，急於掩飾他往米斯卡托尼克河上游航行時發生的事件。他隱藏的，是極度可怕又悲傷的事實。」

「而且，他樂於將無辜的印地安人當作代罪羔羊這點，也十分可恥。」我說。「因為，要不是那些萬派諾雅格勇士，他不可能活著講述這段故事。就算我們當前的處境不夠佐證這點，這本日誌也顯示我們對付的奈撒尼爾．衛特利，是個無情又歹毒的惡棍。」

「是嗎？」我的同伴說。他站了起來，在穀倉中繞了一圈，伸展他的手臂與雙腿。我們坐在穀倉冰冷的地面，花了兩小時讀日誌，我的四肢也很僵硬，於是我和他一起漫步，不過我刻意遠離了籠子與在裡頭睡覺的食屍鬼。

「不是嗎？」我說。

「我想說的是：我們對付的是奈撒尼爾．衛特利嗎，華生？那才是問題。還是別人呢？」

「你是說拉盧洛伊格嗎？隱匿心靈？有個外神像搭馬車的乘客一樣，用衛特利的身體四處遊蕩？」

「如果康洛伊的說法可信的話，」福爾摩斯說，「比較像是駕駛。但不對，我指的不是拉盧洛伊格。如果可以的話，拜託別思考，證據全在裡頭。」他指向日誌。「你能用於做出正確推論的所有線索，都埋藏在這些書頁中，以及我們今晚與先前所做出的觀察裡。」

我絞盡腦汁，但當我們暴露在惡魔之足根的煙霧後，我的腦筋依然一片混沌。我像個堆疊木製積木的小孩，緩慢又煞費苦心地想出了一個假說。

「他辦到了。」我最後說道。「當然了！」

福爾摩斯露出一抹淺笑。「感覺就像看到遠方的窗戶亮起一盞燈。誰做了什麼，華生？」

「康洛伊。顱內認知移轉，他成功辦到了，他對自己和衛特利施行了手術。老天呀！他不知怎地成功了。逮住我們的人不是衛特利，是**康洛伊**。而那具遺骸……」我指向食屍鬼的籠子和裡頭噁心的碎屑。「屬於康洛伊，卻也不屬於他。他離開了那具皮囊，並繼續行走於凡間，用奈撒尼爾．衛特利的肉身活得好好的。但他是怎麼辦到的？他怎麼能溶解自己的全知網，然後將之注射到衛特利身上？手術過程會讓捐贈者陷入植物人狀態。他肯定找了貧困的醫學院學生來幫他，或是名醫生，是某個執照遭到吊銷、且急需用錢的庸醫。」

「當然有可能。」福爾摩斯從地上撿起一根生鏽長釘，並若有所思地把玩它。

「而且，那項技術未臻完美，至少從日誌結束的段落來看是如此。康洛伊日後肯定大幅加強了手術，但那不就代表，會有更多人類實驗品嗎？他在哪找到可用於實驗的人？而且，他下手後不會留下一堆腦死的植物人嗎？他要如何在不引來非必要注意的狀況下這樣做？」

「這些都是好問題，華生，也受到一種無庸置疑的邏輯所宰制，其中明顯有別的因素。無庸置疑的是，康洛伊顯然將自己植入了衛特利的身軀，彷彿穿上了一套甲冑，因此衛特利才會做出各種特異行為。他不清楚自己對達貢俱樂部進行過的演說，也需要他人提醒，才知道自己在匹黎可有租屋處。更有直接相關性的是，我們一再看到他觸碰左側臉龐，彷彿他難以相信那裡完好無缺，同時他左手隱約出現的癱瘓狀況，則顯示他在缺少左手的兩年內，可能忘了要怎麼使用它。他已經習慣缺手，卻又得適應重新擁有左手。」

「顱內認知移轉也能解釋你在貝特萊姆病患後腦勺上發現的注射痕跡，以及他的精神失常狀況。一切都解釋得通了。」

「不太對。如你剛剛所說，移除全知網的內容物後，對方就會失去理智。但貝特萊姆病患曾和我們交談，儘管內容相當基本，而且他也能用木炭寫字，依然有一絲意志殘留下來。」

「或許那就是在人類和動物身上分別進行手術的差別。」我說。「對人類而言，自我無法遭到徹底抹滅。如果布倫曼二世在手術後沒有死去的話，他留下的身體，可能還會表現出我們在貝特萊姆病患身上觀察到的基礎腦部活動，裡頭或許還有些二世的殘餘意識。我們至少可以有些肯定地說，自從康洛伊寫下他的回憶錄後，花了不少時間讓手術漸趨完美。」

「是嗎？」福爾摩斯神祕兮兮地說，一面瞇眼檢視生鏽釘子的尖端。

「我敢打賭，這是可能性很高的推論。」

「我沒這麼篤定。另一方面而言，我卻覺得康洛伊很可能就是把包裹寄給衛特利的人，也促使衛特利立刻離開匹黎可的住處。我也敢說，那只包裹的內容物，就是我們剛讀過的日誌。」

「包裹大小確實與書本相符。」

「衛特利讀過日誌後，怎麼可能不受到刺激？康洛伊的故事揭穿了他們在米斯卡托尼克河上做的一切。」

「你是說康洛伊打算用日誌恐嚇他嗎？」我說。「但那沒有用。衛特利在日誌中說過，只要揭穿真相，康洛伊就會損害他們倆的名聲，任何有腦筋的人都不會相信康洛伊的說法。怪物、心智移轉和謀殺——這聽起來像是糟糕的廉價恐怖小說。由於這說法來自曾待過療養院的對象，衛特利能夠輕易否定這件事。」

「日誌的結語構成了直接的個人攻擊。康洛伊寫道，自己打算找到衛特利，並討回公道，衛特利無法忽視這種警告，因此我說他受到刺激。他過往的密友與可憐的跟班忽然回到他的生活中，而他已經有兩年沒見到對方了。康洛伊跨過海洋，就為了和他重逢。他想要吸引衛特利的注意，日記則是達到這個目標的好工具。日誌可能還附上了一封信，內容把康洛伊的住處告訴了衛特利，衛特利唯一的解決方式，便是去面對他的敵人。但當兩人碰面時，事情並沒有照他的計畫進行。那是個陷阱，康洛伊壓制住他，將他迷昏，再進行手術。」

「如果他想報仇，何不直接殺了衛特利？」

「佔據衛特利的肉體，不是更甜美的復仇嗎？佔有他的人生呢？我可以從康洛伊對衛特利的描述中，察覺到明顯的渴望：他的樣貌、儀態與成就。至少在他們關係的起頭，康洛伊同時敬愛也羨慕這個人。對康洛伊而言，成為摧毀他的人，或許能為他帶來病態的刺激。別忘了，經歷米斯卡托尼克河的事件後，他有些精神失常。」

「即使他知道衛特利與拉盧洛伊格合作？他已經察覺隱匿心靈在衛特利體內那不祥的存在了。那不會遏止他嗎？」

「康洛伊肯定評估過優缺點，才認定此舉利大於弊。就算有外神牽扯其中，他或許認為雙手和英俊無暇的臉龐，更別提那份不勞而獲的體面收入，能夠補償自己的損失。」

「或許他認為拉盧洛伊格和衛特利彼此結合了。」我猜測道。「當他逐出衛特利時，拉盧洛伊格也會一同遭到驅逐。」

福爾摩斯點頭同意。「或許吧。不容置疑的是，拉盧洛伊格一再出現於這整件事中。隱匿心靈征服卡瑟瑞亞這件事，與衛特利向康洛伊宣稱將『改變世界』的未來，兩者之間是否有某種關聯？一定有。當諸神在史前時代掀起戰爭時，地球就遭受過危難。在衝突中，整座大陸沉入了海底，這座行星的表面完全遭到重塑。幾乎在每個古文明中，都能找到『大洪水』神話，提供了對這件事的一絲記憶。古人知道，在朦朧遙遠的過去，曾發生過一場全球災難，甚至還有人將之歸咎於上天的怒氣。」

「以某些層面來看，確實如此。神明般的生物怒氣騰騰地進行內戰。」

「想像這種衝突在當今人口眾多的現代爆發，想像那種屠殺的規模。當諸神的怒火肆虐，用充滿毀滅性的武器互相攻擊時，上百萬人將會死亡，並遭到神明踐踏。光想到這點，就令人難以承受。人類可能會瀕臨絕種，甚至徹底滅絕。」

我發起抖來，同時籠中的食屍鬼發出古怪的抽噎聲。福爾摩斯和我立刻轉身看牠。我以為那個生物可能睡醒了，但食屍鬼剛好在骯髒的床上轉身，用一隻前掌摩擦牠沾滿血腥的鼻口部，並再度靜止不動。

因此我的同伴和我壓低了原本就夠小聲的音量，使其變成低語聲。

「衛特利和拉盧洛伊格結盟。」福爾摩斯說。「他透過《死靈之書》，允許外神進入他體內，那本書扮演了不同現實空間之間的橋樑。」

「為了什麼目的？」

「升華，物質上的成功，達成野心。想想衛特利在康洛伊的故事中的魅力有多迷人，他不只能影響別人，也能影響事件後果。無論奈撒尼爾．衛特利想要什麼，幾乎總是能拿到手，那就是日誌中的訊息。他貼上貧困、怯懦又不擅交際的康洛伊，把他當成表演用貴賓犬般培養他，在他身上看到大賺一筆的潛力。」

「等到發現人類之間無法施行顱內認知移轉時，計畫才失敗。」

「當時沒錯，誰知道衛特利操縱人心的優異技巧有多少是天生能力，又有多少是拉盧洛伊格造成的？透過將一小部分自身精華注入凡人，外神就能讓那個人得到衛特利展現出的能力。我推測，衛特利和所謂的隱匿心靈做了交易，拉盧洛伊格也盡責地遵守承諾。」

「但拉盧洛伊格想用什麼作為交換？」我說。「我不覺得這是單方面的交易，這種交易不常如此。拉盧洛伊格有什麼自己無法取得到的東西，是衛特利能給祂的？」

「或許是在地球上的使者？擔任我們的世界和其世界之間的活人媒介？祂能透過這雙眼睛和耳朵來觀察人類，但這樣的投資報酬率似乎不太足夠。」

「總之，既然康洛伊已成了衛特利，衛特利也不復存在，那衛特利和拉盧洛伊格之間的交易，就已化為烏有了。」

「有嗎？」福爾摩斯說。「我們倆都在這，你我都成了階下囚。如果拉盧洛伊格選擇撤銷祂與衛特利的安排，讓康洛伊自行做決定，那康洛伊就沒理由對我們下藥，還把我們鎖在穀倉裡頭了。」

「這個嘛，只為了保護他自己吧。用他的觀點想想，夏洛克．福爾摩斯找上門來，對他而言，你在調查他，你已經把他連結到貝特萊姆病患的綁架案，和看護麥克布萊德的死。透過囚禁我們，康洛伊就能控制住問題，並透過食屍鬼的幫助，來掩飾自己的蹤跡。有鑑於他對先前那具軀體所做的事，我認為他可能會用同種方式處置我們。」我搖搖頭，驚訝於自己居然能夠稀鬆平常地談論自己被餵給怪物的可能性。

「那他為何還沒這麼做？」

「食屍鬼吃飽了，他在等牠再度變餓。」

「說得好，但我認為還有更多因素。萬一拉盧洛伊格和康洛伊締結了祂和衛特利立過的同種交易呢？萬一康洛伊和他先前的朋友一樣，已屈服於隱匿心靈呢？康洛伊很容易受人擺布，不是嗎？他的日誌提供了大量證據，說明他儘管智力超群，意志力卻十分薄弱。如果他對拉盧洛伊格卑躬屈膝，態度如同他當年在阿卡漢面對衛特利的話，我也不會感到訝異。從某些角度看來，如果我們想得沒錯，拉盧洛伊格就是衛特利不尋常魅力的幕後黑手，康洛伊便早已受制於拉盧洛伊格了。現在的狀況，只是康洛伊直接受到拉盧洛伊格控制，而不是透過擔任媒介的衛特利，改變並不大。」

「而拉盧洛伊格已經說服他相信，你和我必須死。」

「隱匿心靈認為我們反對祂和同族，也發現我們不會允許祂們涉足這個世界。如果祂之前不曉得的話，也會從我企圖使用至尊酒控制夜魔這點察覺出來。祂相信，我們對祂來說是個威脅（我覺得沒錯），也得遭到殲滅。」

「那我們理應閱讀康洛伊的日誌，」我說，「才能自行釐清一切嗎？」

福爾摩斯點頭。「同理可證，肯定多虧了拉盧洛伊格，我們才經歷了幻夢境的征服幻象。」

「但這是為了什麼目的？」

「拉盧洛伊格深信我們完了，因此祂不在乎我們是否得知事件全貌。祂確實要我們理解來龍去脈，祂要我們理解自己有多失敗，這是諸神的可怕傲氣。就祂們而言，壓垮我們凡人還不夠，我們得先受到羞辱。」

「你說得彷彿已經放棄了一切希望，福爾摩斯。」

「有嗎？天啊，我不否認自己累了，華生。我對這股持續不斷的鬥爭感到疲勞，我發現自己渴望你筆下小說描述的生活，輕鬆地解決一連串案件，只面對恐嚇犯、殺人兇手、珠寶竊賊和古怪惡棍，對方設計了不幸的臉紅姑娘。我能如同跳芭蕾舞般解決每個問題，完全不危及自身理智與靈魂，沒人會責怪我想讓一切結束。但是！」他在空中晃了晃生鏽的鐵釘，像是用直率的食指強調重點的演說家。「如果當前狀況讓我明白任何事的話，就是我得繼續前進。拉盧洛伊格對人類的未來造成了威脅，也得有人阻止。為了成功，我們自然得先想辦法逃走。」

我無法壓抑笑意。「老天呀！我以為你不會提到這點。你想出了方法，對吧？是某種聰明的計畫嗎？」

「聰明？或許吧。不過，我不敢保證這項計畫有多睿智，因為它能解放我們，卻也能害死我們。」

稍作思考後，我聳聳肩。「既然另一條路只帶來死亡，」我說，「我願意嘗試稍有生機的活路。把細節告訴我。」

第三十六章　遭到背叛的叛徒

A Betrayer Betrayed

衛特利來找我們時，天還沒完全亮。福爾摩斯和我耐心地等待，我對我朋友規劃出的脫逃計畫依然感到一絲不安，但我試圖安慰自己說，儘管計畫危險，卻不可能比衛特利（或拉盧洛伊格）的企圖更糟。而且，我也想不出更好的計畫，之前也試過了。

有把鑰匙轉動了門鎖，福爾摩斯和我迅速在他先前指定的位置就定位。當穀倉大門打開，衛特利踏進門時，我們裝出冷漠的神情。

「兩位。」他說。「早安呀。」

夜魔在他身後徘徊，牠漆黑的輪廓如同衛特利放大且扭曲成恐怖狀態的陰影。

他手中握著我的威百利手槍，還向我們揮舞那把槍。「你們可以看到我有武器，如果你們仔細看左輪手槍的彈巢，就會發現膛室中有子彈。華生醫生，我在福爾摩斯先生的旅行皮箱中找到你的彈藥盒，我不想對你們倆開槍，只會把這當作最後的權宜之計，但用這種凡俗方式殺了你們，會令人十分失望。」

「你有別的計畫，」福爾摩斯說，「更獨特的計畫。」

「是哥德風格的計畫。」衛特利愉快地說。「想到那種悲慘死法，就連愛倫．坡先生都可能會臉色發白。」

「那自然與食屍鬼有關了。」

「浪費那頭野獸的特殊天賦，就太可惜了。牠渴求血肉，也不挑剔肉的來源或狀況。」

「你指的是我們的肉。」

「兩名英國紳士的肉，我確定那是佳餚，但一次把你們全餵給牠吃沒什麼意義。你們可以從籠中殘渣看出來，食屍鬼一次只能吃一部份。合理的作法是，精打細算地將菜餚在一段時間內慢慢餵給牠吃，當然會先從你開始，福爾摩斯先生。」

「當然？」我朋友問道。

「這個嘛，如果手邊有持有執照的醫生，卻不善用他，那有什麼意義呢？華生醫生會為你進行截肢，並在這場苦難中為你治療。身為你最久也最親近的朋友，他一定會妥善照料你。看你能撐多久肯定很有趣，就算當你被迫看自己遭到一塊塊分食時，我也無法想像你會輕易絕望。讓我想想……如果一天失去一條手腳的話，四天後你才會成為只剩下一顆頭的軀幹。接著在第五天，我就會把你放入籠中，讓食屍鬼吃掉你。如果這位好醫生發揮了自己的能力，你也展現出足夠體力的話，你就剩下這段時間可活了：非常不愉快的五天。」

「你這個魔鬼！」我喊道。在急躁情緒下，我忘了我們的逃跑計畫，並向衛特利踏了一步。他把左輪手槍指向我。

「就算腿上有子彈，你依然可以完成手術的責任，醫生，」他說，「不過我認為你可能不想這樣做。」

「我寧可殺了福爾摩斯，也不會讓你對他進行長期凌虐。」我說，一面回到原先的位置。

「這必定會挑戰你的希波克拉底誓詞[74]。我想知道，你盡一切可能維護病人性命的衝動，是否會壓制讓他解脫的願望。總而言之，你的死會快速一點，等到福爾摩斯先生死了，留你活著有什麼用？

74　譯注：Hippocratic oath，又稱醫師誓詞，為西方醫生執業前的宣言。

我可能會開槍射死你，食屍鬼可能得花上幾天才能把你吃光，到了那時候，你可能會有點臭，但又如何呢？」衛特利聳聳肩。「你會軟化不少。」

「你為我們設想了很惡劣的結局。」福爾摩斯語氣相當樂觀的說。如果衛特利的提議使他感到不安，對此他也不動聲色。「我覺得這個件事的殘忍程度，很難與事實相連。華生和我做了什麼，得碰上這種大木偶劇場式[75]的惡毒處決方式？我們當然能揭露你的殺人兇手身分，但如果你打算將我們滅口，直接射死我們不是更簡單嗎？拖延我們的死期，代表我們總有機會對你反將一軍。除了看我們受苦帶來的愉悅外，我看不出這對你有什麼好處。」

「那樣不夠嗎？」衛特利說。

「老實說，不夠。你是個聰明人，除非你有某種特別理由得延長我們受苦的過程，否則你不會讓我們活著，就算只是多幾天也一樣。那是種私人理由。」

衛特利看起來很謹慎。「可能是，也可能不是。」

「我想不出奈撒尼爾・衛特利為何會如此痛恨我和華生。」福爾摩斯停了下來。「同理，我也想不出撒迦利亞・康洛伊為何會這麼做。」

「為什麼要提到他？」

「康洛伊？我認為你完全清楚原因，衛特利先生。我想你知道，我已經推測出你的真實身分了。」

我們的綁架者臉上露出一抹淺笑。「我想這太明顯了，福爾摩斯先生。」

「我們讀了日誌，你顯然希望我們這樣做，剩下的事就簡單了。我想我該恭喜你，你的實驗終於成功了，不只如此，你還用它對衛特利進行了獨特的復仇。你現在成為他了，你擁有他的金錢和外表，與你羨慕他的一切。再者，你得到了他完美無瑕的身體，而你先前的身體則充滿缺陷。你奪回了衛特利從你身上拿走的一切，太厲害了，康洛伊先生，太厲害了。」

外型是奈撒尼爾・衛特利，內心卻是撒迦利亞・康洛伊的男子露出自豪表情。「正義得到伸張。」他說。「奈特得到了他應得的下場，我也是。」

「為了讓顱內認知移轉在人類身上生效，你肯定下了一番工夫。」

「事實上，這比你想得還要簡單。」

「真的嗎？好吧，至少你在為自己和衛特利進行手術時，一定有對象幫忙。」

「的確。那是最頂級的幫助，也是素質無與倫比的手術助手。」

「讓我猜猜，是拉盧洛伊格。」

這時微笑變成了開懷大笑。「做得好，福爾摩斯先生。」衛特利說，之後我會將他稱為康洛伊，如同福爾摩斯對他的稱呼。「確實做得好，你拼湊出所有線索，正符合我的期望。」

「那不正是這場小遊戲的目標嗎？」福爾摩斯說。「讓我套出真相，再由你引導我的路程？」

「我得說，看你驚人大腦中的思緒運作相當有趣，讓人看得嘖嘖稱奇。」

「所以你向衛特利的異域同夥求情，你也早已知道那名外神是他的幕後黑手。我猜，當你離開麻薩諸塞州的韋斯特伯勒州立醫院後，就把心力投注在這件事上。你並沒有專注於精進科學研究，反而投身於祕術。」

75　譯注：Grand Guignol，於一八九七年至一九六二年在巴黎展出的恐怖劇場。

「去年春天，我從波士頓回到阿卡漢，並造訪了大學圖書館。」康洛伊說。「或許不令人意外的是，儘管奈特承諾過，但他並沒有歸還《死靈之書》。不過，在圖書館更漆黑又滿布灰塵的角落中，有其他書本能提供我所需的資訊。你對這些書很熟，馮・榮茲、普林，《納克特抄本》。這些都不如阿爾哈茲瑞德的作品來得包羅萬象，也沒有如此強大的古怪力量，但我寫下了鉅細靡遺的筆記，它們則逐漸賦予我建構計畫的框架。」

「接著則是儀式。跪倒在偶像前，歷時數晚的咒文吟誦與敬拜。」

「你的語氣帶著疲憊的輕蔑，彷彿這對你而言是陳腔濫調。」康洛伊說。「但對我而言，一切都嶄新又刺激。我把它視為科學學科，一字一句地遵循儀式過程，彷彿它們是實驗室試驗中的必要法則。我首度與拉盧洛伊格接觸當晚……」美國人的雙眼亮了起來。「一切不淨的錯誤，與輝煌的汙穢，儘管駭人，卻充滿刺激。儘管我來自虔誠的聖公會世家，但從不太在乎上帝，不過當下的我，卻和一位神靈進行溝通，這位神祇並非慈悲的父親式人物，而是精於算計、滿懷慾望與冷靜決心的靈體，我覺得祂的本質值得敬佩。我知道拉盧洛伊格至少得對我遭遇的災難負起部分責任，但那似乎不重要。利用曾是奈特盟友的神明，反將奈特一軍——太完美了！在有些夜裡，我只能想到這件事：我要如何從他身上奪走一切，包括拉盧洛伊格。這種想法讓我感到溫暖。」

「你接受了使自己遭殃的元兇。」福爾摩斯說。「你心中有種特殊的自我毀滅特質，康洛伊。」

「或許吧，福爾摩斯先生，或許吧。但當拉盧洛伊格如太空深淵般冰冷的嗓音傳遍我體內時，感覺非常好。拉盧洛伊格似乎清楚我想要的事，我覺得祂一直在等我聯絡祂，而我也在不知情的狀況下，為了聯絡祂而等了一輩子。」

「這些太空異神會如此引誘你。」我說。「祂們騙你相信，自己對祂們有意義，但祂們要的，只是能從你身上榨取的一切。祂們狩獵弱者與執迷不悟的人，最終代價則總是瘋狂與死亡。」

「拉盧洛伊格不像那樣。」康洛伊反駁道。「祂和其他神不同，無論是外神或舊日支配者都一樣。祂不受殘忍衝動所宰制，也並非毫無目的地邪惡。祂野心勃勃，祂有計畫。」

「毀滅性的計畫。」

「對祂的追隨者們來說並非如此。」

「但拉盧洛伊格已經有奈撒尼爾．衛特利這名忠心的僕人了。」我說。「祂能從取代衛特利的你身上得到什麼？為何要幫助你奪取衛特利的身體？」

「為了得到比衛特利更忠心的僕人。」福爾摩斯打岔道。「不對嗎，康洛伊先生？由於得到諸多回報，而將身心靈全部貢獻給拉盧洛伊格的僕人。告訴我，你是怎麼透過拉盧洛伊格的幫助，來進行交換的？」

「那不太困難。」康洛伊說。「確實痛苦，但不困難。」

「首先，你用自己的日誌將衛特利誘出倫敦。」

「那個部分離譜地直截了當。拉盧洛伊格把奈特在倫敦的地址交給我，而我把日誌和一封信寄給他。『如果你清楚狀況的話，最好和我見面。』類似那樣的內容，我也附上了一份地圖，為他提供來到此地的路線。奈特中計了，他推測我想要錢，因為他一來就提起那種東西。當時是接近傍晚的下午時刻，他看起來歷經了長途跋涉才抵達這裡。『你以為自己可以拿到多少錢，你這個可悲的小蟲？』他吼道，一面揮舞著日誌。『我警告你，我一毛都不會給。如果你想靠著寄來這本無用垃圾勒索我的話，你就大錯特錯了。要不是我覺得你把某個複本藏在某處的話，我就會燒了這該死的東西。』這段對話發生在農舍前門。」

「我想，你租下了這棟房屋，並在裡頭藏了夜魔和食屍鬼？」

「沒錯。」

「拉盧洛伊格提供了這些生物給你。」

「拉盧洛伊格將牠們帶來給我，而我自行學會了控制夜魔的必要手段，食屍鬼不需要那麼多照料，牠只要吃飽，就心滿意足了，籠子也能關好牠。你究竟想不想聽我和奈特的會面經過？」

「請繼續，抱歉打岔了。」

「奈特大發雷霆時，」康洛伊說，「我扮演怯懦且糾纏不休的撒迦利亞·康洛伊，宣稱我時運不濟，目的也確實是錢。『我要的不多。』我說。『或許幾百塊美金就好，讓我能重振旗鼓。』這讓奈特更加暴跳如雷。『你一路跑來這，』他說，『就為了要求誇張的金額，你一定清楚，我根本不可能給你錢，你浪費了自己的時間。我老是覺得你太過天真，但直到現在，我都沒以為你是個白痴。來，拿走你的爛書，別想再煩我。』他以為我已經嚇呆，便轉身就走。此時我從後頭出手打倒他。」

「他不該背對你。」

「他應該看得更仔細點，並自問我為何把手藏在背後，那隻手握著一根皮革製棍棒。」

「最粗糙的手法經常最有效。」

「我用力毆打他，他則像袋煤炭般重重摔在地上。我把他拖進門，一小時後，當他回過神時，覺得昏沉虛弱，使我幾乎為他感到遺憾，但我不禁感到勝利。現在我是兩人關係中的強勢方，我看他在地上蠕動時，感到十分好奇，為何自己曾認為他這麼偉大。這隻虛榮的孔雀，是如何把我騙得團團轉的？他不過是金玉其外，敗絮其中。接著工作就此展開。」

「手術呀。」福爾摩斯說。「我要提出自己的理論，解釋拉盧洛伊格如何做出貢獻。他佔據了衛特利，對吧？祂對衛特利施加力量，使對方變成祂的傀儡。」

「那是種傑出的附身方式。」康洛伊認同地點頭說道。「奈特無法抗拒，拉盧洛伊格從頭到腳控制住他，完整掌控了他的運動機能。奈特扭動著站起身，他無法說話，無法做出拉盧洛伊格不讓他做的事。而最棒的事呢？就是他眼中卑怯的恐懼，奈特完全明白自己身上發生了什麼事，他也無力阻止，那肯定像是困在惡夢之中。我也在他的神情中看到受創，他的神明背叛了他，但他不了解原因何在。他的痛苦讓我感到愉快無比，這讓我打從心裡感到飄飄然。」

「你完成了對衛特利的復仇。」

「快了，快了。首先，我抽出奈特全知網的精華。我讓他躺好，用鑽子鑽進頭骨底部，然後接二連三地插入四根皮下注射針，三根用於注射，最後一根則用於抽取。當然，手術全程他都保持清醒，拉盧洛伊格讓他無法動彈，並癱瘓了他的肌肉，因此他無法尖叫或扭動，但我確定他感受到了每一絲痛苦。」康洛伊咧嘴笑道，笑容中帶著可怕的愉悅。

「不過，你沒讓之前的軀體成為空殼。」福爾摩斯說。「這不只是侵占行為，而是交換。」

「多虧奈特，我才變成殘廢，所以何不讓他多活一會，就像度過兩年歲月的我呢？讓他看看自己有多喜歡那種生活。」

「那不是一種風險嗎？活著的衛特利會帶來危險。」

「以脆弱又殘缺的撒迦利亞・康洛伊的身分？不太可能，他頂多成為累贅罷了。」

「那麼，即使近乎無腦，衛特利的軀體依然能夠為你進行手術，拉盧洛伊格能夠操控他的肉體。」

「拉盧洛伊格完整控制了他的神經系統。」康洛伊說。「就像是戴著手套的手。」

「我想，你在經歷手術前，先妥善麻醉了自己。」我說。

「我不想完全失去知覺，以免出現狀況，事前我先喝下了大量鴉片酊。」

「那會減輕痛苦，但不會完全使身體感到麻木。」

「你說得對，就算使用鴉片酊，我經歷的過程依然不舒服。事實上，那非常恐怖，但我承受下來了。我知道這股痛楚能為我換來什麼，後續獎勵值得這個代價。」

康洛伊停了一下，一面回想起自己的經驗。

「感覺到自己的內心自我緩緩受到腐蝕，」他說，「自己的生活與回憶逐漸消失……」他搖搖頭。「我無法用言語詳述這件事，彷彿我的一切，包括我在世上的所有經歷，都逐漸萎縮，黑暗則從四面八方包覆我。我想，真實的死亡應該和這種感受差不了多少。每次注射康洛伊溶劑，我都漸漸消失，接著，隨著我的全知網內容物遭到抽出，我再也不是認知中的『我』了。我毫無形體，成了混沌，我是上百萬個移動部位，全都在四處旋轉，往不同方向飛去。我覺得，如果不想辦法維繫自己，我就會完全消散。我會失去一致性，再也無法重新合併。」

「布倫曼二世被傳送進另一具軀體時，他為何無法維繫健全心智，而你卻辦得到？」福爾摩斯問。「這和實驗中的軀體理想度有關嗎？二世發現自己處在黑人之中，對他這種人而言，肯定難以忍受。另一方面，你被植入的身體，則屬於某個你曾景仰並希望能與之平起平坐的對象，在某種曖昧難解的方面而言，可能仍是如此。」

「分析得不錯，」康洛伊說。「在心理學上有道理，但不對。解決方式更簡單，也更不無聊。拉盧洛伊格造就了差異，拉盧洛伊格的力量，使我不裂成碎片，我在科學上所缺少的部分，祂能透過神力提供。祂將我捧在手中，滋養了漿液狀態的我，使我不至於分崩離析。接著，當我被注入奈特的全知網時，便迅速重建了自我。」

「我能請問，你如何把漿液注入衛特利的全知網嗎？」我說。

「醫生，你滿心都是優秀的實際問題。」

「你先前的身體無人占據，要衛特利拿著裝有你精華的皮下注射針筒，再伸手到自己的後腦勺，並做出精準的注射，聽起來幾乎不可能達成。」

「拉盧洛伊格讓他把針筒插進上顎。」康洛伊將食指放進雙唇，模仿那個動作。「它穿透了柔軟的顎部，往上插入全知網。即使到了現在，我的喉嚨後頭依然感到有些痠痛。第一天左右，我幾乎無法說話，不過，再次說明，和手術痛楚相同的是，我願意承受這種感覺，也覺得值回票價。我成了奈特・衛特利！此後我將擁有他家族姓氏帶來的優勢。我會得到他的背景、財富與對女人的吸引力等事物。撒迦利亞・康洛伊已不在人世，死得好，他老是令人失望。從現在開始，我能進入某個將世界踩在腳下的人的生活之中，而不是和之前一樣疲於奔命：毀容，缺了隻手，卑微且寂寞。」

「那就是最後一擊。」福爾摩斯說。「將衛特利的精華植入你空蕩的身體之中。」

「這也是另一個我無法麻醉自己的理由。手術得迅速進行，趁溶液還有效，也得在奈特頸後的洞口闔上前完工。之後我需要做的，就是好整以暇地等他甦醒。我向你保證，當他明白我對他做的事情後，便發出了第一聲悲鳴，對我來說，這有如音樂般美妙。接著他用那股結巴又笨拙的牙牙學語口氣，懇求我殺了他，這是他在這個狀態下最接近人話的表達方式。他的心智在移轉過程已經和二世一樣退化，因為他沒有拉盧洛伊格的幫助，他大部分的自我都已消逝，但他依然有足夠自覺，還會懇求我了結他，而我呢？我拒絕了，我不願意向他展現慈悲，還不行。」

康洛伊吐出一口氣，我覺得其中帶著喜悅。「那就是我的故事。」他做出結論。「這是落入深淵、卻爬回高處的人留下的故事。」

「在你的日誌中，這無疑是可行的終曲，」福爾摩斯說道，「但這不是完整故事，對吧？還有更多細節。」

康洛伊揚起一道眉毛。「請說明我遺漏了哪些事。」

「拉盧洛伊格會要你拿出某種東西，以交換他的慷慨幫助。我想，祂是否要你擔任間諜，但我不認同這種想法。我想祂索要了某種本質上更珍貴的東西，是某種祂只能從你身上得到、無法從他人身上取得的東西。」

「你何不說清楚呢，福爾摩斯先生？你似乎相信自己擁有一切的答案。」

「不是一切的答案。」福爾摩斯說。「我知道拉盧洛伊格特別厭惡我。透過你的幫助，祂讓華生醫生和我成為你的階下囚，也計畫讓我遭受殘酷又不尋常的死法。是拉盧洛伊格建議你釋放佔有你先前身體的衛特利，並讓他逃跑嗎？」

「如果是呢？」康洛伊故作神祕地說。

「說服你放走衛特利後，拉盧洛伊格留下了一道蹤跡。他知道有人會發現衛特利，這個智力嚴重受損、連一句話都說不好的可憐人，居然能從你面前脫逃，實在令人訝異。比較可信的解釋，是他並未逃跑。你放走他，接著他成為讓我無可避免地出現在你門口的一連串線索之一。看似發瘋的裸體男子，喋喋不休地說著拉萊耶語？他當然會引來夏洛克．福爾摩斯的注意，那就是你或拉盧洛伊格的打算，沒早點發現這點，讓我感到羞愧。」

「你不可能不會犯錯，有誰不曾犯錯呢？」

「對，但我對自己抱持著比大多數人更高的要求。你在水中放下一只魚鉤，將衛特利當成餌，心裡清楚游過的我會一口咬下。」

「有什麼能吸引夏洛克．福爾摩斯？他抗拒不了什麼？就是謎團。」

「接著，當你感覺到釣魚線受到拉扯，也得將我拉起時，你就派出夜魔去貝特萊姆醫院，把衛特利抓回來任你處置。我繼續沿著線索走，就來到了這裡，**我們**都來到了這裡。」福爾摩斯轉向我，面帶悔意地低頭。「對不起，華生老友。難堪的是，我顯然犯了錯，我沒想到檯面下有更深沉的詭計。」

「這不是你的錯，」我說。「我打賭結局根本不會變。」

「陷阱隱藏得很好。」福爾摩斯繼續說，口氣依然滿溢著懊悔。「但我應該要看出來的，你會原諒我嗎？」

「當然。」

我或許該加重一點責難語氣。不過，那大致上是由於我把注意力聚焦在我們迫在眉睫的逃脫機會，我在等待福爾摩斯發出先前安排的訊號，我才能進行自己在計畫中扮演的部分，其餘考量都位居其次。

「謝謝你。」福爾摩斯轉回去面對康洛伊。「所以，你好心地講述了自己的計畫，我也相信你打敗我了。但我想和你的同夥談一下，我見過了傀儡，現在想和傀儡師本人說話。」

康洛伊吃了一驚，接著點頭。「拉盧洛伊格告訴我說，你可能會提出這種要求。」

「這個要求並不過分。我相信，拉盧洛伊格和我一樣想敘敘舊。」

敘舊？我想知道自己是否聽錯了。福爾摩斯先前曾與隱匿心靈互動過嗎？這樣的話，我對此一無所知，直到這場冒險開始前，我們完全沒聽過這名外神。

康洛伊發出笑聲。「很好。我會忽略你叫我『傀儡』這件事，並允許你和拉盧洛伊格會面。祂會透過我說話，不過，我得先警告你們，槍依然會對準你們，我的手指也不會離開板機。請別突然動手，也別搞鬼。」

「我完全不敢。」我的同伴說。

康洛伊穩住自己，接著，他立刻僵住。他的臉浮現出不同的輪廓，變得更加蒼白，也怪異地變瘦。他的眼窩似乎變深，額頭也變大了。他頸子以上的頭部往前傾，雙肩則有些下垂。

轉變過程沒花上幾秒，最終，儘管我們看著同一個人，對方身上卻重疊了另一個人，這個人不如奈撒尼爾．衛特利般脊椎挺直和英俊，閃爍的雙眼也用令人不安的專心眼神盯著我們。這不是康洛伊，也不是衛特利，而是化為人形的第三方邪神。

他隨即開口。

至今為止曖昧不明的一切，即將水落石出。

也令人驚駭不已。

第三十七章　精巧羅網

A Well-Woven Web

「福爾摩斯先生。」拉盧洛伊格說。奈撒尼爾．衛特利口中飄出的嗓音有些改變，口音變得更接近英國腔，語氣帶著諂媚與扭曲，我覺得自己認得這個語氣，卻無法立刻做出結論。「時間並不仁慈，你四十歲了嗎？四十一歲？很容易認為你多了十歲。」

「我不是唯一改變的人。」福爾摩斯回答。「你經歷了比我更大的變化。」

「但你退化了，先生，而我進步了。我強化得超越常人的估算，站在你面前的我和過去的自己相比，有天差地遠的差別。我再也不是其他光芒的蒼白倒影，是道炙熱強光！」

「你的自大並未改變。」

「當自己身為神明時，讚揚自己算是自大嗎？」福爾摩斯的交談對象露出竊笑。「我不這麼想。就定義而言，諸神是更優越的存在，我們不需要謙遜。當低等的人類躍升到蒼穹頂點而成為神時，地位便更加崇高。我讓自己得到了神性，你無法貶低這項成就。」

「我毫無詆毀之意，」福爾摩斯說。「只對此感到驚奇。」

「福爾摩斯？」我說。「我不明白，你和拉盧洛伊格談話的親近態度，彷彿相當熟悉。」

「啊，是那位盟友呀。」拉盧洛伊格說。「忠心的華生。」他仔細觀察我，頭部如鐘擺般緩緩往兩側搖晃。「你也屈服於時間的蹂躪了，先生，只不過不如你同僚般嚴重。肚子胖了點，頭髮也有些稀疏了。」

我發現他的審視令人不安，加上他的話語意指這並非我們首度見面，但怎麼可能？

「你嘗過失落的滋味。」拉盧洛伊格繼續說，目光似乎穿透我的內心深處。「你心裡有一絲悲傷，是道不願闔起的漆黑裂縫。你喪失了愛人，一位妻子，她從你手上被奪走，你心裡有個部分將永遠消失，真是悲傷。」

「我……我……」

「不，不必回答，醫生。無論你結結巴巴地想說什麼，不管是簡潔駁斥或頑固哀嘆，對我而言都沒有意義。我是神，記得嗎？我已經躍升到遠離人類議題的地位，那些議題就像是與星星比較的塵粒。」

「你很喜歡天文學的明喻。」福爾摩斯說。「這並不意外，或許你已經完全甩去了過往的皮囊，也想讓我們相信這點，但你依然保有一絲人性。」

「我尚未遺忘許多事，福爾摩斯先生。」拉盧洛伊格說。「我凡俗人生中的許多層面，依然無可抹滅地鑲嵌在我的記憶之中，就連生命盡頭的狀況也是。我怎麼可能不記得那件事？我又該如何遺忘造成那個下場的人？」

「是你造成了自己的死。」

「並非如此，要不是你和我像兩個互毆的流氓般徒手對打，一切便能順利進行。在我為你計畫的下場中，我反而成了受害者，結果，卻演變成最好的狀況。」

「那或許你應該感謝我，」福爾摩斯說，「而不是為我安排可怕的死法。」

拉盧洛伊格用低沉的喉音輕笑。「嘴裡老是能說出俏皮話，這點沒改變過。不過，我並不感激你，福爾摩斯先生，我當然不會。不過，儘管這點可能令人訝異，但我也不氣你。我下定決心得讓你死，但我要你死的原因，並不是出自恨意、怒氣或其他小家子氣的動機，僅僅只是為了調理。你的死能使一切回歸正軌，也除去了潛在的阻礙。後來想想，在沙德維爾底下那座洞穴中，你幫了我一個忙。你殺了我，但同時也解放了我。」

現在，我終於知道拉盧洛伊格是誰了。恍然大悟的那一刻，宛如有人揍了我肚子一拳。

「莫里亞蒂。」我吐出一口氣說道。

那雙水亮的眼睛再度盯著我看。「醫生，你追上其他同學的進度了。終於啊！我正考慮是否要讓你戴上笨蛋高帽[76]去角落罰站。」

「但是……」

拉盧洛伊格舉起一隻手，阻止我繼續講。「不，不必說了。『但是我看到莫里亞蒂教授淹死了，我看見奈亞拉索特普把他拖進池子。他死了，他一定死了。』你的感官已提供了你相反的佐證。我沒有死，反而已經超凡入聖，化為神明了。」

「怎麼可能？」

「一等我明白自己無法逃出生天時，就坦然接受了無法避免的結局。奈亞拉索特普將我拖進水池中的漆黑深淵，沉得越來越深，也不可能從奈亞拉索特普的觸手中逃跑。我放開原本握住的鍊子，鍊子另一端則繫在福爾摩斯先生身上，我也用鍊子拖著他和自己一起下沉。在當下，我做了個決定，奈亞拉索特普可以帶走我，但祂不能得到我的敵人，伏行渾沌只會取得我的靈魂。我不願和別人共享那份宿命，更別提破壞我成神計畫的人了，因為，即使當我的肺部將空氣用罄、且迫切需要空氣時，依然抱持成為神明的野心。我只是得放棄達成這個目標的其中一種方式，改為採取另一種手段。於是，奈亞拉索特普成了關鍵。」

「你自願向祂獻上自己。」福爾摩斯說。

「那是終極的犧牲。原本我試圖把你、你哥哥、這位醫生和那名警察獻給祂以換取神力，但我卻給了祂比你們四人加起來更偉大的戰利品：我。」

「真希望你一開始就採取這項計畫，這樣一來，我們都能省下不少工夫。」

「如果耍嘴皮子能讓你開心的話，就繼續說吧，福爾摩斯先生。」拉盧洛伊格說。既然我已經知道祂是莫里亞蒂教授，就不會錯認那冷嘲熱諷的高傲語氣。無論成神與否，祂說話的方式都與莫里亞蒂相同。「我全心將自己獻給奈亞拉索特普。祂奪走了我的一切，認為我是養分，也是頓饗宴，但我有別的計畫。祂沒料到我擁有強大的意志力，我下定決心，不讓自己的靈魂成為神明的食糧。祂不准消化我的靈魂，我反而成為祂體內的力量，成為受到隔離的獨立存在。我抗拒對方的吸收，還反其道而行，吸收了對方。我從奈亞拉索特普的體內，一點一滴地吃掉祂。」

「就像隻條蟲。」

「這說法過於簡化了，但沒有錯。我是祂體內的寄生蟲，而祂對此一無所知。祂開始變弱，我則變強了，伏行混沌很快就不再是發育不全的團塊。我利用奈亞拉索特普型態不定的特性對付祂，進而重塑祂，從體內為祂打造出全新的化身。我是隱匿在祂體內的心靈，並逐漸浮上表面。那花了多久時間？我不曉得。對諸神而言，時間流逝的方式與我們不同，對祂們而言，數分鐘等同於數小時，數小時則等於數紀元，每一秒都是永恆，永恆也只是一秒。在祂們看來，時間不會呈線性流動：沒有過去、現在或未來。諸神處於時間之外，祂們觀察時間的方式，就像我們觀測太空中的一只方塊，我們

76 譯注：dunce's hat，早期學生上課屢犯錯誤時，得戴上圓錐形紙帽作為處分。

可以翻轉這只三度空間物體，觀察其底部，旋轉它，讓它用一個頂點矗立……抱歉，有些概念無法用言語解釋。總之，無論是花了一年、永恆或眨眼的一瞬間，先前為人所知的奈亞拉索特普已不復存在，取而代之的則是拉盧洛伊格。」

「新的外神。」

「如鳳凰般從凡人骨灰中浴火重生的神明。除了詹姆斯．莫里亞蒂外，有誰能跨出這一步？」

「我應該恭喜你的，」福爾摩斯說，「不過你早就過度恭維自己了。」

拉盧洛伊格露出高傲的輕蔑，並望著我的同伴。「這些企圖惹毛我的話語，聽起來充滿焦慮。你想得到什麼結果？誘使我做出某種嚴重的錯誤判斷？激得我因煩躁而射死你嗎？相信我，你的尖酸話語毫無意義。我是神，而你什麼都不是。」

「不過，你顯然對我依然抱有私怨，莫里亞蒂。」

「請稱我為拉盧洛伊格。」

福爾摩斯輕蔑地吐出一口氣。「如你所願，拉盧洛伊格。再來，儘管我微不足道，你顯然為了逮住我而下了一大番工夫。你說服了奈撒尼爾．衛特利搬到英格蘭。」

「我沒有，那是他自己的選擇。」

「你說服了撒迦利亞．康洛伊跟著他來到本國。」

「我確實有插手。」拉盧洛伊格說。「康洛伊想對衛特利報仇，而衛特利剛好住在你的活躍地點倫敦，這點似乎是機緣使然。康洛伊會追蹤衛特利，我則會利用這個情況逮到你。當鴨子煮熟，我就不會讓牠跑了。」

「你肯定也策劃過，讓衛特利把前往米斯卡托尼克河上游的探險告訴達貢俱樂部。這看似是衛特利的愚蠢過失，實際上是狡猾的詭計。」

「聽過他的自白後，你哥哥和他那愚蠢小集團的成員一定會記得衛特利，同時也把他視為嘮叨的半吊子。奈撒尼爾．衛特利的名字會留在他們心中，連帶加上撒迦利亞．康洛伊的名字，所以當你的調查陷入僵局時，親愛的邁克羅夫特便會提供一股輕風，讓你再度出發。衛特利本人不曉得自己為何會提起那場探險，只是對某種內心直覺式的衝動做出反應。」

「來自你的衝動。」

「一切都是為了打下基礎。我遲早得在某個時間點解決你，我努力讓事情對自己而言變得好玩，或許在某些層面上來說，你也會有同感。」

「你堅稱自己小看了這點，拉盧洛伊格，」福爾摩斯說，「但我明顯對你有意義在，因此你編織了這面精巧羅網來捕捉我，你將我視為能妨礙你遠大目標的對象。」

「不，福爾摩斯先生！」拉盧洛伊格聲稱，但他語氣中的惱怒壓過了口頭上的否認。「一點都不會，你完全不讓我煩心。」

「你讓我和華生在幻夢境目睹你征服卡瑟瑞亞，那只是為了讓我們了解你有多強大與好戰嗎？」

「對！」

「這不是對自身成就感到不安的人會做的事嗎？就是個大搖大擺吹捧自己手上受害者數目，以掩飾自己缺乏自我價值的惡霸。華生要我在他其中一篇故事裡稱你為『犯罪界的拿破崙』，我則想知道，拿你和拿破崙比較是否不太正確。畢竟，真正的拿破崙透過征服半個歐洲，彌補了自己的缺點。

他是個裝腔作勢的花花公子，行為不太像將軍，更像是在客廳地毯上來回把玩玩具錫士兵的男孩，直到威靈頓公爵逼他收拾玩具。」

「福爾摩斯先生！」拉盧洛伊格疾呼道。

但福爾摩斯不願就此噤聲。「我也在他和你之間觀察到許多相同之處。你開始宣戰，集結了外神，讓祂們合作對抗舊日支配者，透過賦予祂們發洩怒氣的敵人，鞏固祂們對你的忠誠。你發出了挑戰，對方也肯定會接受。外神對舊日支配者發出的公開挑戰太過囂張，對方不可能忽略，華生和我在幻夢境的幻象中看過這件事。如同沈睡的熊群般，舊日支配者們不喜歡遭到挑釁，也必定會出手還擊。成為神明對你而言還不夠嗎？直到引發擴散到全宇宙的全面戰爭前，你似乎不會停手。」

「加上贏得戰爭，並讓我自己成為至尊神明。」

「這有什麼意義？為了彌補你自身某種基礎缺陷嗎，這一切要如何結束？你會撕裂全宇宙，就為了填滿內心的貪食虛空，但你會有什麼下場？你將會統治廢墟。在你心中某處（那肯定是個漆黑萎縮的器官）有股聲音，它告訴你，你永遠不會滿足。就算你的戰爭終結，也擁有了希冀的一切，它依然會向你低語，說你是詹姆斯．莫里亞蒂，失敗的學者，失敗的神祕學者，失敗的人類，失敗的神……」

「我的名字不是……」

「你搞砸了一**切**，莫里亞蒂，你能為自己做出最好心的事，就是放棄這個目標。看看你自己，你已經氣急敗壞了。如果光是我這個凡人，都能把你這個神逼到這步田地，那你肯定是真心畏懼著我。如果你畏懼我，那你就不可能是神。」

看起來拉盧洛伊格即將大發雷霆。他全身都在顫抖，說福爾摩斯惹毛了他，還算是輕描淡寫。福爾摩斯彷彿挖到了油脈，受到強大壓力推擠的原油，開始湧上地表。

「**去你的，夏洛克．福爾摩斯！**」拉盧洛伊格吼道。他似乎在我們面前變大，奈撒尼爾．衛特利的身體隨之漲大，無法束縛神明的滿腔怒火。血管脹了起來，筋肉也為之繃緊。有那麼幾秒，我在想祂是否會爆炸。

夜魔似乎覺得有可能，那個生物開始小心翼翼地遠離拉盧洛伊格。

此時福爾摩斯打了信號：用手做出往下劈砍的動作。我從眼角觀察到這個舉動，拉盧洛伊格讓我完全分心了，害我差點錯過信號。

當拉盧洛伊格氣得發抖，就是我們取得最高致勝先機的時刻。

我們一找到機會，便一把抓住它。

第三十八章　恐怖拔河

A Terrible Tug-of-War

之前福爾摩斯把提燈擺在穀倉地板上，位於門口的直線視野之外，並將燈光調弱。我們一起將多餘的稻草鋪設成一條零散的線，從提燈蔓延到食屍鬼籠子邊，接著我們在稻草上潑灑大量燈油。

福爾摩斯稱它為引線。

現在我用腳踢倒提燈以點燃引線，提燈的玻璃燈罩碎了開來，裡頭僅剩的油撒了出來，燈中的火焰點燃了大量燈油，迅速延燒到稻草。火焰同樣快速地沿著引線散出波紋，一瞬間就燒到籠子。

在此同時，福爾摩斯撲向拉盧洛伊格。化為人形的神明太慢預測到對方的攻擊，他太晚發現自己的囚犯們已經安排了逃跑方式。我們等待著對手（無論是康洛伊，或幕後的拉盧洛伊格）失去專注的重要時刻，福爾摩斯相信，只要他夠沉著地扮演討厭鬼的角色，這個時刻遲早會出現。當下他迅速踏出三步，抓住拉盧洛伊格持槍的手臂，拉盧洛伊格反應此一舉動而扣下板機，手槍立刻走火。子彈掠過我耳邊，在穀倉牆面彈開，打下磚塊上的一塊碎屑，槍聲驚醒了食屍鬼。那個生物原本就被高漲的談話聲打擾，緩緩蠢動。牠立刻四肢著地，充滿警覺，雙眼圓睜並豎起耳朵。

福爾摩斯把拉盧洛伊格向前拉，一路拉進穀倉內。他同時旋轉對方，手腕一扭，讓對方繳械並奪走手槍。

至於我，則往門衝去。穀倉中不只迅速瀰漫煙霧，我們的引信所連接的「炸彈」也即將爆炸。延伸到籠子底部的稻草已經開始冒煙，察覺此事的食屍鬼發出一聲驚慌的尖叫，火焰則開始從牠的墊草底下竄出。那個生物用身體衝撞籠子欄杆，從慌張轉為盲目的恐懼。牠用力撞了鐵牢籠三次，門就這樣打開了。

做為準備的一環，福爾摩斯已先將籠子鐵門的絞鍊插梢拆下。他悄悄地用在地上找到的生鏽鐵釘當作撬棍，動作緩慢但穩定，以免驚醒食屍鬼。在緊湊的十分鐘內，他都在處理絞鍊，努力不要發出不恰當的聲響或振動，我則豎耳傾聽穀倉門口的動靜，以防有人走近。在那之後，鐵籠的門就僅僅靠著門框，用鎖讓門固定在原位。如果食屍鬼早點醒來，發現籠子並未妥善關住自己，必定會傷害我們，我確定我們無法在那種遭遇下存活。

結果，食屍鬼逃脫籠子，直接衝向最近的生物。就像任何嚇壞的動物一樣，牠對危險的反應，便是進行攻擊。

拉盧洛伊格靠得最近，福爾摩斯已讓祂擋在自己和食屍鬼之間。拉盧洛伊格半轉過身，感覺到野獸從背後衝來。祂叫了一聲，那可能是下指令或表達抗議的叫喊，無論如何，這都無法阻止食屍鬼。大嘴咬住他的頭，尖牙刺進皮肉，拉盧洛伊格放聲尖叫，撒迦利亞·康洛伊也是。雙方在不屬於彼此的共享軀體中同時嚎叫，兩股嗓音從同一個喉嚨發出，宛如一首痛苦的二重唱，其中一股嗓音提供旋律，另一股則提供伴唱，但我分不出兩者之間的差別。

察覺到主人絕望情緒的夜魔，闖進了穀倉。牠衝過我和福爾摩斯身旁，撲上食屍鬼，試圖從拉盧洛伊格身上扯開那個生物。食屍鬼大力抗拒，往後回擊向攻擊者。牠嘴巴周邊湧出鮮血，但不願意放開獵物。這三隻怪物困在某種恐怖拔河中，夜魔拉著食屍鬼，食屍鬼則更用力地咬住拉盧洛伊格。

同一時間，火勢迅速延燒。穀倉乾燥易燃的古老木造結構，是完美的燃料。火焰往屋椽燒去，煙霧已變得濃密到什麼都看不見。

福爾摩斯趕到外頭加入我，三個在穀倉中纏鬥的形體，成了煉獄中的輪廓。拉盧洛伊格的尖叫聲只稍微高過火災逐漸高漲的喧囂聲，當夜魔成功將祂與食屍鬼分開時，尖叫聲越趨痛苦。食屍鬼被拉離祂，但依然從祂脖子上扯下一大塊肉。拉盧洛伊格跪在地上，頭部痛苦地垂到一側，破爛的肌腱與撕裂的肌肉組織裸露出來，遭食屍鬼咬斷的頸動脈噴出鮮血。

「別看了。」福爾摩斯說。「關門，華生。」

我和他關上穀倉大門。我從逐漸變窄的開口中看了最後一眼，發現夜魔和食屍鬼在火場中央扭打，後者正在嘶吼，前者則跋扈地沉默。牠們是兩隻困在死鬥中的野生動物，毫不在意其他東西，我也不在乎誰贏，我希望雙方將彼此撕成碎片。

門用力關上，福爾摩斯轉動大型鑰匙。

我們踉蹌地往後退，遠離了穀倉，看著它燒毀。

＊＊＊

它燒了三小時，最後，它成了坍塌的廢墟，只有幾道強勁的火焰依然沿著往四面八方突出的木柱延燒，上頭留下斑駁的黑色與灰白色焦痕。冒煙廢墟中依然傳出強烈高溫，一大股濃煙也飄散在早晨的天空之中，強風則將它緩緩往西吹過沼澤。廢墟中三不五時有東西斷裂，或發出嘎吱巨響，餘燼上也經常升起一團火花，如同彼此環繞的發光蚊蚋。

我們留在原處，確保怒火吞噬了一切。我原本擔心夜魔可能會不畏懼火焰，衝到屋外，但我的擔憂並未成真。穀倉忽然發出轟然巨響，塌了下來，因此，困在屋裡的三個生物似乎不可能存活。不過，我們依然得確定這件事。

煙霧散去後，我們盡可能靠近廢墟，往內窺視。我們先辨識出食屍鬼的焦黑屍體。夜魔將牠從腰際撕成兩半，兩塊身軀堆在一起，四肢看起來鼓脹且脆弱。夜魔的狀態相對完整。牠弓起身體，匍匐的姿態宛如禱告中的穆斯林，牠也肯定死透了，但牠皮革狀的外皮並沒有燒傷或萎縮。比起先前的狀態，牠的翅膀變得破爛無比，但其餘部位看起來像是**烘焙過**，而非遭到焚毀，彷彿高溫將其外皮之內的東西全煮熟了。

過了一陣子後，我注意到牠底下有某種東西。夜魔匍匐在奈撒尼爾·衛特利的遺骸上。我把這件事告訴福爾摩斯，他則說：「太驚人了，就算**身處絕境**，夜魔也試圖護主。牠想用自己的身體保護主人不受火焰侵襲，真是忠心。」

牠當然失敗了，因為牠保護的屍體和食屍鬼一樣燒得焦黑，一動也不動。他們遭焚燒時，由於肌肉緊繃，使遺體形成胚胎的姿勢。張開的嘴巴成了大咧的無唇洞口，眼窩周邊則有一圈煮熟的玻璃體。

「他死了嗎？」我說。

「衛特利嗎？對。」福爾摩斯說。「康洛伊也是。至於拉盧洛伊格？有人能殺死神嗎？」

此時屍體的頭部動了起來。

它利用剩餘的頸部轉動，轉向福爾摩斯和我，彷彿對我們的聲音做出回應。空洞的眼窩對準我們，接著它張口說話。燒焦的喉嚨發出纖細單薄的嘶嘶聲，只能從殘存的火焰劈啪聲中勉強聽到它的嗓音。

「福爾摩斯先生，」它說。「你不會認為……能這麼輕易地……解決掉我吧？」

我全身寒毛直豎。我見識過某些詭譎景象，但這具碳化的說話屍體遠比那一切都要可怕。就算福爾摩斯並未感到吃驚，看來回答前也得先整理自己的思緒。

「人總是會抱持希望。」他說。

「只有愚人……才會抱持希望。」拉盧洛伊格說。「而你……並非愚人。你……妨礙了我。那……無庸置疑。你對我造成……莫大痛苦。」

「那今天就不算浪費了。」

「但你並未……打敗我。差得……遠了。」拉盧洛伊格顯然得花費極大力量才能這樣說話。讓奈撒尼爾．衛特利死氣沉沉的焦屍移動，就算對神明而言，也非常耗費精力。「你只……加強了我的決心。我不會……放棄自己的計畫。你呢？你將成為……計畫中的目標。我會……來找你……也會……興風作浪。」

我對祂開槍。

我們逃出起火的穀倉後不久，福爾摩斯就把威百利手槍還給我。我聽夠了拉盧洛伊格的謾罵，也無法忍受了。我把一發接著一發的子彈，射向那醜惡的焦黑頭顱，在六碼的距離內，子彈將它打成碎片。除了碎裂的顱骨與幾團灰白的腦部組織外，什麼也不剩。

「你說夠了。」我說，雙耳因槍聲而嗡嗡作響。「你講得夠清楚了。」

我轉向福爾摩斯，他的雙眼中依然閃爍著興趣。

「那只不過是毫無意義的威脅。」我說，一面收起左輪手槍。「拉盧洛伊格只是想挽回顏面。」

福爾摩斯聳聳肩。「這個嘛，我們等著瞧吧，華生。我們等著瞧。」他摩擦雙手。「總之，我們還得走上很長一段路，才能抵達文明世界。我們去農舍中搜刮食物，然後就上路吧。」

＊＊＊

除了古怪的燒焦屋頂磚瓦外，農舍本身並未遭到火舌侵襲，穀倉離它夠遠，因此火勢並未延燒過去。我們在廚房裡找尋食物，也在樓上的房間中找到了《死靈之書》。福爾摩斯將它放進旅行皮箱，擺在他自己從大英博物館擅自取來的複本旁。

「它們剛好湊成一對。」他說。

太陽高掛空中，天空也十分明亮。夏洛克．福爾摩斯和我一同沿著突起的路徑跨越沼澤。鳥群在樹籬間鳴叫，福爾摩斯用口哨吹著曲調。陌生人可能會以為，我們倆只是來鄉間散步的朋友，兩人無憂無慮。

但我們背後，卻有股濃煙懸掛在地平線上，那是過往恐懼的遺留物，也是未來事件令人深省的前兆。

尾聲

Epilogue

五年後，在達特穆爾漆黑的暴風夜中，夏洛克．福爾摩斯和我再度逃命。

那是我們第二次企圖驅趕幽靈獵犬，手法和之前相同：將我們自己作為誘餌。在此我就不重述細節了，讓我做個簡單總結。先前我們失敗過，但這次成功了，那隻野獸不經意地踏進我們在大格林潘沼澤設下的驅逐門，並在遭到吞沒後，返回了牠的來處。

不久之後，福爾摩斯告訴我，如果我想的話，應該繼續撰寫關於他的故事。處於新世紀交替時的福爾摩斯，和一八九五年心力交瘁且飽受壓力的他不同，當年的他深陷低潮，現在的福爾摩斯更為生氣蓬勃，擁有強烈的人生目標，也充滿活力。他認為，如果我繼續先前利潤豐厚的事業，並寫下我們倆冒險故事的保守版本，不會帶來什麼問題，我也不反對。我已經放下了對瑪麗感到的傷痛，也看得出我和《四簽名》都毋須為她的死負責，完全是那三名錫克人的錯。

我寫了本名為《巴斯克維爾的獵犬》的小說，它於一九〇一年在《岸濱月刊》上連載，隔年則收錄成冊。它得到高度評價，銷售量也很好，此後我則斷斷續續地接連出版一連串長篇與短篇故事。我在一九二七年停筆，後來我唯一的文學作品，就只有這套三部曲。我認為它們是自己最後的證詞，在出版了所有虛構作品後，我用這些書描寫了關於夏洛克．福爾摩斯的真相，如同撒迦利亞．康洛伊利用日誌，更正了他對米斯卡托尼克河探險所編出的謊言。

簡而言之，重生為拉盧洛伊格的莫里亞蒂教授並沒有嚇倒福爾摩斯，反而對他起了振奮的效果。這讓他變得更敏銳，如同磨刀石淬鍊過的刀鋒。像他這樣的人似乎需要宿敵，即使他並不明白這點，也不想要這種敵人。福爾摩斯現在能將天賦用在特定的焦點上，他清楚敵人的名字與目標。拉盧洛伊格不只向舊日支配者宣戰，也對夏洛克．福爾摩斯下了戰帖，福爾摩斯則挺身而出，接下挑戰。

那場戰爭衝擊他與世界的過程，將是這些回憶錄最終部，也就是第三冊的主題，內容詳述一九一〇年的事件。事情起始於蘇塞克斯崎嶇的白堊海岸，其結果卻延伸到不同世界，並使我們面對藏在不同面貌下的危機，其中還有來自海洋深處、人稱「海怪」的生物。我只能說，這個名稱多少象徵了真相。

New Black 008

克蘇魯事件簿2

福爾摩斯與米斯卡托尼克怪物

THE CTHULHU CASEBOOKS 2: SHERLOCK HOLMES AND THE MISKATONIC MONSTROSITIES

作者　詹姆斯・洛夫葛羅夫（James Lovegrove）
譯者　李函

堡壘文化有限公司
總編輯　簡欣彥　　行銷企劃　許凱棣、曾羽彤
副總編輯　簡伯儒　　封面設計　Bianco Tsai
責任編輯　簡欣彥　　內頁構成　李秀菊

讀書共和國出版集團
社長　郭重興
發行人兼出版總監　曾大福
業務平臺總經理　李雪麗
業務平臺副總經理　李復民
實體通路組　林詩富、陳志峰、郭文弘
網路暨海外通路組　張鑫峰、林裴瑤、王文賓、范光杰
特販通路組　陳綺瑩、郭文龍
電子商務組　黃詩芸、李冠穎、林雅卿、高崇哲、沈宗俊
閱讀社群組　黃志堅、羅文浩、盧煒婷
版權部　黃知涵
印務部　江域平、黃禮賢、林文義、李孟儒

出版　堡壘文化有限公司
發行　遠足文化事業股份有限公司
地址　231新北市新店區民權路108-2號9樓
電話　02-22181417　傳真　02-22188057
Email　service@bookrep.com.tw
郵撥帳號　19504465 遠足文化事業股份有限公司
客服專線　0800-221-029
網址　http://www.bookrep.com.tw
法律顧問　華洋法律事務所　蘇文生律師
印製　呈靖彩藝有限公司
初版1刷　2022年5月
定價　新臺幣480元
ISBN　978-626-7092-34-7　9786267092408 (EPUB)　9786267092392 (PDF)

國家圖書館出版品預行編目（CIP）資料

克蘇魯事件簿. 2, 福爾摩斯與米斯卡托尼克怪物／詹姆斯・洛夫葛羅夫（James Lovegrove）著；李函譯. -- 初版. -- 新北市：堡壘文化有限公司出版：遠足文化事業股份有限公司發行, 2022.05
面；　公分. -- (New black ; 8)
譯自：The Cthulhu casebooks. 2, Sherlock Holmes and the Miskatonic monstrosities.

ISBN 978-626-7092-34-7（平裝）

874.57　　111006283